PRUDE À
Frange

Ce livre est une fiction. Les noms, caractères, professions, lieux, événements ou incidents sont les produits de l'imagination de l'auteur utilisés de manière fictive. Toute ressemblance avec des personnages réels, vivants ou morts, serait totalement fortuite.

Image de couverture : Shutterstock ©Artem Furman
Couverture : Christophe Petit
Collection dirigée par Franck Spengler
Ouvrage dirigé par Marine Flour

Département de Hugo et Cie
34-36, rue La Pérouse
75116 Paris
www.hugoetcie.fr

ISBN : 9782755636888
Dépôt légal : mars 2018
Imprimé en Espagne

C.S. QUILL

PRUDE À FRANGE

PREMIER ROUND

Hugo Poche

NEW ROMANCE®

CHAPITRE 1

Cadence

– Qu'est-ce que tu fous ? Avance, c'est ton tour !

Je ne bouge pas d'un pouce, seuls mes yeux oscillent entre l'homme qui vient de parler et la fille qui patiente à côté de moi, en mordant un de ses ongles bleus. J'ai encore du mal à croire que je me trouve là, ce qui rend ma réactivité un peu foireuse.

– Toi, là !

Je regarde deux fois par-dessus mon épaule pour vérifier qu'il ne s'adresse pas à une autre, puis je me retourne vers ce grand brun terrifiant qui pointe un doigt dans ma direction.

– Bordel, tu vas ramener ton cul, oui ? On n'a pas toute la nuit !

Je sursaute comme une gamine. Malgré son regard mauvais, braqué sur moi, il faut que je sois sûre d'avoir bien compris.

– Moi ? je demande d'une petite voix en tapotant un index tremblant contre ma poitrine.

Depuis que j'ai commencé cette folie, il y a eu tellement de filles courant partout que je me suis sentie perdue plus d'une fois. Et maintenant, même si nous ne sommes plus qu'une petite vingtaine, j'ignore si c'est bien à moi qu'il s'adresse.

– Oh putain, on a récupéré une débile ! Évidemment ! Je te regarde et mon doigt est tendu vers toi ! Il te faut quoi de plus ? Que je vienne te prendre par la main ?

Peut-être bien. Depuis quelques jours, je multiplie les épreuves de sélection et je ne sais déjà plus où donner de la tête, alors je ne suis pas contre le fait qu'il me guide.

Lassé d'attendre une réaction de ma part, il approche à grandes enjambées et me tire par le bras dans un couloir étroit avant de pousser mon corps récalcitrant sur une petite scène bien trop éclairée.

Ok, ce n'est pas le gentleman que j'avais espéré !

Je cligne des yeux, grimace sous la chaleur étouffante des spots et fixe les poussières qui volent devant les projecteurs.

Merde, qu'est-ce que je fous là, déjà ? J'aurais sûrement dû écouter Milo et réfléchir un peu plus avant de m'embarquer là-dedans. C'est tout moi, ça : je fonce, et je réfléchis ensuite. Parfois très longtemps après d'ailleurs. Et parfois pas du tout. Mais tant pis, je sais qu'Ingrid est là, quelque part, et même si je ne saisis toujours pas totalement ce qu'est ce Round et pourquoi elle a choisi cette voie, c'est ici que je dois la chercher. C'est la seule piste que j'ai pu obtenir des types louches qu'elle s'était mise à fréquenter quelque temps avant de disparaître. Ils m'ont certifié qu'elle était entrée ici. Ça m'a coûté deux cents billets pour qu'ils crachent le morceau, ces abrutis !

Après avoir vaguement compris dans quoi je m'apprêtais à mettre les pieds, j'ai dû me taper toutes sortes d'entretiens plus glauques les uns que les autres pour pouvoir atteindre cette dernière étape. Vu mon profil, j'ai cru plus d'une fois me faire recaler, mais ils ont dû percevoir ma détermination. Ça, et autre chose que j'aurais préféré garder secret.

– Numéro 16, type caucasien, première main, annonce une voix dans les enceintes.

Première main, sans déconner ? C'est de moi qu'il parle, bien sûr, mais est-ce qu'il est vraiment obligé de leur dire ça comme ça ? Je ne croyais pas me taper une affiche pareille, j'ai envie de disparaître tout de suite dans un nuage de fumée.

J'entends des exclamations et des rires devant moi, mais les lumières sont si fortes que je ne distingue aucun visage, excepté celui d'un Chinois antipathique accoudé à la scène, qui reluque mes jambes comme deux nems au poulet.

– C'est une blague ? raille quelqu'un.

Je me retiens de lever les yeux au ciel. Pour arriver jusqu'à cette ultime étape, j'ai dû répondre à un tas de questions, me plier à des exigences ridicules et faire face à de nombreux regards surpris. Les recruteurs m'ont bien fait comprendre qu'une fille comme moi n'a rien à faire ici. Ce qu'ils ne savent pas, c'est que je ne compte pas m'éterniser et encore moins aller jusqu'au bout. J'ai juste besoin d'entrer, pour trouver Ingrid et la sortir d'ici à grands coups de pied.

– Alors, qui prend ? demande la même voix qui résonne partout.

– Qu'elle enlève son tee-shirt d'abord ! hurle un autre dans la salle.

Hein ?

– Numéro 16, mets-toi en sous-vêtements.

Oh bordel ! Plus possible de reculer. *Ingrid, je te hais de me pousser à faire ça.*

Je retire mon long débardeur et défais la fermeture Éclair de ma jupe en cuir noir. Elle descend difficilement le long de mes cuisses moites. Quand je pense au temps que j'ai mis à me faxer à l'intérieur, je suis dégoûtée de devoir déjà l'enlever. J'espère qu'ils ne me demanderont pas de la renfiler devant eux, sinon ça risque de prendre un bon moment. Je tire dessus en me dandinant et elle finit par tomber à mes pieds. Je me redresse et fixe un point imaginaire devant moi, pour ne pas penser à tous ces yeux qui me reluquent. Pour ne pas écouter ma conscience qui me hurle de quitter cet endroit tout de suite. Sauf que je ne reculerai pas maintenant. Pas avant de l'avoir retrouvée.

– Tourne-toi ! crie une voix toujours masculine sur la gauche.

Je m'exécute en essayant de garder une certaine contenance, priant pour ne pas me tordre une cheville avec ces talons horribles.

– Alors, les gars ?

Autant ne pas me voiler la face, les filles qui sont passées avant moi ont eu bien plus de succès, certaines ont même fait l'objet de gros marchandages. Pour ma part, même le Chinois antipathique qui avait l'air mort de faim finit par tourner les yeux et se renfoncer dans son fauteuil. *Adieu ego !*

– Bon, très bien, si personne n'en veut, elle part à la pioche.

Quoi ? Comment ça « à la pioche » ? C'est plus fort que moi, je m'imagine déjà nue au fond d'une mine, à piocher comme une malade.

Je me retourne vers la petite salle vitrée, où se trouve celui qui parle dans le micro depuis plus d'une heure.

– Comment ça « à la pioche » ? je crie dans sa direction.

– Ferme-la, 16, sinon tu dégages.

J'entends des rires étouffés et des grognements qui proviennent de tous les côtés. *Putain, je ne suis pas une bombe, d'accord, mais enfin quand même !* Je suis presque à poil et en plus j'ai acheté ces sous-vêtements exprès pour l'occasion. La vendeuse du magasin de lingerie m'avait promis que l'effet serait assuré. *Hypocrite !*

Les lumières de la salle s'allument sans que je m'y attende et je contracte violemment mon périnée pour empêcher toute fuite éventuelle. Merde, je m'étais préparée à un public limité et je me retrouve face à plusieurs dizaines de gars totalement flippants. *Oh misère de misère, j'ai encore fait une connerie !*

Le type au micro traverse la foule et me rejoint sur scène, sans m'adresser un regard.

– Choisis un numéro.

Je l'écoute à peine, distraite par les peintures accrochées sur ma gauche que je détaille en grimaçant. *Comment cette fille peut-elle se mettre dans une telle position ?* Malgré moi, je penche la tête pour essayer de comprendre ce qu'elle fout avec sa jambe comme ça et ce que l'homme qui est peint à côté d'elle est en train de faire. J'y connais que dalle en positions bizarres, mais là, franchement, je me demande si ce n'est pas simplement de l'art abstrait.

– 16, bordel !

Je sursaute encore et me retourne vers le type qui vient de me frapper le crâne avec son micro de malheur.

– Oui ?

– Je t'ai dit de choisir un numéro !

– Oh !

J'attrape la feuille blanche qu'il me tend et fronce les sourcils en lisant une succession de chiffres. C'est pas vrai, y a pas pire que moi pour faire un choix. Déjà au supermarché je n'arrive pas à savoir s'il vaut mieux prendre les céréales miel-chocolat ou les caramel-praliné, alors choisir entre plusieurs numéros, un vrai cauchemar. Mes yeux montent et descendent plusieurs fois sur la feuille qui se soulève sous le souffle impatient de Microman.

Je tente un regard vers lui, mais je m'arrête aussitôt en entendant son grognement.

– Putain, mais ils t'ont ramassée où, bordel ? il murmure pour lui-même en secouant la tête.

Ceux qui me fixent depuis la salle commencent aussi à s'agiter, je dois me décider. *Le 21 ? Le 25, peut-être ? Le 11, c'est bien ça, non ?*

Il finit par m'arracher le papier des mains en jurant et, sans plus réfléchir, je lui hurle au visage un truc incompréhensible.

– T'as dit quoi ?

– Le 9, je répète plus calmement.

Un silence étrange s'installe pendant que le public attend de découvrir l'heureux élu.

– Putain de merde !

Je me retourne vers le type qui vient de gueuler d'une voix rauque en renversant sa chaise, mais je ne vois que son dos large disparaître derrière une porte qui claque avec fracas.

Quand mes yeux se posent à nouveau sur Microman, un sourire diabolique étire ses lèvres.

– Tu vas prendre cher, 16.

Je frissonne, sans oser lui demander si je dois le prendre au sens propre ou au sens figuré. Sans plus de cérémonie, un grand Black m'agrippe le bras, me fait descendre de scène et m'entraîne derrière un épais rideau en velours.

CHAPITRE 2

Cadence

Le baraqué a toujours sa main fermement accrochée autour de mon bras. Avec sa peau noire et la mienne blanche comme neige en dessous, on croirait un gros Oréo. Impossible de ne pas penser au sucre dans un moment pareil. Par contre, il prendrait sûrement très mal que je lui croque un doigt.

– Tu peux lâcher mon bras, tu sais, je ne vais pas m'échapper.

– T'es sûre ? Pourtant, avec un tuteur comme Mas, c'est le moment ou jamais.

– Mas ?

– Le numéro 9. T'as pas tiré le gros lot, gamine. T'es clairement pas son genre de prédilection. J'espère que tu sais dans quoi tu mets les pieds.

Il m'adresse un regard difficile à déchiffrer et j'essaie de deviner ce qu'il pourrait m'arriver de pire que ce que je viens de vivre, dans cet endroit. J'ai toujours aimé me bercer d'illusions, alors autant ne pas penser à ce qui m'attend derrière cette porte.

Je vais me contenter de me rappeler pourquoi je fais ça, en espérant que ça ira. J'ai déjà fait le plus dur, j'en suis sûre : réussir à pénétrer ce club sans avoir à coucher avec le type de l'entrée. Montrer un peu mes sous-vêtements, sourire bêtement… Le Round veut des prostituées à formater, je peux jouer le jeu pour y accéder. Je devrais réussir à retrouver Ingrid assez facilement maintenant. Du moins, c'est ce que je veux croire. Le hic, c'est la réaction de ce fameux Mas, tout à l'heure, il n'a pas l'air ravi d'être tombé sur moi. Ce qui risque de rendre tout cela beaucoup plus compliqué.

– On peut entrer ? demande mon garde du corps en passant sa tête par l'entrebâillement d'une porte.

Je n'entends pas la réponse, mais le battant s'ouvre en grand et un type me mate immédiatement de la tête aux pieds.

– On va bien se marrer, je le sens, il ricane en me jaugeant.

J'espère que ce n'est pas Mas, car si c'est le cas, je crois que je vais prendre mes jambes à mon cou, finalement. Ses tatouages lui remontent jusqu'au crâne et des piercings bizarres recouvrent son visage. Je déteste ça !

– Laisse-la entrer Garett, putain. Qu'on en finisse ! gronde une voix derrière lui.

Le percé me fait un sourire à faire trembler un mort et je me pare de mon plus bel air niais. Celui qui affiche clairement que je ne cherche pas d'ennuis, que je suis une gentille fille très innocente.

Ce n'est pas vraiment la réalité, mais ça marche à tous les coups pour m'éviter les emmerdes.

– Entre et profite du spectacle, Umar.

Il tape sur l'épaule de mon escort, qui me lâche enfin pour se faufiler dans la pièce.

– Allez entre, 16. Comment tu te sens ? me demande le fameux Garett en posant une main contre mes reins nus.

Le contact de sa paume rugueuse sur ma peau me fait réagir. *Putain, ma jupe !* Je réalise à l'instant que j'ai laissé mes habits sur la scène et que, depuis dix minutes, je me trimballe en sous-vêtements comme une dinde de *Victoria's Secret*. Ou plutôt deux dindes, vu mes mensurations. Pour le coup, cet ensemble de lingerie est un achat largement rentabilisé !

– Je m'appelle Cadence, je sors sans réfléchir.

– On s'en branle, ferme-la.

Je me retourne au ralenti vers celui qui vient de me cracher ça au visage. *Souffle, Cad. Respire* ! Ouais, j'ai bien besoin de souffler et vite, parce que quand je croise un regard foncé, bordé de cils fournis et dominé par de larges sourcils, mon oxygène me fait un gros *fuck* et se barre par toutes les issues possibles. Ce type est juste… terrifiant. Il est plutôt costaud, avec des cheveux bruns épais qu'il a dû raccourcir lui-même et une mâchoire si carrée qu'il doit pouvoir broyer des cailloux au petit déjeuner.

– Approche, il me lance comme un aboiement.

De la même manière qu'avec Microman tout à l'heure, je suis en bug et le regarde avec une hypotonie sévère. Je le fixe sans ciller alors que ses yeux à lui se posent à peine sur moi. Grand bien m'en fasse, il me provoquerait un malaise vagal sans problème, rien que par la dureté de ses traits. De la fumée lui sort par le nez, au sens littéral du terme, et c'est le deuxième verre qu'il descend d'une seule traite. Il a l'air excédé.

Ne voyant aucun mouvement de ma part, il lève son visage vers moi, ses iris perçants filtrant au travers de ses mèches trop longues.

– Tu.Comprends.Quand.Je.Parle ?

Il insiste sur chacun de ses mots, non par prévenance, mais par pure menace. Son ton est des plus tranchants et je sens l'angoisse monter. Pour autant, mon corps refuse d'avancer vers lui, sentant bien qu'il est dans la merde à cause de sa propriétaire complètement inconsciente.

C'est Garett qui finit par enfoncer sa main dans mes reins avec plus de force, pour me pousser dans sa direction. Quand la distance qui nous sépare a presque disparu, je me dégage de l'emprise de Garett et croise les bras sur mon ventre.

Je suis donc à moitié nue, enfermée dans une pièce avec trois gars qui respirent le danger. *Je suis une malade mentale !*

– Pas trop tôt. Je suis Mas.

Je m'apprête à me présenter à mon tour, mais il enchaîne sans attendre.

– Tu sais pourquoi tu dois m'appeler Mas ?

– Parce que c'est ton nom ?

Il penche la tête dans un tic nerveux.

– Ah mais t'es une marrante en fait, c'est ça ? Hein les gars, on a chopé le gros lot en récupérant une comique dans l'équipe !

Je n'ai pas dit ça pour l'emmerder, c'est juste sa question qui était débile !

Sans que je le réalise, il s'est rapproché de moi dans un geste fluide et son front est à présent presque collé contre le mien. Je sens son haleine de tequila au bord de mes narines et la fumée qui s'échappe à nouveau de son nez me pique les yeux.

– Tu t'es gourée d'endroit, poulette, si tu crois pouvoir agir comme ça avec moi. Tu m'appelles Mas, parce que tu m'appartiens pendant ces quatre prochains mois. C'est plus clair comme ça ? Mas-ter, compris ?

Son doigt ne cesse de tapoter mon front, comme s'il cherchait à y ancrer cette information capitale. Je me mords la langue pour ne pas encore dire une connerie.

– Vraiment ? je réponds sans pouvoir me retenir.

Je réprime une profonde envie de rigoler face à cette explication pour le moins égocentrique. *Mas, le diminutif de Master, non mais quel blaireau !*

Je n'aurais pas dû répondre ça, mais je crois que l'angoisse, mêlée à tout ce qui se passe, me rend maladroite. J'ai jamais su la fermer quand il fallait.

Je bats des paupières pour chasser mes moqueries et recule spontanément d'un pas lorsque je le sens trop proche, scrutant les profondeurs de mes prunelles. Merde, je crois qu'il a vu qu'au fond de moi j'ai bien failli partir en fou rire.

J'ouvre la bouche pour parler, mais les mots m'échappent quand je sens sa main se faufiler dans mon dos et remonter jusqu'au milieu. Là, il fait sauter mon glorieux soutien-gorge d'un claquement de doigts, libérant mes seins de leurs coques rembourrées.

Machinalement, je passe mon bras devant ma poitrine et lui lance un regard noir. Il recule doucement et un sourire vicieux éclaire son visage antipathique.

– Passons à l'état des lieux. Je te laisse virer le reste.

Hum... c'est-à-dire ? Je ne vais quand même pas enlever ma... Et pourtant, c'est la seule chose qui me recouvre encore un tant soit peu. *Quoique...*

– Tu parles de mes chaussures ou de ma culotte ?

Il lève les yeux au ciel quand il voit que je suis sérieuse et inspire une longue taffe.

– Ta cu-lotte, il me répond d'un air dégoûté.

J'ai déjà dû me montrer totalement nue, tout au début des sélections. Mais c'était devant une grande bonne femme hermétique à mon humour et accompagnée de six autres filles. À la fin, la moitié a été recalée, et depuis, on ne m'a plus demandé de me déshabiller. J'espérais que ça allait continuer sur cette lancée jusqu'à ce que je retrouve Ingrid. *Naïve, moi ?*

Je regarde autour de moi, gênée par la présence de Garett et d'Umar. Eux ne semblent pas particulièrement pressés de me voir à poil. Fort bien.

Allez Cadence, tu peux le faire ! Ça pourrait être bien pire. Pense à Ingrid !

Je tire sur l'élastique du seul vêtement qui me reste, passe un doigt en dessous et me fige. Je sens une goutte de sueur dévaler mon dos et disparaître entre mes fesses. *Vas-y* !

Mon cœur bat si fort contre ma gorge que je pourrais le voir s'échapper entre mes lèvres sans surprise. Merde, je me suis préparée à ce genre d'éventualité. Même à bien pire, à vrai dire. Ça ne devrait pas être aussi difficile. Ça ne doit pas l'être. Ce n'est qu'une petite culotte ridicule qui ne cache d'ailleurs presque rien.

Quand le bout de tissu gris tombe enfin à mes pieds, je rentre mon ventre pour avoir l'air mieux gaulée.

Sans réfléchir, je ferme les yeux quand je le vois revenir vers moi d'une démarche assurée. La seconde qui suit, je sens la fumée de sa cigarette recouvrir mon corps et je sais qu'il est en train de me scanner de la tête aux pieds. Avec le goulot de sa bière, il repousse les mèches qui me tombent sur le visage, tâte mon sein qui frissonne sous la fraîcheur de la bouteille et il continue son analyse en tournant autour de moi comme un fauve prêt à attaquer.

Il reste immobile et silencieux un instant, jusqu'à ce que je l'entende actionner la roulette de son briquet tout près de moi. Sûrement pour s'allumer une énième clope.

J'aimerais garder mes paupières closes, pour faire comme si tout ça n'était pas en train d'arriver. Je ne peux pas être à poil devant ce type qui me fout les jetons. Pourtant, j'entrouvre un œil et baisse la tête vers sa main quand je ne vois aucune cigarette à ses lèvres. Pire, je sens la chaleur de sa flamme irradier dangereusement mon pubis.

– Mais t'es malade ou quoi ? je hurle en le repoussant, manquant de basculer en arrière à cause de mes talons.

Il m'attrape par le coude pour m'empêcher de m'éloigner plus et tire dessus d'un coup sec.

Les autres avaient raison, je vais prendre cher avec ce sale type.

– Ça, dit-il en pointant son doigt quelque part sous mon nombril, c'est la dernière fois.

Je baisse les yeux et regarde mon pubis sans comprendre. Je hausse les sourcils d'un air interrogateur et il me semble voir frémir sa lèvre. Ce n'est pas bon signe.

– Pas de poils, c'est clair ? Sinon, la prochaine fois, j'y mets le feu. Première leçon, les clients n'aiment pas ça.

– Ah bon ? Pourtant j'ai lu que ça revenait à la mode, je réplique innocemment.

– Putain, mais j'y crois pas !

Ses doigts s'enroulent dangereusement autour de ma gorge et mon souffle m'échappe. Je cligne des yeux plusieurs secondes et j'essaie de contrôler tout ce qui remonte, aussi bien la nausée que l'envie viscérale de lui envoyer mon genou entre les jambes. Je repousse de toutes mes forces les souvenirs attachés à ce genre de geste. *Pas ici. Pas ici*, je me répète plusieurs fois.

– Où tu te crois ? T'es rien ici et t'as aucune expérience, alors tu la fermes et tu fais ce que je te dis de faire !

Je sens la chaleur se diffuser sur ma gorge et je n'ai plus envie de lui répondre. Il faut que je me rende compte maintenant dans quoi j'ai accepté de mettre les pieds. L'ignorer ne m'aidera pas à y arriver.

– À partir de maintenant, tu es ma pute en herbe, c'est clair ?

– C'est clair, Mas, je réponds d'une voix monocorde sans le regarder.

– Une vierge, putain. Sérieux, il me manquait plus que ça en ce moment !

Il retourne se servir un shot qu'il avale d'une traite, les yeux fermés et le souffle court.

– Tu peux te rhabiller, Virgin, il crache avec dédain. Umar, va chercher ses fringues et ensuite tu mettras la voiture devant.

Virgin ? Charmant comme surnom. Je ne voulais pas leur parler de ma virginité quand j'ai décidé de les contacter. Qui prendrait au sérieux une vierge qui demande à tapiner ? Même moi je trouve ça complètement barré. Mais ils ont fini par s'en rendre compte, sûrement à la couleur de mon visage quand ils m'ont posé des questions sur le sexe dont je n'ai compris que la moitié des mots. Ou bien quand leur gynéco m'a auscultée pour vérifier que j'étais clean. Apparemment, c'est la première chose qu'il a vue. En même temps, ses autres patientes ont dû être desservies par des bus entiers, logique qu'il fasse si facilement la différence. Finalement, malgré des regards en biais et des échanges houleux entre certains hommes chargés de nous faire passer à l'échelon supérieur, ça n'a pas eu l'air de les rebuter. Pour une raison qui m'échappe, ça les a comme… excités. Le lendemain, ils m'ont annoncé avec un air ultra-sérieux que je devais rester vierge jusqu'à mon premier contrat. *Alléluia !* J'ai eu envie de les embrasser sur la bouche pour les remercier !

Umar revient déjà avec mes fringues et me les tend avec un sourire compatissant. Je regarde ma jupe, mortifiée. Mas m'attend, et moi, j'ai les cuisses plus moites que jamais. D'autant que quand j'angoisse, je gonfle. Je tire discrètement sur le tissu pour essayer de l'élargir et passe une première jambe, puis une deuxième. Ok, ça c'est la partie *easy* du processus. Jusqu'aux genoux, ça passe comme une lettre à la poste. C'est après que ça se corse. La mi-cuisse commence à me faire galérer et mes fesses sont carrément contre l'idée. Impossible.

Entre mes tremblements et ma transpiration qui grimpe en flèche, ça ne veut pas passer.

– Qu'est-ce que tu fous, Virgin ?

Je ne lève pas les yeux vers lui et continue à faire de petits mouvements pour faire glisser ma jupe du diable, centimètre par centimètre. *Évidemment, si j'avais acheté la taille au-dessus au lieu de me faire des idées !*

– Non mais quel boulet !

Dans un mouvement brusque, Mas est sur moi, attrape les bords de ma jupe avec force et la remonte d'un coup sec, me pinçant la peau au passage.

– C'est bon, là ?

– Si c'était un string, tu m'aurais coupée en deux… je marmonne.

Il me lance un regard d'avertissement et attrape mon poignet pour m'attirer à sa suite. *Décidément !*

– Je suis capable de marcher vite sans me faire traîner à tout-va ! je l'informe, essoufflée.

Il ne m'écoute pas et je fais de gros efforts pour ne pas me briser les deux chevilles.

L'air frais me surprend tout à coup quand la porte devant nous s'ouvre à la volée, sur une ruelle éclairée. Sans que j'aie le temps de me rafraîchir un peu dans la nuit, Mas ouvre une portière noire, me fait passer devant lui et pousse sur mes fesses d'un coup sec.

Résultat, me voilà à quatre pattes sur la banquette arrière d'une voiture, avec une jupe qui me scie de tous les côtés et une peur au ventre que je n'arrive plus à contenir. Je donne le change, mais je suis terrifiée. Et en colère.

Je me redresse et boucle ma ceinture sans le regarder.

Quatre mois, le compte à rebours est désormais lancé.

Peut-être moins si j'y arrive. Peut-être plus si je sombre.

CHAPITRE 3

Mas

Je suis excédé, mais j'arrive encore à me contrôler en la poussant à l'arrière de ma voiture. Je ferme les yeux sur sa position ridicule et claque la portière sur son cul offert.

Je fais signe à Umar d'attendre deux minutes et m'éloigne du véhicule pour rejoindre Garett, appuyé contre un mur.

– Mais quelle connasse ! Merde, elle pouvait pas choisir quelqu'un d'autre ?

Je balance un coup de pied rageur dans une poubelle débordante qui s'envole et passe tout proche du visage de mon pote.

– Hey Mas, du calme !

– Rha ! Je suis vraiment un guignard à la con !

Je garde la tête baissée, pour tenter de retrouver un rythme cardiaque plus maîtrisé.

– Désolé pour toi, mec. T'as vraiment pas de bol, sur ce coup-là.

– C'est pas possible, bordel, y a un truc en ce moment pour que le cosmos entier se ligue contre moi ! J'peux pas me foirer, ils m'attendent au tournant. Et avec elle…

– Rentre chez toi, Mas. Laisse la nuit passer et attends de discuter avec elle demain matin quand t'auras calmé tes nerfs. Je suis sérieux, si les recruteurs l'ont gardée, c'est qu'elle a su les convaincre. Fais pas ton borné, allez.

– Mais elle est vierge, putain !

– Ça fera une nouvelle ligne sur ton CV, il réplique en se marrant.

– Splendide… je lâche amer.

Je lui adresse un doigt d'honneur en marchant vers la voiture et m'engouffre à l'arrière sans un mot. Umar démarre et nous nous enfonçons dans la nuit.

Après plusieurs minutes de silence, mon regard dévie sur la silhouette qui m'accompagnera partout désormais. Elle est calée contre la portière et son visage est collé à la vitre recouverte de buée.

Je fais la grimace en la regardant. *Une vierge !* Ça c'est un délire qui me débecte. Comment peut-elle se pointer ici et vouloir entrer dans le Round sans même connaître le goût d'une bite ? Qui sont les abrutis qui l'ont laissée aller jusqu'au bout des sélections ? Le Round forme les meilleures putes du pays et cette nana n'y connaît rien ! J'ai une réputation à redorer, bordel de merde. Et avec une fille comme elle, je vais devoir redoubler d'efforts. J'en voulais une à modeler rapidement et je me retrouve avec une gamine sans expérience, gauche et même pas assez jolie. Une vierge que je vais devoir surveiller comme de l'huile sur le feu, si je ne veux pas la voir s'enfuir au premier coup dur.

Je détourne les yeux et fais glisser un doigt rageur sur l'écran de mon téléphone, tout en allumant une cigarette. Je viens de recevoir la fiche numéro 16 – sa fiche – et je secoue la tête devant ce visage rond qui me sourit sur la photo. Non mais vraiment, qu'est-ce que cette fille vient foutre ici ? Je parcours les infos à son sujet et j'ai envie de me jeter du véhicule en marche quand je lis l'annotation en rouge, tout en bas : *« Miser sur sa virginité »*. Ça me donne envie de gerber.

J'avale ma salive et trie le reste de mes messages, soulagé de n'avoir aucune nouvelle *d'eux* depuis la semaine dernière. Pourvu que ça dure !

Je l'entends bouger contre le cuir de la banquette et quand un parfum fruité atteint mes narines, je tourne la tête vers elle par réflexe. Elle doit sûrement sentir le poids de mon regard sur sa nuque parce qu'elle décolle son front de la vitre et se met à me dévisager en silence. Pour la première fois depuis son entrée sur scène, je la fixe plus longuement. Elle ne ressemble en rien aux nanas qui viennent ici habituellement. Avec ses cheveux épais ordinaires et ses courbes trop prononcées pour le business, elle va se faire bouffer. Ou buter. Son seul atout, c'est sa paire de seins parfaits.

J'en voulais pas de cette nana, j'ai les boules.

– Je vais t'expliquer brièvement ce qui va se passer pour toi à partir de maintenant, je commence en écrasant ma clope dans le vide-poche. On a quatre mois à passer ensemble, ça peut être long et court à la fois, tout dépend de toi.

– Ok.

– Je ne veux pas savoir qui tu es maintenant, ni celle que tu étais avant d'entrer dans cette voiture, c'est bien clair ?

– Euh… pas vraiment.

Je soupire et enfonce mes ongles dans mon poing.

– T'as l'air de débarquer tout droit d'un autre pays. Tu sais ce que ça veut dire au moins d'être une pute du Round ?

– Hum, elle se contente de répondre en hochant la tête sans rythme.

Elle va me donner du fil à retordre, je le sens.

– Ce qui fait le prestige des filles qu'on propose, c'est la manière dont elles sont façonnées. L'aisance avec laquelle elles répondent à ce qu'attendent leurs acquéreurs. De vraies poupées. Nos clients ne veulent pas de la pute qui traîne au coin de leur rue, ni de celle qui croit être une pute de luxe alors qu'elle n'est rien. Le luxe, c'est nous qui le taillons. On ne vend pas uniquement des corps, on façonne des esprits. Bientôt, tu ne sauras pas juste répondre à un besoin, tu *seras* la réponse au besoin de celui qui paiera le plus pour t'avoir.

– Si je comprends bien, c'est ton job, ça, pas vrai ? Façonner, insiste-t-elle en imitant des guillemets avec ses doigts. C'est ce que tu comptes faire avec moi pendant ces quatre prochains mois ?

– C'est l'idée, je gronde en la toisant. Mais ne te fie pas à la manière dont je t'expose tout ça. Ce ne sera pas une partie de plaisir pour toi. Pas avant que tu sois prête. Parfaite. Peut-être que là, tu aimeras ça.

Elle se retourne complètement vers moi et la première chose qui me frappe, maintenant que je la vois de plus près, c'est à quel point elle a un air doux. Soudain, mes instincts ont le poil qui se hérisse et je sens monter du plus profond de moi l'obligation de piétiner cette douceur pour en extraire un jus de noirceur.

C'est ce que je fais pour gagner ma vie. Pour gagner *sa* vie.

– Sans blague… je l'entends marmonner. Ça avait pourtant l'air tellement cool dit comme ça.

Je cligne des yeux devant sa réplique et je me rends compte que j'ai avancé vers elle, en la voyant se coller à la portière.

– Virgin, j'articule en regardant au fond de ses yeux la lueur de défi qui vient de s'éteindre. Deuxième leçon : tu la fermes.

Ma voix s'est faite plus grave et je suis presque sûr que mes lèvres se sont un peu retroussées. Elle déglutit et acquiesce en tirant sur sa ceinture de sécurité pour mieux respirer.

– Donc, je poursuis sur un ton froid, après ces quatre mois de formation intensive, tu seras vendue au plus offrant. On parle d'un marché de luxe, Virgin, les clients paient des sommes exorbitantes pour acquérir un produit parfait. Enfin, dans ton cas, j'peux rien promettre encore, je crache en la regardant de biais.

J'ai lâché ça de la manière la plus désagréable possible et je n'ai même pas eu à me forcer. Je la surprends en train de lever les yeux au ciel et de grimacer comme une gosse de quatre ans.

Seigneur, je vais en chier... Depuis cinq ans que je fais ça, je n'ai jamais vu une calamité pareille. Et ça fait seulement une heure que je suis son tuteur... J'ai l'impression d'avoir écopé d'une adolescente à baby-sitter.

Je tire sur le col de ma chemise et humecte mes lèvres gercées. Heureusement, quand j'en aurai fini avec elle, son insolence aura disparu. Il ne restera que la pute soumise et lucrative.

– C'est une grosse responsabilité, j'essaie de continuer en ravalant mes nerfs. Les putes, c'est pas ce qui manque par ici, n'importe qui peut se faire sucer pour trois billets au fond d'une rue. Ce n'est pas ce que j'attends de toi. Ce n'est pas ce que le Round attend de toi.

Je lorgne sur ses réactions, mais elle reste silencieuse et concentrée sur mes mots.

– Au Round, on ne propose pas n'importe quelle pute, je veux que tu le comprennes dès maintenant. L'argent qui se brasse ici appelle des sacrifices. Si tu n'es pas prête à les faire, ça se passera forcément mal entre nous. Vraiment mal.

– Je ne ferai pas machine arrière, si c'est ce que tu insinues, elle lâche avec une force soudaine.

– On verra, je laisse tomber désabusé. Les enjeux financiers sont sans limites, Virgin. Ce sont eux qui régissent ta vie, maintenant, compris ? Eux et moi, je conclus en me frottant les mains.

Un silence lourd de questions flotte entre nous et je suis pendu à son visage, tant il reflète tout ce qui lui passe par la tête.

– Pose tes questions maintenant, je lance en la sentant pleine d'interrogations. Plus vite on mettra les choses à plat, plus vite on avancera.

Elle réfléchit, mord l'intérieur de ses joues et articule des paroles muettes en regardant l'appuie-tête. *Cette fille est folle, ma parole.*

– Quand les quatre mois sont écoulés, elle commence enfin en pesant ses mots, qu'est-ce qui se passe pour elles ? Enfin, pour nous ! Je veux dire, on devient quoi exactement ?

– Tout dépend de ton contrat, mais en général, les premières années tu tournes sur le pays. Si tu crois pouvoir te retrouver de suite à Hawaï, à te faire sauter dans un hôtel 5 étoiles six jours sur sept, tu te plantes. Ce sont les clients qui viennent jusqu'aux prostituées. Le Round n'aime pas voir ses filles s'éloigner.

Je m'attends à la voir pâlir, mais elle semble au contraire comme soulagée par ma réponse.

– Elles vivent où, dans ce cas ? elle poursuit.

– Chez elles, j'imagine, je rétorque sur un ton qui témoigne de mon désintérêt total. J'm'en tape pas mal, tu sais. Quand la formation est terminée, je touche mon chèque, et ensuite *hasta la vista*, j'ai plus besoin de savoir où vous créchez.

Elle reste pensive un instant, puis plonge ses yeux dans les miens avec une intensité tangible.

– T'as eu combien de filles avant moi ?

– T'es la 16e.

– Hum, numéro 16, on était faits pour se rencontrer, elle ricane en remettant ses cheveux derrière ses oreilles.

– Si tu le dis…

– Combien de filles compte le Round, en tout ? elle continue à m'interroger.

Merde, elle commence à me gonfler avec toutes ses questions !

– Ici à Reno ou dans tout le pays ?

Elle semble surprise par l'étendue du rayon d'action de cette organisation et mord sa lèvre avec cette naïveté énervante. *Est-ce qu'elle a conscience de l'endroit où elle a mis les pieds, bordel ?*

– À Reno, elle souffle sans me regarder.

– Difficile à dire, je tiens pas les comptes. Mais à vue de nez, je dirais que depuis que j'y bosse, j'ai vu entrer pas loin de cent cinquante filles.

– Oh quand même, elle rétorque, surprise. Tu parles de celles qui entrent, mais qu'en est-il de celles qui sortent ?

Je fronce les sourcils et me renfrogne. Elle remarque mon changement d'attitude quand elle relève les yeux vers mon visage.

– Quoi ? elle s'empresse d'ajouter. Je ne pensais pas qu'il y avait autant de filles, c'est tout. Entre celles qui sont trop vieilles et celles qui abandonnent… Je cherche juste à estimer la concurrence au plus juste !

– Personne ne quitte le Round, Virgin… Maintenant fous-moi la paix jusqu'à l'arrivée.

– Mais je…

Je lui lance un regard lourd d'avertissement qui l'interrompt. S'il y a bien un sujet à ne pas évoquer avec moi, c'est celui-là. Elle s'agite comme si sa dernière question lui brûlait les lèvres, mais je l'ai assez entendue.

J'ai préféré faire le point avec elle sur les grandes lignes du Round, mais qu'elle n'imagine pas que nos conversations ultérieures seront aussi étoffées. C'est le genre de truc qui fait dévier de l'objectif et il n'est pas question que je perde mon but de vue. Alors si elle croit être tombée sur un gentil tuteur prévenant et maternant, elle se goure bien comme il faut. Je suis probablement l'un des pires, à présent.

Je me cale dans le siège, porte une clope à mes lèvres en regardant défiler les rues derrière la vitre.

Elle et moi, ça va durer quatre mois. Elle ne le sait pas encore, mais elle va vivre l'enfer. Malheureusement pour elle, elle devra payer pour leurs erreurs.

CHAPITRE 4

Cadence

Qu'est-ce que j'ai fait ?

Pour ne pas céder à la crise de panique qui menace de s'emparer de moi à mesure que Master m'en apprend plus sur le Round, j'ai besoin de me répéter encore et encore le pourquoi de ma présence ici. Pourquoi j'ai pris la décision de quitter mon travail pour monter sur cette scène, de me dénuder devant ce type imbuvable et, enfin, de grimper dans cette voiture qui file dans la nuit.

« Personne ne quitte le Round, Virgin… »

Je frissonne encore en répétant sa phrase dans ma tête. « Personne ». Pourtant, je suis bien décidée à ne pas traîner dans le coin trop longtemps, encore moins à laisser quelqu'un traîner dans mes recoins. Je ne comprends pas cette menace sous-jacente. Je suis ici de mon plein gré – Seigneur, quand j'y pense ! –, je ne vois pas ce qui pourra m'empêcher de m'en aller une fois Ingrid retrouvée. Il y a bien assez de filles dans ce bordel pour qu'une vierge disparue attire l'attention.

Depuis que mon « tuteur » a cessé de répondre à mes questions, mon front s'est remis à taper doucement contre la vitre humide. Je fais le point mentalement sur les informations obtenues et la chose qui prime, c'est le sentiment de soulagement que ça m'inspire. Mas a dit que les filles du Round ne s'éloignaient pas. C'est une bonne nouvelle pour moi ! Pendant un bref instant, en l'entendant parler de clients ultra-riches, j'ai eu peur qu'Ingrid ne soit à des kilomètres d'ici, totalement hors de portée. *A priori*, elle est bien dans le coin, c'est déjà une info capitale. Le fait de rester aux alentours de Reno atténue mes angoisses et facilitera mes recherches. Enfin, j'espère.

Je l'entends remuer, souffler pour la énième fois, et je sens à nouveau son regard noir sur ma nuque. Sa présence prend tout l'espace dans l'habitacle et même si, sous ses airs de pitbull, il est beau garçon, rien de ce qui émane de lui n'est agréable. Je n'arrive pas à déterminer clairement quels sont les sentiments qu'il m'inspire. Tout ce que je peux dire, c'est qu'il me met mal à l'aise. Il a tout d'un prédateur. Il a l'air si imprévisible et inaccessible, c'est perturbant. En même temps, il est supposé me former à la haute prostitution, logique qu'il me donne mal au bide.

– On est arrivés, Virgin.

Je secoue la tête et me retourne vers lui, surprise. Je jette un coup d'œil rapide par-dessus le siège conducteur, un peu perdue. Je suis incapable de dire combien de temps s'est écoulé depuis la sortie du club. Enfoncée dans mes pensées, je n'ai même pas vu qu'on s'était arrêtés de rouler et je ne l'ai pas non plus entendu sortir de la voiture.

À l'extérieur, une main posée sur le toit et sa tête brune penchée dans l'habitacle, il me scrute si intensément que mon ventre se contracte. J'en ai croisé à la pelle des types louches et dangereux, et pourtant, celui-là m'inspire quelque chose de plus fort que les autres. Rien à voir avec sa chemise noire, son jean centenaire ou ses boots en cuir. Ça se joue dans son regard, dans cette lueur qui brille sous les réverbères.

– Allez, il s'impatiente.

Je m'extrais de la voiture dans un bruit de succion, mon corps toujours aussi moite d'appréhension. Je regarde sur ma gauche, puis sur ma droite, et je lève finalement la tête vers le bâtiment qui me surplombe, incapable de reconnaître dans quel endroit de la ville je me trouve. *Quelle bourrique, j'aurais au moins pu repérer l'itinéraire !*

– Où est-ce qu'on est ? je l'interroge.

– Chez moi.

– Oh…

L'endroit est désert, peu éclairé, et les voisins ne sont pas nombreux au kilomètre carré. De l'extérieur, la bâtisse ne semble pas très grande et je n'ose imaginer ce qui m'attend entre ces murs. Je me suis promis de ne pas reculer avant d'avoir les réponses que je suis venue chercher, alors je repousse les images sinistres qui viennent percuter mon front plissé.

Le coffre se referme dans un claquement fort et mon sursaut manque de me faire trébucher. Encore. Vivement que je retire ces chaussures de malheur qui finiront par avoir raison de moi. Ce n'est pas le genre de danger auquel j'avais pensé, mais je suis en train de changer d'idée.

C'est Umar qui me rattrape par le coude, un regard patient imprimé sur son visage sombre. C'est le premier homme du Round qui ne m'inspire pas de crise de spasmophilie. Il a l'air gentil, alors je lui souris et jette un coup d'œil rapide vers Mas, priant pour qu'il n'ait rien remarqué. Mais je comprends vite à son air pincé que ça ne lui a pas échappé. Pire, il n'arrive déjà pas à me supporter.

Fais un effort, Cadence ! je hurle dans ma tête en serrant les poings.

Ses yeux sombres croisent les miens et les emprisonnent dans un étau glacé. Mes poumons ratent plusieurs inspirations et mes ongles griffent l'intérieur de mes mains. Je tente un léger sourire pour désamorcer cet échange silencieux, mais il a déjà tourné la tête vers la porte d'entrée et passe devant moi dans un mouvement brusque qui fait voler mes cheveux. Je les décolle du reste de gloss bon marché qui recouvre mes lèvres.

– Charmant, je murmure dans la nuit en regardant à nouveau les alentours.

Ce quartier est lugubre, sale et puant. Il me tarde de retrouver la quiétude de mon appartement. Même mon taré de voisin me fait moins flipper que cet endroit. Maintenant que j'y pense, je n'aurais pas imaginé Master vivre dans un endroit comme celui-ci. En tant que tuteur du Round, je l'aurais plutôt vu dans une baraque chic, à la hauteur de ce business écœurant. Peu importe, il peut bien vivre où il veut. Tout ce que j'espère, c'est que cette entrevue chez lui ne va pas s'éterniser, parce que j'ai un besoin viscéral de me réfugier dans mon lit, en position latérale de sécurité.

– Dépêche-toi de rentrer, Virgin. Crois-moi sur parole, t'as vraiment pas envie de croiser le voisinage. Encore moins en pleine nuit.

Un frisson se faufile le long de ma colonne vertébrale et je cours dans sa direction. Ou du moins, je trottine jusqu'à lui du mieux que je peux avec mes talons inconfortables.

Un monte-charge des plus clichés nous attend au fond de l'entrée et je m'engouffre à l'intérieur sans respirer. Des relents d'urine m'entourent et des graffitis plus ou moins artistiques recouvrent les murs. J'ignore les énormes pénis illustrés qui disparaissent dans des bouches rouges béantes et me concentre sur le reste. Là où je vivais plus jeune, j'avais l'habitude des murs recouverts de tags. Dans un sens, ça devrait me rassurer, cet élément presque familier. Mais le bruit des mécanismes et des rouages qui grincent est trop angoissant et quand la grille coulisse enfin, mes jambes ne veulent plus écouter les ordres de mon cerveau. Elles refusent tout mouvement, sauf ceux qui sont provoqués par leur tremblement désespéré.

Je regarde Mas avancer dans un couloir dégueulasse, mais je suis toujours collée contre la paroi douteuse, figée entre deux sexes colorés. Un zombie ou un serial killer psychotique pourrait se jeter sur moi que j'en serais à peine étonnée.

Mas sort un trousseau de clefs de sa poche arrière, ouvre une grande porte bordeaux d'un mouvement sec et se retourne enfin. Quand il se rend compte que je n'ai pas bougé d'un poil, je m'attends à le voir arriver comme une furie et m'arracher le bras pour me taper sur le crâne avec. Mais contre toute attente, il baisse les yeux vers le sol, secoue la tête de dépit en empoignant ses cheveux et vient me chercher avec plus de calme que je ne l'en aurais cru capable.

– Allez viens, Virgin. Le timing est serré, surtout vu que tu… Bref, on doit commencer les choses sérieuses.

Je le regarde droit dans les yeux, puis je finis par faire descendre mon regard sur sa paume ouverte. Comme si j'avais le choix…

– C'est parti mon kiki, je réponds en glissant ma main dans la sienne.

Sa poigne est puissante et presque rassurante. Il m'entraîne à sa suite et je suis certaine de l'entendre soupirer. Nous venons à peine de nous rencontrer et je sens déjà qu'il a du mal à me supporter. Si Ingrid était avec moi, je saurais quoi faire. Il n'y a qu'elle qui ait toujours su me canaliser, elle est la seule sur laquelle je pouvais m'appuyer pour m'en sortir. Sauf que je ne sais pas où elle est et sans elle, c'est plus fort que moi, je n'arrive pas à être comme ces filles calmes et distinguées qui respirent la grâce. Pour ma part, je suis toujours en train de faire des bourdes, de dire des trucs inadaptés, et j'ai en moi plus de graisse que de grâce. Ça m'a valu des ennuis par le passé et c'est Ingrid qui m'en a sortie. Alors je sais sans l'ombre d'un doute que je suis le cocktail idéal pour faire péter les plombs à un type comme Mas. Je suis même étonnée de ne pas avoir un sac en plastique sur la tête ou un bâillon pour me faire taire. Je sais qu'il en a envie.

Il referme la porte derrière nous, tourne plusieurs verrous et accroche la petite chaîne. Je regarde cette issue qui vient d'être scellée. Comme pour empêcher l'enfer d'entrer ici. Ou peut-être d'en sortir.

CHAPITRE 5

Cadence

Je finis par me détourner de la porte close, réalisant seulement maintenant qu'Umar ne nous a pas suivis.

– Demain on ira t'acheter de nouvelles fringues, lance Mas en jetant ses clefs et son portable sur une console en fer.

Je le regarde traverser le salon sans oser le quitter des yeux, comme s'il allait se jeter sur moi d'un instant à l'autre.

– J'ai bien des trucs ici, il poursuit en ouvrant le réfrigérateur. Mais j'crois pas que ça t'ira.

Bam. Mange-toi ça dans les dents, Cadence. Non mais merde à la fin ! Je n'ai pas la taille mannequin, d'accord, mais je suis grande et plutôt bien répartie !

– Ok, je me contente de répondre pour ne pas l'énerver.

Il semble être plus calme que tout à l'heure et je ne tiens pas à ce que ça change.

– J'te conseille d'aller te coucher, tes journées vont être chargées à partir de demain et tes nuits plus encore.

Je ne cherche pas à comprendre ce qu'il sous-entend. De toute façon, je ne compte pas rester assez longtemps avec lui pour le découvrir. Par contre, un point crucial me questionne à l'heure actuelle.

– Du coup, pourquoi tu m'as fait venir ici au lieu de me ramener directement chez moi ?

La tête dans le frigo, il ne prend pas la peine de se retourner vers moi pour me répondre.

– J'arrive pas à déterminer si t'es profondément débile ou juste trop naïve.

– Pourquoi tu dis ça ? je rétorque tout à coup sur la défensive.

– Parce que tu ne rentreras pas dans ta piaule. C'est ici, chez toi, maintenant.

– Pardon ? je m'étrangle. C'est hors de question ! Et mes affaires, mon sac, mon téléphone ? Personne ne m'a dit que je devrais vivre ici avec toi !

Tous ces mots sont sortis bien trop vite de ma bouche et je sais que le ton que je viens d'employer va m'attirer des ennuis.

Bingo !

Il claque la porte du frigo si fort que les bouteilles à l'intérieur se heurtent avec fracas. Il prend une inspiration qui ressemble surtout à un grognement et traverse le salon à grandes enjambées. Droit sur moi.

– Mais d'où tu sors, bordel de merde ? il explose à quelques centimètres de mon visage. Comment t'as pu te retrouver là ? Putain, j'ai jamais vu ça !

Est-ce que tu sais au moins ce que tu fais ici ou t'as vu de la lumière au club et t'es rentrée ?

Je recule de deux pas, pour éviter de loucher tant il est près. Et pour respirer un autre air que celui qu'il expire.

– Évidemment que je sais pourquoi je suis là, je bougonne le feu aux joues. C'est juste que je ne vois pas pourquoi je ne peux pas continuer à vivre dans mon appart.

Il réduit à nouveau la distance déjà infime qui nous sépare et son regard redevient obscur. Je suis passée au crible par deux billes aussi noires que du pétrole. Un pétrole épais et collant dans lequel je m'embourbe irrémédiablement.

Il attrape la pointe d'une de mes mèches de cheveux, tire dessus d'un coup sec, puis l'entortille autour de son doigt, comme un putain de malade fétichiste de la pointe sèche.

– Quand je t'ai dit que tu étais à moi pendant ces quatre prochains mois, j'étais sérieux, Virgin. Et quand quelque chose m'appartient, je ne le laisse pas filer. Jamais. Si on imagine que ta vie se résume à ces seize prochaines semaines, alors comprends bien que toi et moi, c'est pour la vie. C'est compris, *chérie* ?

Il insiste sur ce dernier mot, qui résonne à mes oreilles comme la pire des menaces. Et je réprime un frisson d'horreur. J'espère que ma vie, aussi monotone et futile soit-elle, durera plus que quatre mois. Je sais que j'ai pris de gros risques en venant ici, en entrant dans cette organisation répugnante, mais je ne ferai pas machine arrière.

Alors je ne cherche même pas à polémiquer. J'étouffe la petite voix en moi qui s'époumone devant cette tournure que je n'avais pas anticipée. Je suis en train de comprendre que tout va être bien plus compliqué qu'espéré. Surtout si Mas reste sur mon dos. J'ai le doux espoir que ma virginité sera un gage de sécurité.

– Tu peux me montrer ma chambre, dans ce cas ? je lui demande en me mordant la langue de toutes mes forces.

– Je préfère ça. Suis-moi.

La bâtisse, qui semblait être de taille plutôt moyenne, est finalement bien plus grande vue de l'intérieur. C'est une sorte de grand loft à l'état brut. Les murs en imitation brique et le sol en béton ciré donnent un côté froid, et pourtant, je suis surprise de retrouver quelques touches de chaleur ici et là. Mais j'ai à peine le temps de m'y attarder que le pouce et l'index de Mas claquent devant mon visage inattentif.

– Allô !

– Oui ?

– Ta chambre ! Là !

Hésitante, je le dépasse et avance dans cette pièce qui est loin de ressembler à *ma* chambre. Chez moi, tout est coloré, lumineux et gai, alors qu'ici, tout est sombre et froid. Et cette chambre l'est plus que tout ce que j'ai déjà pu apercevoir. Quelques éléments attirent mon attention : un matelas posé sur un sommier au fond contre le mur, de vieux vestiaires en guise de penderies et, summum du mauvais goût, une longue barre de pole dance dans le coin opposé. Brillante. Menaçante.

– T'as une salle de bain attenante là-bas. À demain.

Et sans que j'aie eu le temps de lui demander si j'avais éventuellement le privilège de pouvoir grignoter un truc, il referme la porte, qui me claque en plein visage.

– Quel connard ! je jure la bouche presque collée au bois.

Le battant s'ouvre à nouveau et je me retrouve face à face avec Mas. *Merde*.

– Tu disais, Virgin ?

– J'ai dit « qu'il est tard ! », je réponds en faisant mine de m'étirer dans un bâillement exagéré.

Le tout, sans me dégonfler, alors qu'au fond de moi, il me fait vraiment flipper.

– Mais bien sûr.

Il disparaît à nouveau derrière la porte, qu'il repousse avec moins de force que précédemment, et je lâche tout l'oxygène qui s'était coincé dans ma gorge. Je me recule et fais le tour de la pièce, au bord de la nausée. Un peu de linge a été balancé sur le lit, une bouteille d'eau est posée par terre et de vieux bouquins sont empilés sur une table de chevet hideuse.

Bienvenue chez toi, Cad !

Je m'assois sur le bord du lit et, parmi le linge à ma disposition, j'attrape un short gris clair et un débardeur assorti. Je me laisse tomber, allongée sur le matelas, tout en me demandant comment je vais pouvoir dormir en étant si peu couverte. En imaginant que je trouve le sommeil, évidemment.

Mon Dieu, si Milo savait ! Mon meilleur ami a dû quitter le pays pour quelques semaines, mais avant de partir, il a essayé de me convaincre d'abandonner cette folle idée et je lui ai laissé croire qu'il avait su me faire changer d'avis. *Quel idiot !* Il me connaît, pourtant. Il sait que certaines choses comptent plus que tout pour moi. Il y en a deux, en fait : lui et Ingrid. Les deux piliers de ma vie. Trois orphelins qui ont grandi dans le même foyer, sans jamais être séparés, ça rend… fusionnels. Je sais qu'il sera fou de rage s'il apprend ce que je suis en train de faire, mais pour Ingrid, je suis prête à tout. Sans elle, la gamine paumée et fragile que j'étais n'aurait pas survécu. Elle m'a rendue forte, je lui dois celle que je suis aujourd'hui et c'est pour ça que je suis là. J'ai le pressentiment insidieux qu'elle a des ennuis et faire semblant de mettre mon corps en jeu pour avoir de ses nouvelles n'a pas d'importance. Je ne peux pas lutter contre ce lien qui nous unit et qui n'a pas de prix.

Je tourne la tête vers la petite salle de bain et trouve une motivation insoupçonnée pour me relever et me déshabiller. Enfin débarrassée de ma jupe et de mon débardeur, je file sous la douche sans regarder le reflet du miroir. Je n'ai pas envie de croiser mon regard. Ça ne ferait que me faire douter. Alors sans attendre que l'eau monte en température, je me jette sous le jet et laisse tout ce qui me colle à la peau se détacher et disparaître dans le siphon.

Je crois que la réalité du Round est plus tortueuse que les plans que j'avais tirés. Je vais devoir faire taire Cadence si je veux devenir l'une des leurs. C'est le seul moyen d'y arriver. J'ai déjà compris sans peine que je n'ai pas le profil pour m'en tirer sans dommages. Je dois faire un effort.

Je frappe du poing contre le carrelage blanc. *Comment a-t-elle pu faire ça délibérément ?*

CHAPITRE 6

Mas

Ce n'est que le début et elle me fait déjà vriller. C'est notre première vraie journée de travail et j'ai déjà envie de m'en débarrasser.

J'inspire et j'expire, mais ça ne suffit pas à me calmer. Garett avait tort, la nuit qui vient de passer ne m'a pas apaisé. Bien au contraire ! Et même si je m'étais levé calme et disposé, elle aurait tout ruiné juste à cet instant.

– Entre là-dedans, Virgin ! j'ordonne, au bord de la crise de nerfs.

– Je t'ai dit non !

– Bordel, entre ou j'te jure que je vais en venir aux poings.

Elle hésite, je le vois au fond de ses yeux. *Putain mais cette meuf est une vraie tête de mule !*

– Pas les cheveux. Ce que tu veux, mais pas mes cheveux, elle me supplie en plaquant ses mains sur son crâne.

Je n'aime pas les négociations, encore moins avec ces putes, ou pseudo-pute dans son cas.

Pute de rien du tout, même. Alors j'attrape son bras, lui tords en deux dans le milieu du dos et colle ma bouche à son oreille.

– Ne me pousse pas à bout, Virgin. Tu n'aimerais pas le résultat. Tu fais ce que je te dis, tout ce que je te dis, que ce soit bien clair.

Sur ce, je pousse la porte du salon de coiffure d'un coup d'épaule brutal et la tire à ma suite. Je connais bien l'endroit, c'est toujours ici que je les ramène pour démarrer. Si certains tuteurs ne sont pas contre l'idée de conserver l'ancienne apparence de leurs protégées, moi je suis de ceux qui préfèrent les remodeler totalement.

– Mas !

– Salut Britney.

– Ta nouvelle pouliche, à ce que je vois, elle enchaîne en haussant ses sourcils parfaitement épilés.

– Un putain d'âne, tu veux dire !

Elle lance un regard méprisant vers Virgin qui ne le remarque même pas. Sa tête est baissée et sa respiration saccadée. *Merde, il ne me manquait plus qu'une phobie des coiffeurs pour parfaire son portrait !*

– Comment elle s'appelle, celle-là ?

– V…

Britney sent mon hésitation et plisse ses yeux trop fardés. En public, j'ai tout intérêt à ne pas encore dévoiler cette particularité. Les rumeurs et autres moqueries auront vite fait de se répandre, mais pour l'heure, je dois d'abord savoir comment je vais utiliser cette merde niveau business. Alors je préfère fermer ma gueule, parce que certains vont se faire un malin plaisir à plomber un peu plus ma réputation dès qu'ils sauront. Au Round, personne ne veut d'une putain de vierge, c'est clair !

– Gin, elle s'appelle Gin.

En entendant son nouveau surnom, celle-ci redresse un visage perplexe vers moi et me lance un regard qui, pour la première fois, est difficile à déchiffrer.

– Assieds-toi là.

Elle obéit sans un mot et je me demande vraiment ce qu'il lui arrive, elle qui ne semble pas du genre à savoir la boucler. Rien que ce matin, j'ai bien failli l'enfermer dans sa chambre pour qu'elle arrête de me saouler de paroles avant même que j'aie bu mon café.

– Tu veux quoi, Mas ? me demande Britney en pinçant la bouche.

Je regarde le reflet de Virgin dans le grand miroir qui nous fait face. Elle fait la gueule. *Sérieux ?* Elle boude parce qu'elle refuse que je touche à sa masse de cheveux informe !

– Elle a besoin d'une bonne épilation, genre carrément intégrale. Mais pour l'instant, tu commences par lui couper une frange pour cacher ce truc immonde, j'indique en pointant un doigt accusateur sur la grande cicatrice qui sépare son front.

Je l'ai remarquée hier soir alors que je scrutais son visage dans la voiture. Difficile de passer à côté, à vrai dire, et j'en viens une fois de plus à me demander ce que les recruteurs du Round ont bien pu lui trouver. Moi je ne vois rien. Et il a fallu que ça tombe sur moi !

Britney s'éloigne en pouffant et disparaît derrière un rideau épais. Seul avec Virgin, je tourne son siège vers moi pour étudier à nouveau son visage.

– C'est juste une cicatrice, Mas. Je vois pas où est le problème, elle se défend devant mon air dégoûté.

– Le problème ? Aucun client n'a envie de se faire chevaucher par Harry Potter, crois-moi.

– N'importe quoi, elle s'empourpre soudain. Je suis sûre que nue sous une cape, à faire des trucs louches avec une baguette, ça peut fonctionner…

Sa réplique me surprend et je l'observe faire pivoter son siège comme si de rien n'était. Elle approche son visage à quelques centimètres du miroir et pose un doigt contre son front.

– Tu m'auras bien pourri la vie, Mike… elle continue plus bas en s'adressant à sa cicatrice.

– Mike ? T'as donné un petit nom à ta cicatrice ?

Elle m'ignore et reste concentrée sur son propre reflet, comme si elle y voyait autre chose que son visage. Même pas vingt-quatre heures que je l'ai dans les pattes et j'en suis déjà à me poser des questions sur elle. Jusqu'à maintenant, les autres filles ont toujours eu des réactions et des comportements prévisibles. Pas elle. Et ça, ça ne me plaît pas du tout. J'arrive à faire ce que je fais tous les jours depuis cinq ans parce que j'ignore ces filles faciles. C'est la seule manière d'effacer rapidement l'ancienne version d'elles-mêmes, pour mieux ancrer la nouvelle. La version sans profondeur, lisse comme un écran plat renvoyant ce que les clients veulent y voir.

Je ne sais pas pourquoi, mais je pressens qu'avec Virgin, tout ça va être bien plus compliqué que d'habitude.

Je l'observe encore et me retiens de lui demander comment elle s'est retrouvée avec une marque pareille sur la tronche.

– On y va ? demande Britney qui revient en faisant claquer sa paire de ciseaux.

Je hoche la tête d'un signe approbateur et m'enfonce dans un siège voisin. Britney dégage une large mèche de cheveux, la peigne devant le visage de Virgin et donne un grand coup de ciseaux sur la première moitié. Son œil noir apparaît en dessous et ne me quitte pas du regard. À chaque bruit métallique et à chaque mèche qui tombe sur ses genoux, je vois sa mâchoire se contracter un peu plus et ses doigts blanchir autour des accoudoirs. Bon sang, la sentir vulnérable pour si peu pourrait presque me faire jouir sur place. J'aime ces instants, ces petits moments où elles oscillent entre deux êtres. Celles qu'elles sont et celles que je veux qu'elles deviennent. C'est là-dedans que je puise ma force, mon courage de ne pas lâcher. Certaines se laissent faire comme de petites chiennes apprivoisées et d'autres résistent un temps. Virgin fait partie de cette seconde catégorie, je le sens. Et je me délecte d'avance de ce que je vais lui faire subir pour la faire basculer de l'autre côté. Mes objectifs personnels ne laissent place à aucune pitié. J'ai appris à l'accepter. J'ai changé pour y arriver.

Mon esprit m'échappe et se met à illustrer tout ce que je pourrais faire à Virgin pour l'initier. Merde, les images se succèdent bien trop vite et avant de pouvoir le réaliser, je me sens durcir. *Bander pour Virgin ? Putain, pas question !* Pas maintenant, du moins. Quand elle n'aura plus l'air d'une gamine coincée, mais celui d'une pro de la culbute, je me laisserai peut-être tenter. Mais là, j'ai juste envie de l'étrangler, pas de la sauter, bordel !

J'appuie sur ma braguette pour me calmer et glisse ma main jusqu'à ma poche, pour choper une cigarette de mon paquet tout aplati. Je sors du salon en insultant mes couilles et, debout sur le trottoir, j'aspire de grandes bouffées le visage levé vers le ciel.

J'attrape mon téléphone dans ce même foutu toc qui ne me quitte plus et vérifie encore mes derniers messages reçus. Toujours rien de sa part. J'hésite entre soulagement et questionnement. Bordel, je lui en veux chaque jour un peu plus de m'avoir mêlé à sa merde !

Je passe plusieurs coups de fil pour orchestrer les semaines à venir, préviens Lorenzo pour qu'il prépare des fringues pour Gin et refume encore trois autres clopes coup sur coup.

Je finis par me perdre dans mes pensées en fixant les nombreuses voitures qui défilent sur le bitume. *Putain, pourquoi est-ce qu'épiler une chatte et couper des cheveux prend autant de temps ?*

Un bruit contre le carreau attire mon attention et j'aperçois Britney qui me fait signe de rentrer. *Enfin !*

J'écrase mon mégot sous la semelle usée de ma chaussure et les rejoins aussitôt.

– T'en penses quoi ?

En me demandant ça, la jolie coiffeuse se décale et je me retrouve face à deux billes noires, bordées d'une épaisse frange tout aussi sombre. Le rendu est bien meilleur que je ne l'avais espéré. Mes yeux glissent sur le reste de ses cheveux et je me renfrogne.

– Je voulais que tu coupes aussi la longueur.

Contre toute attente, les deux filles échangent un regard entendu et Britney se retourne vers moi en souriant.

– Grosse erreur, Mas. Un peu brossés et soignés, ses cheveux sont magnifiques comme ça. Et puis on sait tous que les mecs aiment les longues queues-de-cheval. C'est un truc qui ne changera jamais !

Elle me fait un clin d'œil, puis un second à l'attention de Virgin avant de se faufiler derrière son comptoir en se dandinant.

– Chacun son domaine, elle ajoute sans me regarder.

Je bosse avec elle depuis des années et même si ça gâche mes plans et ma fierté, je lui fais confiance. Pourtant, je n'arrive pas à me défaire de ce sentiment que quelque chose m'échappe.

– Ok, je lâche en même temps qu'une poignée de billets.

Je me tourne vers Virgin qui s'empresse d'effacer un sourire triomphant de son visage rond. Mes yeux vont et viennent entre elle et Britney et j'inspire bruyamment pour leur montrer que je ne suis pas dupe.

– On s'tire, Gin.

– Salut Britney, elle murmure en levant sa main.

– Repasse quand tu veux !

Je lance un regard rageur vers Britney, qui me balance en guise de réponse un bon doigt d'honneur plein d'assurance. Au contraire de beaucoup, elle ne me craint pas, parce que son réseau à elle est aussi influent que le mien. Et de toute façon, depuis mes dernières emmerdes, j'ai sacrément perdu en réputation, et ça, je le vis super mal. Quoi qu'il en soit, elle sait très bien que je déteste qu'elle copine avec mes poulardes et pour tout dire, ça n'est presque jamais arrivé. C'est sûrement pas avec Virgin que j'aurais imaginé ça, surtout vu l'air antipathique qu'avait Britney en la regardant quand on est entrés. Qu'est-ce qui s'est passé entre elles pour provoquer un tel revirement ?

Je laisse la porte se refermer dans un tintement et commence à marcher vers la voiture. Assez près de Virgin pour remplacer son ombre sur le trottoir blindé, je fulmine.

– On s'est pas bien compris, Gin.

– Comment ça ?

– C'est ma faute, j'aurais dû être plus clair…

Quand une ruelle déserte s'ouvre sur notre gauche, je la tire violemment par le bras et l'entraîne derrière moi. Surprise par mon geste brusque, elle bute sur son propre pied et part en avant. Elle tombe à genoux sans que je l'en empêche et j'entends son pantalon se déchirer, puis un cri étouffé grincer entre ses dents. Il faut dire que ce pantalon était loin d'être à sa taille quand je lui ai refilé ce matin et que je suis même sacrément étonné qu'elle ait réussi à se glisser à l'intérieur sans avoir l'air ridicule. Quoi qu'il en soit, il n'a pas supporté la chute.

Immobile à mes pieds, elle reprend son souffle coupé par le choc. Je la scrute sans aucun remords. Et j'attends, mes mains dans les poches en toute nonchalance, qu'elle redresse son visage vers le mien. Elle n'a rien vu venir. C'est pour ça que je suis l'un des meilleurs quand il s'agit d'éduquer les cas difficiles. Elles ne savent jamais à quel moment je vais craquer. Elles sentent immédiatement que je ne suis pas un ange, mais quand elles voient que je suis tranquille de prime abord, elles se lâchent un peu. Et là, je leur saute à la gorge comme un cobra excité. C'est toujours fatal.

Je la regarde changer de position, son dos maintenant appuyé contre le mur. Elle pince ses lèvres quand ses genoux ouverts se replient contre sa poitrine. Difficilement, elle relève son visage pour me regarder. Et je ne vois que le nombre infini de larmes pressées de s'échapper de ses yeux noirs. *Gagné !*

– Je ne sais pas ce que tu as dit à Britney pour qu'elle épargne tes cheveux, ni ce que tu lui as fait derrière ce putain de rideau pendant qu'elle s'occupait de ta chatte. Tu peux bien la sucer autant que tu veux, tant que tu respectes ce que j'ai décidé. Ne me défie pas, Virgin. Je t'ai prévenue.

Puis je me penche à sa hauteur et murmure contre son lobe :

– Je sais pas c'que t'as cru en débarquant au Round, chérie. Mais t'as pas l'air bien au courant de ce qui s'y passe.

– Alors explique-moi, elle rétorque à voix basse.

Attiré par la lueur de défi qui semble ne jamais quitter ses prunelles, je m'accroupis à sa hauteur, rapproche mes lèvres des siennes et fais glisser ma main dans son décolleté sans la quitter des yeux. Je sens son cœur s'emballer derrière sa poitrine et je devine ses dents qui s'enfoncent dans l'intérieur de sa lèvre. Je pince sans retenue son sein gonflé d'adrénaline et son petit téton novice roule entre mes doigts comme une olive prête à être croquée.

– Oh mais ne t'en fais pas, je vais tout t'expliquer. Je vais même te montrer tout un tas de trucs.

Son souffle est calé sur le mien et je ne saurais dire si ses yeux expriment de l'appréhension ou de l'excitation. À vrai dire, plus les heures avancent en sa compagnie, plus j'ai du mal à décrypter ses émotions.

– Mais je ne suis pas certain que tu aimeras tout ce qui va t'arriver ces quatre prochains mois, je continue à lui murmurer sans lâcher son petit bout durci.

– Ça, c'est mon problème, Mas.

Elle finit sa phrase sur un couinement tandis que je la pince plus fort, enfonçant mes ongles dans sa chair rosée.

– Ton problème, pour l'instant, c'est d'arrêter de me défier sans arrêt. J'suis pas ton pote, Gin. J'suis pas un mec sympa. Recommence à faire ça et je m'occuperai plus sérieusement de toi. S'il faut que tu frôles la mort pour ressembler à ce que je veux, je n'hésiterai pas. Tu as choisi d'appartenir au Round, tu n'es plus rien depuis ce moment-là.

Rien de plus qu'une chose que je vais effacer et remodeler à ma guise.

CHAPITRE 7

Cadence

Je hoche la tête par petits à-coups, en clignant beaucoup trop des paupières. Vue de l'extérieur, je dois avoir l'air d'une vierge épileptique. *Fantastique !*

Mon cœur bat la chamade, mais pour être honnête, je ne sais pas si c'est à cause du regard haineux que Mas pose sur moi ou si c'est une réaction à sa grande main chaude qui entoure encore mon sein. C'est à peine si j'écoute ses paroles, trop attirée par ses lèvres charnues qui bougent rapidement à trois centimètres des miennes. Merde, j'ai beau être intacte et inexpérimentée, ça ne m'a jamais empêchée de fantasmer à mort sur quelques mecs et leur queue imaginaire. Et là, tout de suite, malgré sa rudesse et ses menaces, j'imagine déjà Mas s'enfoncer en moi entre la poubelle et la plaque d'égout. C'est quoi mon problème ? Putain, je dois sérieusement penser à arrêter de lire des romans érotiques.

– Allez maintenant bouge ton cul, Gin. On y va, il lâche en se redressant devant moi.

Ma tête et mes paupières se figent enfin et je cherche mon air pour me décontracter. Pas si facile avec cet ours puant juste au-dessus de moi ! Et puis pourquoi est-ce qu'il s'obstine à me donner ce fichu surnom ? Cadence, c'est pourtant pas compliqué ! Malgré tout, je préfère encore la version courte. Se faire surnommer Virgin à tout bout de champ devenait vraiment insupportable. Je n'ai pas besoin qu'on me rappelle constamment certains de mes choix.

Je me redresse en cherchant une éventuelle main tendue devant moi. En vain. *Tu peux toujours mendier, ma fille*, je râle mentalement en réalisant qu'il est déjà au bout de la ruelle. Je grimace en dépliant mes genoux écorchés et le suis sans broncher jusqu'à la voiture. Je m'y installe et essuie discrètement le sang qui dégouline sur mon tibia.

Sans piper mot, il me tend un mouchoir en papier. Ce gars doit souffrir d'un syndrome de violence subite incontrôlée et inexpliquée, suivi d'un profond sentiment de culpabilité – d'où le mouchoir. Je ne suis pas psy, mais ça doit bien exister une maladie de ce genre. *Espèce de taré !*

J'appuie cette nouvelle frange immonde contre la vitre et observe les passants déambuler sur les trottoirs. On roule depuis une bonne demi-heure maintenant et la ville ne m'a jamais semblé si étrangère. Je vis à Reno depuis toujours, et pourtant, je suis rarement allée beaucoup plus loin que mon quartier. Les endroits dans lesquels Mas m'emmène sont à l'opposé de mes excursions habituelles.

En vérité, j'ai peur de devoir aller plus loin que ce que j'avais planifié, aussi bien dans le sens géographique que physique du terme. Mon Dieu, est-ce que je suis vraiment prête à subir ce que Mas me réserve, pour Ingrid ? La réponse est oui, mais j'ai peur, vraiment peur, parce qu'au-delà de ma virginité, je vais devoir accepter l'éventualité de perdre une part de moi-même si jamais je ne retrouve pas très vite mon amie. Le Round est plus complexe que prévu et Mas est… sans limites. Est-ce que je vais tenir le coup ? J'en sais franchement rien, mais il est déjà trop tard pour reculer. L'avenir me dira ce qu'il m'en coûtera.

Un raclement de gorge perce le silence de l'habitacle comme un coup de feu. Raide sur mon siège, complètement oppressée par ma fichue ceinture de sécurité, je n'ose pas regarder mon tuteur. Ni lui parler. J'ai envie de lui poser des questions, un tas de questions, même, mais je me mords la langue comme jamais. Je suis bavarde et si je ne me retiens pas, je vais encore finir le cul par terre et le nichon pressé comme le pis d'une vache en pleine traite. D'ailleurs, je suis vexée qu'il ait pu faire ça. *Comment peut-on devenir un pareil enfoiré ?* Malgré tout, je suis encore obnubilée par son contact qui n'avait pourtant rien de sensuel. *Putain Cadence, à quoi tu joues ?*

– Réfléchis pas autant, Gin. C'est pas ce qu'on attend de toi.

Je tourne enfin les yeux vers lui. Concentré sur la route, il ne me regarde pas, mais je vois aux mouvements de ses pupilles qu'il me surveille de biais.

– Ok, je réponds mollement sans le contredire.

– T'avais besoin d'être un peu bousculée pour la fermer, à ce que je vois, il souffle en affichant un sourire satisfait.

– Si tu l'dis.

Toujours tournée vers lui, je croise les bras sur ma poitrine, énervée. Comment peut-il croire que bousculer quelqu'un l'aide à prendre les bonnes décisions ? À changer ? Le pire là-dedans, c'est que ça m'étonne de lui, même après une seule journée en sa présence. Il s'est montré brusque dès le départ, bien sûr, mais je n'arrive pas à déceler en lui ce truc vraiment vicieux que je devrais trouver. Il y a bien quelque chose, mais impossible de dire ce que c'est.

L'arrière de mon crâne enfoncé dans l'appuie-tête, je le détaille plus longuement que d'habitude, sans aucune discrétion. J'ai besoin de cerner l'étendue de sa personnalité. Au foyer, j'ai cohabité avec des types en tout genre et j'ai largement aiguisé mon aptitude à déchiffrer les gens. Mais avec Mas, autant dire que c'est pas gagné. Parce que hormis ses élans de colère, il est aussi fermé que mon vagin.

– Dis-toi que je te rends service, il reprend en remuant sur son siège. La plupart des clients sur qui tu vas tomber te feront bien pire.

– Je sais, je réponds avec plus de force que prévu.

Il se retourne vers moi, cette fois, probablement surpris par ma réponse donnée sur un ton inhabituel. *Évidemment que je le sais, putain !* C'est exactement parce que je le sais que je suis là ! Mais ça, il ne s'en doute pas.

Ses yeux toujours accrochés à moi, je me rapproche davantage de lui et pose mes coudes sur l'accoudoir. Le menton dans les mains, je le fixe sans ciller. Il a envie de me poser des questions lui aussi, je les vois fourmiller derrière ses iris, je les devine sur sa langue qui passe et repasse sur le bord de sa lèvre.

– C'est vert, j'articule tout bas.

Il sort de sa torpeur et la voiture repart. Je me retourne vers la rue et quand il se gare le long d'un immeuble plutôt chic, je lui adresse une moue surprise.

– Du coup, avec cette frange, est-ce que ça se voit quand je fronce les sourcils ? je l'interroge perplexe.

Ses mains toujours accrochées au volant, il me détaille, ouvre la bouche pour dire quelque chose et se ravise. Alors je reprends mon examen de l'immeuble dans le silence.

– C'est plus fort que toi, pas vrai ?

– Quoi donc ? je demande sans me retourner.

– Ce côté un peu…

– Un peu quoi ?

– Laisse tomber.

Il sort de la voiture en soufflant et je me dis que, grâce à moi, ses poumons vont se porter à merveille. Jamais un type n'a autant expiré en ma présence.

– Ouvre, c'est Mas.

Il a parlé dans un interphone, et la seconde qui suit, la lourde porte bleue émet un clac sonore et nous nous engouffrons dans une cour intérieure entretenue. Cet endroit ne ressemble en rien à ce que j'ai pu voir depuis que j'ai rencontré mon tuteur. Au fond, une autre porte s'ouvre.

– Doux Jésus, Mas ! Toujours aussi bandant ! s'exclame un grand métisse d'une voix haut perchée. Alors tu m'amènes une nouvelle petite ?

Son regard lubrique coule jusqu'à moi et me détaille pendant de longues secondes.

– C'est une blague ? il demande en insistant sur chaque syllabe.

Un long doigt orné d'un ongle verni se tend dans ma direction et je lève les yeux au ciel d'agacement. Je ne me suis jamais sentie aussi laide et grosse que depuis ces dernières vingt-quatre heures. Tous ceux que je croise me regardent comme un ovni.

– Allez viens là, ma chérie ! il s'écrie si fort que je sursaute et enfonce mes doigts dans le bras de Mas sans réfléchir.

Contre toute attente, son visage se fend d'un large sourire accueillant, bordé de rouge à lèvres. Et avant que je puisse reculer ou reprendre mon souffle, il m'attrape par la main pour me faire entrer chez lui.

Je pénètre dans un appartement complètement déjanté. Sans aucun doute à la hauteur de son propriétaire. La pièce est immense, remplie de bibelots en tout genre, de canapés colorés et de dizaines de chats qui se prélassent un peu partout.

– Salut, toi ! je chuchote à un chaton roux qui se frotte contre mes chevilles.

Je le prends dans mes bras et son museau chatouille mon nez. Je ris en me redressant et quand je pivote et me retrouve face au visage de Mas, ses yeux à lui ne rient pas du tout. Bouche ouverte, j'attends sa réaction qui ne vient pas.

– Il est mimi tout plein… je tente pour ma défense.

– Dégage ce truc de sous mon nez, Gin, il lâche sans respirer.

– Si tu venais plus souvent, Maestro, tu ne serais plus allergique à mes bébés !

– T'as préparé ce que je t'ai demandé, Lorenzo ?

– Bien sûr !

Ledit Lorenzo s'approche de moi, un sourire immense greffé sur son visage fardé.

– Si tu savais comme je suis content d'en avoir enfin une bien foutue, il me dit en tirant sur le chaton qui s'est accroché dans mes cheveux. J'en avais ras la raie de ces petites putes maigrelettes.

– Ah ! je lance à Mas en le pointant du doigt.

– Et avec du caractère en plus ! il ajoute en lui balançant un haussement de sourcils appuyé.

– Ça n'a jamais rien rapporté d'avoir du caractère dans ce milieu, Lorenzo. Tu devrais pourtant t'en souvenir. Montre-moi ce que tu as, maintenant.

– C'est un très vilain garçon, souffle Lorenzo dans mon oreille en gloussant.

Je rigole de concert et le regarde partir vers un grand dressing ouvert, d'où il décroche des fringues les unes après les autres, pour les envoyer sur un immense sofa rococo. Mais très vite, quand je réalise de quoi se compose le tas de vêtements qui grandit devant moi, j'ai une sérieuse envie de vomir. *C'est un cauchemar !*

– Lingerie de ce côté, robes, petits shorts, énumère Lorenzo. Bref, t'as tout l'attirail qu'il te faut pour en niquer un max, poupée.

– Chouette ! je dis faussement enjouée.

Nouvelle désillusion en approche. Je crois pouvoir m'en tirer comme ça, prendre toute cette merde sous le bras et me barrer, mais non. Mas ne l'entend pas ainsi, évidemment.

– Déshabille-toi et enfile-les tous, j'ai besoin de savoir de quoi je dispose exactement.

J'opine à contrecœur et pendant deux longues heures, je passe toutes sortes de bouts de tissu sur mon corps. Si au départ je suis plutôt gênée, très vite, je me détends. Je n'ai jamais été pudique à l'extrême de toute manière. L'intimité n'est pas quelque chose que j'ai connu là où j'ai grandi.

Et puis pour le coup, j'ai un grand paravent derrière lequel je peux me changer sans exhiber ma chatte fraîchement épilée. Putain, elle a vraiment souffert sous les attaques de Britney ! D'ailleurs, en la regardant de plus près, je m'aperçois qu'elle est écarlate, limite boursouflée. *Pauvre petite...*

– Tu aimes ce que tu vois ?

Je sursaute en trouvant Mas dans mon dos. Assis sur un pouf en cuir violet, il me regarde pendant que je contemple mon intimité dans le miroir, une main posée de chaque côté de mon pubis. La honte !

– Ça fait bizarre, j'ai l'impression d'avoir dix ans, comme ça ! je rétorque sans lui montrer ma gêne. Je comprends pas le délire des mecs.

– C'est bien pour ça que t'es encore vierge à quoi, vingt ans ?

– Vingt-deux ! Et ça n'a rien à voir avec ça, je bougonne.

En fait, pour être honnête, je n'ai jamais intéressé personne qui en vaille la peine. De bons gros boulets, oui, qui m'auraient bien baisée, avec ou sans poils, au passage. Avec ou sans mon accord aussi. Très peu pour moi. Certaines filles restent vierges plus longtemps que les autres parce qu'aucune occasion ne s'est encore présentée. Ce n'est pas ce qui m'est arrivé.

J'arrête de regarder mon reflet et me retourne vers les tenues que je n'ai pas encore passées. Je n'aurais pas cru pouvoir assumer ma nudité devant un type comme Mas, mais il semble chaque fois tellement dégoûté par ma personne que je ne me formalise pas.

J'enfile rapidement un soutien-gorge en tulle, que je recouvre par un petit haut taillé dans la même matière. Résultat, on ne voit que mes tétons saillants qui s'agitent et semblent saluer le propriétaire de la très estimée main chaude. Je n'ai pas quitté les talons immenses que m'a refilés Mas ce matin, et l'enfilage du string qui doit compléter mon ensemble prend une tournure inattendue.

Après avoir essayé quatre fois de viser avec ma chaussure, je finis par faire ce que je fais de mieux. C'est-à-dire de la merde. En voulant passer mon talon dans le trou, je me tords l'autre cheville, fais une embardée en arrière et finis les fesses – toujours nues bien sûr – empalées sur l'entrejambe de mon affable tuteur.

– Fait chier ! je jure en essayant de décoincer le string de ce maudit talon aiguille.

Comme je suis toujours assise sur les genoux de Mas, la fameuse main chaude et son acolyte se posent sur mes hanches et me poussent doucement, pour libérer une virilité secouée par mes dangereuses fesses pleines. Mes tétons, furieux de cette trahison, seraient bien tentés de mettre leurs doigts dans les yeux de mes hanches par pure vengeance. Et moi, trop concentrée sur le bout de tissu qui pend lamentablement au bout de ma chaussure, je ne fais même pas attention au frottement lent qui se répercute plus bas, alors que Mas me fait glisser sur ses cuisses.

– Tu es une vaste blague, il ajoute en se redressant, histoire de bien enfoncer le clou.

– Je le croirai seulement quand je t'aurai vu rigoler, monsieur Constipé. Jusque-là, je considère que c'est de la pure spéculation.

Il secoue la tête et disparaît derrière le paravent, me laissant avec un string coincé dans la chaussure.

Je joue avec le feu. Si je continue à avoir ce genre de comportement, Mas va finir par se débarrasser de moi et adieu tous mes plans. Pourtant, j'ai beau essayer de me raisonner, je n'arrive pas à mettre Cadence de côté. Je crois que ça me rassure de m'y accrocher.

Alors qu'il est enfin en place, je me dispute encore avec ce foutu string du diable.

– De quel côté se met cette merde ? je demande en sortant de ma cabine improvisée. Il y a autant de tissu devant que derrière, il est à l'endroit, au moins ?

Je me tortille et me tords le cou pour évaluer la situation. J'entends Lorenzo ricaner et il hausse ses épaules étroites. Je repars derrière mon abri de fortune en pestant, pas plus avancée, mais prête à enfiler le mini-short à paillettes immonde qui termine cette tenue de pute.

– Si tu veux mon avis, Maestro, cette fille va faire des ravages.

Lorenzo a parlé tout bas et je tends l'oreille pour écouter leur conversation.

– Des ravages ? Au sens propre, oui, c'est certain ! Cette gonzesse est une vraie calamité, putain.

– C'est sûr qu'elle n'est pas comme les autres. Mais elle me plaît bien. Elle pourrait avoir plus de succès qu'il n'y paraît.

Mas grommelle quelque chose, et à force de tendre l'oreille contre le paravent, je le fais basculer sans pouvoir le rattraper. Il frappe le sol dans un claquement puissant. Plusieurs chats s'échappent en feulant, et moi, je serre les dents pour leur offrir une jolie grimace d'excuse.

– Des ravages, hein ? ironise Mas en secouant la tête.

CHAPITRE 8

Mas

Je la dévisage fixement depuis dix minutes. Assise à la table de la cuisine, elle me regarde en haussant ses sourcils et je vois bien qu'elle n'ose pas prendre la parole. Tant mieux, elle a une tendance au vomissement verbal et j'ai beau lui mettre des taquets derrière la tête depuis le début de la semaine, y a rien à faire. C'est plus fort qu'elle. Sept jours, putain, sept jours que j'ai hérité de ce boulet monumental et aucune amélioration à l'horizon, rien. Elle n'arrive toujours pas à enfiler ses sous-vêtements avec grâce et je dois la surveiller pour qu'elle ne passe pas sa journée à boulotter.

Rien n'est perdu pour autant, je suis encore dans la phase d'observation, ce qui me retient de l'étrangler. Voilà ce qui me différencie des autres tuteurs et qui me rend si bon dans ce domaine. Je prends mon temps. J'observe, je décortique, j'analyse. Et quand j'ai assez de matière pour travailler, je passe à la seconde phase : la réinitialisation. C'est une tactique bien huilée, cadrée.

Ça m'aide à oublier ce que je fais, ça rend tout ça plus facile à assumer. Voir ces filles comme un programme informatique à rebooter, un smartphone à reconditionner. Finalement, c'est presque comme si je n'avais pas arrêté ce que je faisais avant d'entrer dans le Round.

– Hum hum, toussote Virgin en remuant sur son siège.

Mon ongle du pouce entièrement rongé, je m'attaque à l'index en fronçant les sourcils. J'attends un coup de fil qui ne vient pas. Hier, j'ai demandé conseil à l'un de mes superviseurs. Un putain de sale enfoiré, mais il a le nez bien enfoui dans le Round et il en sait plus que moi sur les fluctuations du marché niveau putes. J'ai besoin de son avis pour orchestrer la suite.

– Bon, ça suffit maintenant ! elle s'excite soudain.

Je sors de mes pensées et m'arrache un bout de peau.

– C'est quoi ton problème à la fin, Master ? elle me questionne en insistant sur mon pseudo.

– En dehors de toi ? je crache en même temps qu'un ongle.

Elle prend une grande inspiration et se lève. Quant à moi, je ricane sévère en voyant sa dégaine.

– Tu peux me dire ce que tu fous avec ça ?

– Je m'entraîne, pardi !

Je penche la tête pour avoir une vision d'ensemble et ça vaut le détour. J'ai toléré hier soir qu'elle enfile un bas de pyjama informe. Après de longues négociations de sa part sur le caractère abrasif du tissage de sa nuisette et le fait qu'aujourd'hui est son jour off, j'ai lâché l'affaire. Faut dire que j'avais les couilles pleines et qu'une nana m'attendait sur le toit-terrasse, cuisses ouvertes.

– Ça me scie les pieds comme une ficelle à merguez, ce truc ! elle se plaint en levant son pied entre nous.

Tout au bout de sa jambe, une chaussure argentée brille et s'enroule autour de sa cheville.

– Top avec ton pyjama, je lance en embrassant mes doigts. T'as un vrai goût pour accorder les genres, je me moque en buvant une gorgée de café.

– J'ai renfilé le string pour m'y faire, elle ajoute en baissant l'élastique de son pantalon pour me montrer la naissance de ses fesses blanches.

Je hoche la tête avec indifférence.

– Alors ? elle demande en tordant ses lèvres.

– Alors quoi ?

– Qu'est-ce que j'ai encore bien pu faire pour t'emmerder ?

– Rien de spécial pour l'instant. Je suis juste en train de me demander si je dois te laisser vierge ou si on oublie ce critère. Vu ton incapacité généralisée, je suis pas certain que ta virginité soit un atout, tout compte fait.

Elle se tend instantanément et alors qu'elle s'apprête à me rétorquer quelque chose, mon téléphone sonne.

– Va dans ta chambre, Gin. C'est un coup de fil important.

Évidemment, elle ne bouge pas d'un poil.

– Dégage ! je rugis en me redressant de ma chaise.

Elle sursaute mais ô miracle ne tombe pas à la renverse. Peut-être que, finalement, elle a progressé. Je la regarde rejoindre sa piaule et alors qu'elle pose une main sur la poignée, son pied gauche glisse sur le côté et manque de la faire tomber. Elle se rattrape de justesse à l'encadrement et se remet droite comme si de rien n'était.

– Même pas mal ! elle crie en refermant la porte.

– C'était trop beau pour être vrai, je marmonne pour moi-même.

– Allô ? résonne une voix rauque à mon oreille.

Merde.

– Oui Lincoln, merci de me rappeler.

– Qu'est-ce que je peux faire pour toi, Mas ?

– C'est Gin.

– Qui ça ?

– Ma pute vierge, je réponds amer.

Il éclate de rire et mes poings se serrent. Je ne suis pas con, je sais que lui comme tous les autres n'attendent que mon faux pas. Une erreur avec laquelle ils pourront me coincer, cette fois.

– Je t'écoute, Mas.

– Je sais pas par où la prendre…

Il ricane, cet abruti de mes deux.

– Ce que je veux dire, c'est que j'hésite vraiment à miser sur sa virginité. Je ne crois pas que ce soit un avantage dans son cas.

Je m'attends à un silence, persuadé que Lincoln aura besoin de réfléchir. Mais bizarrement, il enchaîne immédiatement.

– Elle doit rester vierge.

– Tu es sûr ?

– Certain. Je me suis déjà un peu renseigné et c'est un marché en plein essor, fais-moi confiance. C'est rare et c'est justement pour ça qu'on l'a laissée entrer. Si tu la joues finement, tu vas pouvoir te faire un gros paquet de fric avec cette petite salope. J'ai eu vent de quelques transactions en Europe et c'est assez énorme. Alors assure-toi qu'elle sache bouger son cul sous blister, initie-la aux bases, fais ce que tu sais si bien faire, mais surtout, interdiction d'enfoncer ta bite en elle, est-ce que c'est clair ?

– Aucun problème de ce côté-là.

– Je suis sérieux, Mas. Si tu veux en tirer le meilleur – et on sait toi comme moi que tu en as plus que besoin –, tu ne dois jamais aller trop loin.

– Super pratique, j'ironise amer. Je te rappelle quand même qu'on parle d'une future prostituée, à qui je suis censé apprendre les ficelles du Round. Sans la baiser.

– Je suis sûr que tu sauras faire preuve d'ingéniosité. Trouve la bonne mesure pour la préparer, tout en la laissant assez innocente pour faire baver les acheteurs. C'est là-dessus qu'il faut miser.

Heureusement que je ne l'ai pas en face de moi, il ne voit pas que ses paroles me tirent une grimace dégoûtée.

– Ça roule, je réponds d'une voix dénuée d'émotion, jouant mon rôle à la perfection.

– Dès que j'ai des pistes plus précises, je te contacte. De ton côté, tâche de faire parler d'elle et garde un œil sur elle.

– Les deux… je grogne en raccrochant.

Je jette mon téléphone sur la table basse et mon briquet suit.

Faire parler d'elle, la bonne blague ! Quelque chose me dit que son côté foireux va s'en charger pour moi. C'est comme essayer de rendre sexy une anémone de mer.

Quand j'écrase mon mégot jauni, elle sort de sa chambre douchée et changée.

– Qu'est-ce que tu fous, Gin ?

– Je marche de ma chambre jusqu'à la porte d'entrée.

– Qu'est-ce que tu fous ? j'insiste en m'approchant d'elle.

Ses cheveux sont relevés en une longue queue-de-cheval, sa frange est plaquée en arrière avec une barrette et des Ray Ban recouvrent ses yeux.

– Je sors.

– Ah oui ? Et tu sors où ?

– De quoi j'me mêle ? C'est mon jour de congé aujourd'hui.

La gifle part. Pas parce que j'ai envie de la lui donner, mais parce qu'il le faut. Elle est trop rebelle et c'est dangereux dans ce milieu. Si elle ne se calme pas, elle va finir au fond du coffre de l'un de ses clients, puis dans un trou au milieu du désert. Elle n'imagine pas que je fais ça pour elle.

Elle ferme ses paupières et j'écoute sa respiration sujette à de petits ratés. Elle prend sur elle, je l'entendrais presque réfléchir et me maudire.

– J'ai besoin de prendre l'air et de repasser chez moi.

Elle a dit tout ça sans ouvrir ses yeux.

– Ok, je lâche simplement.

– Ok ? C'est tout ? elle s'étonne en rouvrant un œil.

Je retourne vers la table basse et attrape mon téléphone et mon briquet, avant de les fourrer dans la poche de mon jean.

– C'est moi qui conduis, j'ajoute en ouvrant la porte d'un mouvement sec.

– Pardon ?

Je suis déjà au fond du monte-charge, un sourire diabolique sur le visage. Elle s'approche à pas lourds et son air énervé pourrait presque être flippant.

– Tu peux pas venir avec moi, Mas. C'est pas un jour de congé, sinon !

– Promis, je serai discret.

– J'te crois pas, tu pourras pas t'empêcher de me balancer des réflexions et de faire ce que tu fais toujours ! elle rétorque en bougeant ses mains entre nous.

– Ce que je fais toujours ?

– Là ! Ça ! Ce que tu es en train de faire avec tes yeux de tueur, là !

– Toi et moi c'est pour la vie, j'articule en rapprochant mon visage du sien. Tu te rappelles ? C'est ça ou rien.

– Mais t'as peur de quoi à la fin ? Je vais pas m'échapper ! Personne ne m'a forcée à faire ça, donc je n'ai pas l'intention de me tirer dès que t'auras le dos tourné !

Le monte-charge descend avec bruit et je ne réponds plus. Elles disent toutes ça au début, et souvent, c'est vrai. Mais cette petite nana-là, il y a un truc en elle qui me perturbe. Une partie immergée qu'il faut absolument que je découvre avant de foncer dedans comme un putain de Titanic. Il y a forcément quelque chose derrière son sourire débile, un détail pour qu'une fille dans son genre se retrouve dans un endroit aussi foireux que le Round. Vierge, qui plus est.

Personne ne les oblige à y entrer, c'est la règle première pour éviter les emmerdes. Une autre règle c'est que quand tu y rentres, tu y restes tant que le grand manitou le désire. Mais il y en a toujours qui tentent de s'échapper en réalisant qu'elles se sont trompées. Et ça, il est hors de question que ça m'arrive encore.

CHAPITRE 9

Cadence

Les bras croisés contre ma poitrine, j'expire de plus en plus bruyamment. Je tape du pied contre la moquette de la voiture, en rythme avec les jurons qui explosent dans mon crâne, mais que je me retiens de lâcher.

– Arrête un peu ton cinéma, tu veux, grogne Master en me lançant un regard moqueur.

Il jubile intérieurement, je le vois au fond de ses yeux machiavéliques. *Connard !*

– Alors, tu veux aller où, Virgin ?

– Dans ton cul, je marmonne en me tournant vers la vitre.

– Pardon ?

– Nulle part, je rétorque renfrognée.

– C'est ton jour de congé, tu devrais en profiter !

– Avec toi collé à mes fesses ? Fantastique !

– Les filles aiment bien m'avoir contre leurs fesses, il réplique avec cette arrogance énervante.

Je me retourne et le toise avec étonnement.

– J'ai du mal à comprendre pourquoi.

Ses épaules s'agitent et je comprends qu'il se marre.

– Oh t'en fais pas, tu capteras bien assez tôt, il ajoute avec un rictus forcé.

– Il me tarde, si tu savais ! je m'exclame faussement enjouée. Quel dommage que je doive rester vierge tout ce temps, moi qui rêve de ton corps depuis la fois où tu as voulu me cramer le minou ! Y a pas à dire, tu sais y faire avec les femmes.

Il m'envoie un baiser et je fais mine de me mettre du rouge à lèvres avec mon majeur dressé.

Il continue à rouler sans but précis et je finis par tourner le bouton de la radio pour chercher une musique capable de couvrir mes pensées.

– Touche pas ! il lance en me claquant la main.

– Merde ! je lâche excédée. C'est mon jour off, je choisis la musique au moins !

– Nope. C'est ma caisse, mon son.

Il s'engage sur une grosse artère sans plus parler, et moi, je continue à fulminer. *J'avais des projets, aujourd'hui, merde !* Je comptais repasser chez moi pour récupérer mon téléphone et vérifier qu'Ingrid n'ait pas subitement laissé un message ou n'importe quelle trace d'elle. Mais avec ce tuteur de l'enfer sur le dos, impossible d'y aller. Hors de question qu'il sache où j'habite. Je voulais aussi en profiter pour retourner au club dans lequel j'ai dû m'exhiber sur scène. Maintenant que je fais partie du Round, c'est plus facile d'y entrer et d'engager la conversation avec les gens là-bas. Mais encore une fois, avec Mas, c'est mort. Il trouverait ça trop louche et je commence à cerner sa tendance maladive à épier tout ce que je fais. Je crois même qu'il note chaque fois que je vais pisser. Je croyais écoper d'un simple tuteur et je me retrouve avec un putain d'œil de Moscou !

– Tu vas finir par me dire où tu comptais aller ? il m'interroge sans quitter la route des yeux. Je serai bientôt à court de gasoil si on continue à rouler sans but.

Pendant un bref instant je suis tentée de l'envoyer à l'autre bout de la ville, dans la grande librairie qui me sert de seconde maison. Je pourrais y passer la journée à lire, pendant qu'il attendrait comme un con. Sauf que je perdrais du temps inutilement et qu'il est précieux. Je dois profiter de chaque instant pour en découvrir le plus possible.

– Elles font quoi les filles du Round pendant leurs jours de liberté ?

Il profite d'un embouteillage pour me regarder. Il me dévisage, mais je n'ai pas l'impression qu'il me voit vraiment. Il a plutôt l'air à des années-lumière de là, complètement absorbé par ses pensées.

– Alors ? j'insiste, perturbée par ses iris perçants.

– Elles musclent leur périnée, il lâche en secouant la tête. T'as déjà essayé ?

Génial, ça c'est de l'info capitale.

– Elles dorment, il ajoute après une autre seconde de réflexion.

– Je veux bien croire que tu les épuises, je grommelle en levant les yeux au ciel.

Ses réponses sont nulles, bon sang !

– Tu es loin du compte, Virgin, il rétorque sur un ton cassant. On débute à peine toi et moi, tu n'imagines même pas ce que je vais faire de toi durant ces quatre prochains mois.

– Eh bien explique-moi ! je balance sans dissimuler mon impatience. Dis-m'en davantage, Mas !

– Tu n'es pas encore prête pour ça.

– Bien sûr que si !

Il déporte la voiture sans prévenir sur une aire de livraison et tire le frein à main d'un coup sec. Il détache sa ceinture et, la seconde d'après, son visage se trouve à seulement quelques centimètres du mien.

– Non, il gronde en m'entourant de son aura sombre. T'es pas dans un putain de camp de vacances pour vierges dégénérées, Gin. Si tu me vois comme un professeur particulier juste bon à t'inculquer comment te doigter, tu fais fausse route.

Il se rassied dans son siège et frappe contre le volant avec rage.

– Pourquoi t'es venue au Round ? il beugle en serrant les poings.

– Ça ne te regarde pas, je souffle en me reculant vers la portière.

– Oh que si ! T'es complètement à la ramasse et profondément stupide si tu crois que tu peux continuer à être cette fille-là ! il ajoute en serrant le volant comme si c'était ma gorge. En poussant les portes du Round, tu as accepté de te plier à mes règles, de devenir un corps sans âme et sans personnalité.

Je me raidis en assimilant ses paroles. Je vois très bien où il veut en venir et ça m'empêche soudain de respirer. J'essaie de prendre des inspirations discrètes par le nez, parce que mes dents sont si serrées que je suis incapable d'ouvrir la bouche.

J'ai signé un pacte avec le diable. Le jour où j'ai accepté de suivre les traces d'Ingrid pour la ramener, j'ai gagé plus que mon corps. C'est ma propre âme que j'ai mise en jeu sans le savoir. Je peux faire semblant, je peux jouer son jeu malsain pour avancer, mais est-ce que je mesure les risques que cela implique ? Je commence fortement à en douter.

Nous ne parlons plus ni l'un ni l'autre et le ronronnement de la ville autour de la voiture me fait l'effet d'une bulle hermétique. Une bulle dans laquelle je dois accepter d'être quelqu'un de différent. Je dois laisser à Mas l'illusion qu'il me façonne à sa guise, tout en conservant au fond de moi celle que je suis vraiment. Je dois me protéger de lui et du Round si je ne veux pas me perdre. Tout perdre.

– Je suis venue pour changer… je mens.

Peut-être à moitié, dans le fond.

– Bien. Suis-moi, il lance en sortant de la voiture.

Mes doigts tremblent si fort qu'il me faut bien trop de temps pour défaire ma ceinture. Je le rejoins sur le trottoir en tirant sur ma robe qui remonte et je m'élance à sa suite tandis qu'il marche à grands pas jusqu'à la terrasse d'un bar. Il commande à boire sans prendre la peine de me demander ce que je préfère et je me retrouve à siroter un café frappé.

– T'aimes pas ça ? il me demande en apercevant ma grimace fugace.

– J'ai jamais réussi à boire du café froid, je réponds en déglutissant difficilement.

– J'me fous de ce que tu aimes, Virgin.

La paille entre les lèvres, je lève les yeux vers son visage.

– Les clients se foutent de ce que tu préfères. Tout ce qui compte, c'est ce que eux veulent. Et toi, tu dois leur donner. Ton taf, c'est de les laisser exprimer avec toi ce qu'ils ont en tête, sans jamais chercher à les comprendre.

Je hoche la tête et laisse cette première réelle leçon s'infiltrer en moi.

– Ils veulent la fille parfaite, celle qui représente leur fantasme personnifié. C'est ça que le Round promet. Il y a des centaines de filles prêtes à coucher pour du blé. Mais combien d'entres elles sont capables d'incarner précisément la femme qui fait bander dur celui qu'elles chevauchent ?

– Je ne voyais pas ça comme ça, j'avoue sans le vouloir.

J'essaie de cacher à mon tuteur combien ses explications me chamboulent. Jamais je n'aurais cru que ce milieu puisse être si pointu. Je croyais naïvement que les filles du Round n'étaient rien de plus que des prostituées, les mêmes que celles qui tapinent dans les ruelles de la périphérie. Monumentale erreur.

– Tu comprends maintenant pourquoi tu vas rester avec moi pendant quatre mois ?

– Où as-tu appris à faire ça ? je lui demande, incapable de retenir ma curiosité.

C'est vrai, quoi, comment peut-on devenir quelqu'un comme ça ? Il faut être dérangé et profondément pervers pour choisir une telle activité.

– Je suis un mec, il rétorque en haussant ses larges épaules.

Je le dévisage avec insistance et ça lui déplaît. Sauf que je n'arrive pas à me défaire du sentiment qu'il me ment. L'éclair que j'ai vu passer dans ses prunelles quand je lui ai posé cette question me convainc qu'il y a quelque chose d'autre derrière ce masque qu'il me renvoie avec tant de force.

– Regarde le type là-bas, il lance pour m'obliger à détourner le regard.

Je cherche des yeux celui qu'il me montre et observe sans comprendre un homme en costume en train de discuter avec une jeune femme.

– Tu vois sa posture et celle de la fille ?

Côte à côte autour de la petite table ronde, le businessman surplombe le corps de la brune.

– Qu'est-ce que t'en déduis ? murmure Mas qui vient d'avancer son buste sur la table pour se rapprocher de mon oreille.

– Il essaie de lui vendre une assurance vie ? je réponds en me retournant vers lui.

– Gin, il gronde en enfonçant son doigt dans ma joue pour me faire tourner la tête vers eux à nouveau.

– Il la domine, je souffle plus sérieusement sans les quitter du regard. Il prend tout l'espace et la fille le laisse faire.

– Et il aime ça… Tu vois la suffisance et le sentiment de pouvoir qui émane de lui ?

Maintenant que Mas le dit, oui. Je le vois.

– Et celui qui se tient devant la vitrine de l'autre côté de la rue, il poursuit en dirigeant ma tête dans une autre direction.

Ce type-là est différent du premier. Trapu et vêtu comme un baroudeur, il est en train de se disputer avec une grande rousse. Le bruit de la circulation couvre leurs voix, mais je devine sans peine que la fille lui tient tête et… qu'il aime ça.

– Alors ? s'enquiert Master dont je sens le regard peser sur mon visage.

– Lui les préfère avec du caractère, je commente en les détaillant.

Je le vois sourire et se reculer sur sa chaise. Prise dans ce jeu étrange, je me dévisse le cou pour en chercher un autre. Je scanne chaque couple que j'aperçois et je cerne un peu plus le chemin sur lequel Mas essaie de me mener. *Seigneur, ce mec est fort.* Flippant aussi. Et très dangereux.

– Tu commences à comprendre, pas vrai ?

Je me replace face à lui et aspire ma boisson sans réfléchir. Je comprends trop bien, ouais. Mon nouvel ami est une usine à sociopathes, ni plus ni moins.

Dans un ultime sursaut de conscience, je repousse le verre glacé et quitte la terrasse. Je l'entends jurer derrière moi, déçu par ma réaction qui n'est pas celle qu'il attendait. C'est trop pour aujourd'hui, je suis incapable de boire ce café et ses mots comme une bonne élève. Ma réticence n'est pas la bienvenue, elle va me coûter cher à coup sûr, mais tant pis. *C'est mon jour de congé après tout, merde !*

J'aperçois une petite librairie et m'engouffre à l'intérieur, ignorant les grognements de Master qui reste sur le trottoir, une clope au bec. Je déambule dans les rayons sans rien regarder, en proie à des pensées qui essaient de prendre le dessus les unes sur les autres dans mon esprit. J'attrape finalement un livre et file en caisse. C'est là que je réalise qu'il me manque un élément crucial.

– Douze dollars, lance la caissière sans un sourire.

Je n'ai pas d'argent. Sans mes affaires qui sont restées chez moi, je capte seulement que je suis tributaire de mon tuteur quoi qu'il arrive.

Une main s'abat sur le comptoir et je sursaute si fort que le billet de vingt qu'elle vient de déposer s'envole. Je récupère mon sachet et repars sans un merci vers la voiture. Je m'attends à me faire plaquer au sol par un mètre quatre-vingts de muscles énervés, mais rien. Mas redevient l'observateur angoissant qu'il est depuis notre rencontre.

On se retrouve très vite dans son appartement et je file dans ma chambre sans qu'il m'en empêche. Je me débarrasse de mes chaussures en les lançant contre le mur et jette le livre sur mon lit. Je suis en colère et je n'arrive même pas à comprendre pourquoi je le suis à ce point. Je ne sais pas non plus à qui j'en veux le plus : à Ingrid ou à moi…

Je me suis portée volontaire pour devenir le joujou de grands malades. Putain ! Et Ingrid, cette fille forte et sûre d'elle que j'ai toujours connue, tout ça ne lui ressemble tellement pas ! Qu'est-ce qui lui a pris ? Pourquoi je n'ai rien vu ?

J'entends Mas claquer les placards de la cuisine en insultant même la machine à café. Il est énervé lui aussi et quand un gloussement féminin me parvient depuis la porte d'entrée qui vient de s'ouvrir, je comprends qu'on a chacun notre manière d'évacuer nos nerfs. Grand bien lui fasse ! Qu'il aille donc sauter une carcasse dénuée de personnalité !

Je m'agite dans cette pièce exiguë, balance mes poings dans le vide comme si ça pouvait changer quelque chose. Non, ça ne changera rien. Il n'y a que mes actes qui peuvent impacter ce que j'ai déclenché. Je ne dois pas le perdre de vue. Je dois la chercher. Maintenant.

Je passe la tête par ma porte entrebâillée, pour déterminer l'endroit où se trouvent mon tuteur et sa greluche. J'avance jusqu'au salon vide et continue ma progression jusqu'à une autre porte qui doit être sa chambre. Il est là. Ils sont là, plutôt. J'entends très nettement les couinements de son invitée. *Prends bien ton pied, connard ! Ça me laissera le temps de fouiller*.

Je repars vers la cuisine, ouvre les tiroirs les uns après les autres au rythme des gémissements de la fille. Je ne découvre absolument rien et m'attaque aux meubles du salon. Commode, console, table basse. Bon sang ! Il doit bien y avoir quelque chose, n'importe quoi qui pourrait m'éclairer un peu. J'ai besoin de lumière pour ne pas me laisser avaler par l'obscurité que le Round est en train de créer autour de moi.

Au milieu de la pièce, je mords dans mon poing pour m'empêcher de hurler. Tout compte fait, j'aurais pu laisser mon cri résonner, il aurait été largement couvert par celui de la fille qui est en train de jouir en hurlant le nom de Master.

Le silence retombe alors que je lance un dernier regard désespéré autour de moi. Je n'ai rien trouvé ici. Rien de ce que je suis venue chercher, pour être plus précise.

Je retourne dans ma chambre, consciente qu'en creusant pour trouver Ingrid, je suis en train de déterrer des choses bien pires. Au risque de me laisser ensevelir quelque part où personne ne viendra me trouver.

CHAPITRE 10

Mas

Allongé sur mon lit, une main sur ma queue, je fais le bilan de la semaine qui vient de s'écouler. Depuis son jour de congé foireux, Gin est d'humeur boudeuse. Ça ne me dérange pas plus que ça, au contraire, elle est très légèrement moins loquace qu'au début. Mais c'est encore trop pour mes oreilles sensibles. À elle toute seule, elle me donne l'impression d'avoir une douzaine de vierges dans mon appartement. Elle me casse les couilles.

Elle est la contradiction incarnée et ça me rend dingue. À cette terrasse de café, je l'ai sentie doucement glisser vers le terrain sur lequel je cherche à la mener. Mais dès qu'elle a commencé à cerner les enjeux, elle s'est empressée de freiner sa chute. Elle est à la fois facile et impossible à saisir. Elle me fait disjoncter, nom de Dieu ! Avec elle, je ne peux pas utiliser mes armes habituelles, c'est à la fois excitant et insupportable. Je dois trouver une approche plus subtile, feindre de l'aimer, puis la détester, être fuyant, parfois affectueux. Bref, je dois lui enlever ses repères de cette manière.

Mon téléphone vibre sur ma table de nuit et je réponds sans regarder l'écran.

– Ouais.

La voix de Garett m'agresse le tympan et je baisse le volume sans l'interrompre.

– Mas, qu'est-ce que tu fous bordel ?

– Quoi ?

– T'as toujours pas sorti ta vierge, qu'est-ce qui te prend ? T'as jamais attendu si longtemps pour les présenter.

– Virgin n'a rien à voir avec mes anciennes putes, si je la sors maintenant elle va me faire passer pour un gros con.

– Ça fait déjà deux semaines, tu perds du temps, putain ! Ça commence à parler, les curieux se manifestent déjà. Ce n'est pas tous les jours qu'une vierge arrive sur notre marché. Tu t'es cash braqué contre elle, t'es vraiment pas malin. Il faut que tu l'amènes au Bitchy.

Je tire sur ma boucle d'oreille en grimaçant. Ce qu'il vient de m'apprendre me file des envies de baston.

– C'est trop tôt, je lui réponds d'un air excédé.

Il argumente pendant encore une minute et je lui coupe la parole, à deux doigts de lui raccrocher au nez. Pourtant, je sais qu'il a raison.

– Y aura pas mal de putes, Garett. C'est pas le bon moment pour son entrée en matière. Elle va se faire démonter, et moi, je vais encore devoir payer les pots cassés.

– Il faut que tu l'exhibes très vite, Mas ! J'ai fait un peu le tour du marché et Lincoln t'a pas menti, la vierge a le vent en poupe. Des types d'Indonésie se les arrachent, d'après mes sources.

– Tu rigoles ?

– Non j'te jure. J'suis plus que sérieux, mon pote.

– Ils y seront ?

– Pas que je sache, mais tu sais aussi bien que moi que dans ce genre d'endroit, ça parle beaucoup. Ceux qui ne viennent pas se renseignent quand même.

– Elle va me ridiculiser, Garett. Tu l'as vue qu'une seule fois, mais moi, j'en mange matin, midi et soir, putain. Je bosse encore sur les bases avec elle. Elle est coriace et j'ai besoin de prendre mon temps pour la démanteler.

– Ça va la confronter à la réalité et aux autres. Ça lui fera pas de mal et à toi non plus. T'as besoin de sortir un peu de ton trou, mon vieux.

– À mercredi, Garett, je crache pour couper court.

– Salut mon pote.

Je range mon téléphone dans ma poche et sors de ma chambre. J'aperçois Gin à la même place qu'il y a une heure, imperturbable et concentrée sur son livre. Appuyé contre l'encadrement de la porte, je suis spectateur de tout ce qui traverse son visage. Je suis impressionné par la facilité avec laquelle elle vit sa lecture. Ses yeux reflètent tout ce qui passe dans son esprit, si bien qu'ils se plissent ou s'écarquillent d'une page à l'autre.

Je traverse le salon sans qu'elle daigne me lancer un regard et me sers un café dans l'indifférence la plus totale. Putain, ce que ça fait du bien d'avoir presque le sentiment de vivre à nouveau seul !

Tout en faisant réchauffer ma tasse au micro-ondes, je fais le point sur le chemin qui me reste à parcourir pour la rendre marchandable. Autant dire que, depuis le début de mon tuilage, je pédale grave dans la merde. Au bout de deux semaines et malgré toutes sortes de menaces physiques et verbales, je n'arrive toujours pas à faire entrer dans son crâne les bases du métier. En plus d'être maladroite, elle n'écoute rien et se laisse distraire à chaque instant. Si j'étais le même genre de connard que mes collègues, elle aurait déjà un certain nombre de fractures.

Sauf que je ne suis pas comme eux. Je ne suis pas meilleur, dans une certaine mesure, je suis même pire. Mes enjeux vont bien au-delà des leurs et c'est ce qui me rend tellement bon dans ce que je fais. J'ai plongé corps et âme dans le Round pour réussir à étouffer mes sentiments sous une carapace indestructible. Mais cette fois, je dois avouer que je n'arrive pas à me motiver. J'ai de plus en plus de mal à donner le change, à cacher combien tout ça me répugne. Virgin n'y est pour rien, le coupable est ailleurs. Loin de cet endroit qu'il n'aurait jamais dû quitter. Il avait promis, tout comme moi.

– Ben alors, Virgin, tu sors pas profiter de ton jour de repos, aujourd'hui ? je balance pour m'obliger à éloigner ces mauvaises pensées.

Elle me lance un petit sourire forcé et replonge son nez dans son bouquin.

– Quoi ? T'as pas aimé notre journée en tête à tête, la semaine dernière ?

– Je suis en train de lire, Mas. Et tu me déranges pile au moment où Thomas se décide enfin à taper à la porte de sa voisine avec son énorme pénis.

Je recrache mon café qui vient de passer de travers.

– T'as dit quoi ?

– Il va la sauter, ça y est ! Cent soixante-dix pages que j'attends qu'il se décide enfin.

Je me rapproche et lui arrache le livre des mains pour lire le résumé.

– « Le voisin du septième ciel » ? Sérieusement, c'est ça ta lecture passionnante ?

– Et alors ? C'est vachement à la mode comme littérature.

– Tu m'en diras tant !

J'ouvre le livre à l'endroit où le marque-page est inséré et lis quelques paragraphes jusqu'à ce que…

– Ah putain, carrément ! Tout est décrit, c'est un vrai porno ton truc ! « Son énorme pieu », je lis à voix haute, non mais sérieusement, qui parle comme ça dans la vraie vie ?

– Rends-moi ça !

Je lui jette sa merde sur les genoux et me laisse tomber dans le fauteuil qui lui fait face.

– T’es une coquine, petite Gin. Mais si tu cherches à te mettre dans le bain avec ça niveau cul, tu vas tomber de haut, crois-moi.

Elle lève ses yeux au ciel avant de les reposer sur moi. Je me rallume une clope et souffle la fumée dans sa direction. Elle déteste ça, alors je recommence.

– Demain soir on sort, au fait, je balance en ravalant mes nerfs.

J’ai pas le choix, je ne peux pas me permettre de perdre plus de temps. J’ai déjà trop tardé.

– Tous les deux ? elle me demande surprise, un doigt posé contre sa langue, prête à tourner la page.

– Bien sûr, je pensais t’emmener dans un resto chic et te tringler dans la voiture ensuite. Et si t’es sage, tu pourras même me sucer.

– Le rendez-vous de base, si je comprends bien ?

– Exactement, je réponds en la fixant droit dans les yeux.

– Et sinon, c’est quoi le programme ?

– On doit commencer à montrer ton cul en public. Si t’avais pas été vierge, t’aurais fait le tour de deux ou trois macs, histoire qu’on teste la marchandise avant les enchères. Mais dans ton cas, ta petite fleur doit rester en bouton jusqu’au bout, alors tu vas te contenter de les exciter. Je crois pas que tu en sois capable, mais j’ai pas le choix.

– Je peux les exciter, j’en suis sûre, elle se défend en refermant son livre d’un geste sec.

Mais à son ton, je crois bien que c’est surtout elle qu’elle cherche à convaincre.

– On a jusqu'à demain pour t'y entraîner. Maintenant oublie ton jour de congé et va enfiler un truc léger. On va entamer une nouvelle leçon.

– Qu'est-ce que tu attends de moi, exactement ? elle me demande en se tendant.

Je pose mes coudes sur mes genoux et approche mon visage du sien, forçant sur un rictus pervers.

– Que tu me fasses bander. Et crois-moi, tu vas pas facilement y arriver.

CHAPITRE 11

Cadence

Il plaisante ? Bien sûr que non.

Les choses sérieuses commencent enfin. Et quand je dis « enfin », ça n'a strictement rien à voir avec de la hâte. Je savais que ça finirait par arriver et je devrais m'estimer heureuse d'avoir été épargnée jusque-là.

Ok, mise en condition. Respire calmement, Cadence. Zen. Allez, encore une fois. C'est juste Mas. Il est colérique, flippant et sexy. Non, pas sexy, n'importe quoi. Je voulais dire sérieusement flippant. Pas flippant je l'ai déjà dit, mais… Ah merde !

– Tu vas sortir de là, maintenant ? On n'a pas toute la journée !

– J'arrive ! je crie en enfilant une grande chemise blanche sur mes sous-vêtements.

Cet ensemble-là me plaît assez, même si le cuir donne un côté sado-maso qui me fait bien rigoler, je le trouve stylé. Et puis les balconnets push-up me font une méchante poitrine. Le bas par contre est un peu chiant. Je surkiffe la culotte, je tolère mieux le string depuis quinze jours mais le tanga, non. Définitivement non. Ça finit forcément en string, cette merde, sauf que le tissu se froisse entre mes fesses et me gratte. Horripilant ! J'espère que le cuir va coller à mes fesses moites, pour le coup.

Je secoue mes cheveux pour leur donner un joli volume et lisse un peu ma frange. Difficile de s'habituer à cette exigence capillaire qui me fait suer le front. J'en ai déjà eu une, une fois. Une seule malheureuse fois où, après une mauvaise journée, je n'ai rien trouvé de mieux que de me la couper toute seule. Même si Ingrid me l'avait rattrapée, j'ai fait le douloureux constat que dans mon cas la frange c'est comme les mini-shorts : ça va aux autres mais pas à moi !

Bref, je dois apprendre à faire confiance à Mas sur ce coup et à son expérience de tuteur. Ce mot appliqué à lui me fait doucement rire. Enfin, d'un rire douloureux qui agirait comme un ongle qui crisse à l'intérieur de ma tête.

Je me demande comment était le sien avant de m'insurger contre moi-même. *C'est pas le moment, Cad !*

Je pousse enfin la porte – juste après avoir enfilé des talons aiguilles rouges – et avance dans le salon, exposée et essoufflée. Seuls trois boutons retiennent les pans de ma chemise et je crains de les voir se faire arracher par les doigts de Mas s'il n'apprécie pas mon aspect trop couvert. Je ne peux pas m'empêcher de baisser l'intensité du plafonnier en passant à proximité de l'interrupteur. Les rideaux sont tirés le plus clair du temps, ici, donc, très vite, l'ambiance s'obscurcit et se charge bizarrement. Je dois me mordre fort la lèvre pour l'empêcher de trembler.

Je m'attends à le voir râler, pour n'importe quelle raison, mais rien ne vient. Il reste assis dans son large fauteuil, ses jambes légèrement écartées, ses poings soutenant sa mâchoire crispée et ses yeux noirs brillants bloqués sur moi. Il m'intimide mais cette fois, j'arrive à prendre quelques secondes pour le détailler. Il porte un de ces marcels blancs à la mode, ce truc typique du mec musclé à la peau dorée qui veut se la péter. Bizarrement, aucun tatouage ne vient couvrir ses bras et son jean brut agrémente un peu son côté négligé.

– Avance.

Je sursaute intérieurement en entendant sa voix. Elle ne serait pas plus grave que d'habitude ?

Allez Cad, oublie celle que tu es, oublie ce que tu fais. Donne-lui ce qu'il attend, montre-lui celle qu'il veut que tu sois, bon sang ! Celle qu'il faut que tu sois.

Je me conditionne mentalement en me rapprochant de lui et me fige quand mes genoux touchent les siens.

– Détends-toi, Gin, bordel ! Putain c'est pas vrai, pour certaines c'est inné, mais ça n'a pas l'air d'être ton cas !

Je hoche la tête en repensant à tous les pornos que j'ai visionnés avant de débarquer sur cette scène sordide. J'ai vu comment les actrices bougeaient leur corps, comment elles glissaient des doigts sur elles et en elles. Pourtant, maintenant que le moment est venu, je suis aussi raide qu'une rampe d'escalier.

Quand je me décide enfin à me pencher vers lui, il lève un doigt entre nous pour me stopper. Fait chier, il m'a fallu cinq bonnes minutes pour me décider et quand je me lance, il m'arrête !

– Danse.

– Sérieux ? je sors en posant mes poings sur mes hanches.

Il acquiesce et attend, comme si cette situation n'était pas complètement folle. Aussi folle que je le suis en l'imaginant, elle, à ma place. Si Milo me voyait, il deviendrait dingue.

J'entends une musique s'élever de la chaîne hi-fi et emplir la pièce.

– Joue ton rôle, Gin. C'est tout ce que j'attends de toi.

Mon rôle. Celui qui consiste à remuer un peu mon corps. Rien de plus, ça aurait pu être pire.

Je sens qu'il s'impatiente et je vois bien qu'il prend sur lui. Il a cette violence qui bout en lui et qui menace de s'échapper comme de la lave en fusion. Cependant, je n'arrive pas à avoir peur de ce type comme il le faudrait. Je n'arrive pas plus à agir comme il le voudrait. Ce gars exacerbe la Cadence qu'il faut que je fasse disparaître à tout prix.

Disparais, Cadence. Disparais. Comme un mantra dangereux, je répète ces mots en boucle dans ma tête et ça fonctionne. Mes hanches se mettent à onduler pendant que mes doigts remontent le long de ma chemise. Je me concentre comme jamais pour déboutonner ces trois petits boutons de rien du tout, parce que quand on a la motricité fine d'une huître, ce n'est pas forcément facile.

– Un problème ? il me demande, moqueur, en remarquant combien je galère.

– Non non.

Les anges de la luxure bon marché semblent être avec moi en cet instant, car en un claquement de doigts, je viens à bout de mon entreprise. Je fais glisser le tissu tout doucement sur mes bras et tourne légèrement mon profil pour croiser son regard. Je passe la pointe de ma langue sur mes lèvres sèches et me retourne sans jamais arrêter cette petite danse qui va finir par me donner mal au cœur. Quand je sens l'étoffe tomber à mes pieds, je respire bruyamment et je me demande si Mas ne vient pas de prendre la même inspiration que moi. *Non, c'est sûrement un écho de mon propre souffle, rien de plus.*

– Moins raide.

– Passe tes mains dans tes cheveux, descends-les sur ta gorge.

– Tourne-toi vers moi.

– Retourne-toi à nouveau.
– Bombe tes fesses.
– Regarde-moi.

Mas guide chacun de mes mouvements et au bout d'une chanson je suis déjà lessivée. Mes mollets tremblent, perchés sur ces talons aiguilles qui me poursuivront jusqu'à la fin. Et comme s'ils entendaient mes mauvaises pensées à leur sujet, ils s'emmêlent et je tombe lourdement en position assise, sur Mas, qui se plie en deux.

– Putain, fais gaffe à ma queue ! il crie dans mes cheveux. C'est la deuxième fois, bordel !

Son corps s'est recroquevillé par réflexe et ses bras se sont refermés autour de mon ventre en un étau solide. Dangereusement solide.

Là tout de suite, je pourrais facilement faire une crise de panique, convulser dans ses bras ou m'enfuir dans ma chambre. Mais je ne fais rien. Je me nourris de sa respiration haletante et fais abstraction du reste. J'ai beau savoir que ça n'a rien à voir avec de l'excitation et que c'est juste parce que je viens de lui broyer les couilles, je rejette cette idée. Je me concentre simplement sur la chaleur qui se forme au niveau de sa bouche et ça fonctionne.

Je peux y arriver.

Je garde les paupières closes, tâchant d'ignorer les doigts puissants qu'il vient d'enrouler autour de mon bras, pour le serrer de plus en plus fort. Je sais que, quand il les aura retirés, je garderai une marque profonde.

J'attends de sentir enfin sa prise se relâcher et je me redresse pour lui faire face. J'ai bloqué toutes mes pensées, repoussé les hurlements de ma deuxième personnalité. J'arrête de respirer et grimpe sur lui. Je baisse mes fesses au ralenti, jusqu'à ce qu'elles se posent tout en haut de ses cuisses. À califourchon comme dans ces livres qui m'excitent. Sauf que là, je ne ressens rien. Rien qu'une appréhension qui cisaille mon cœur et une honte poisseuse. Immobile, je le regarde, un peu perdue. Quand je réfléchis trop, je ne suis plus bonne à rien et là, je suis ridicule, je le sais bien.

– Est-ce que tu… ? j'ose demander tout bas.

– Tu veux savoir si je bande déjà, Gin ? À ton avis ?

Je n'en ai aucune idée. Je suis tentée de me relever un peu sur les genoux pour pouvoir glisser un doigt entre nous. Mais je ne suis pas certaine qu'il apprécierait de sentir mon index tâter son paquet.

– Crois-moi, tu le sentirais si c'était le cas, il murmure avec arrogance.

Évidemment, qu'est-ce que je croyais ? Ce n'est pas comme si Mas était du genre à bander pour quelqu'un comme moi, sans que j'aie besoin de le toucher. Je me replace bien sur ses cuisses, une main posée sur chacune de ses épaules.

Par quoi je suis censée commencer ? Il ne m'aide pas, l'enfoiré ! Il reste figé comme une poupée gonflable migraineuse.

Est-ce que je dois l'embrasser ? Mes yeux, jusqu'ici accrochés aux siens, descendent timidement sur sa bouche. Mon cœur frappe un coup fort contre ma poitrine et ce sursaut se répercute dans tout mon corps. Merde, je ne savais pas qu'une bouche pouvait être si agréable à regarder. Mes cuisses tremblent autour des siennes immobiles pendant que je réduis la distance entre nous. Dans un sens, j'ai de la chance d'avoir un tuteur comme lui. Physiquement, j'entends. Il n'est pas le plus bel homme que j'aie vu, mais il est sexy. Et il sent bon. Alors j'ignore le rôle écœurant qu'il joue dans tout ça et pose ma bouche sur la sienne qui vient de s'ouvrir subitement. Ses lèvres sont étonnamment sèches et un réflexe sorti de nulle part me pousse à les aspirer chacune leur tour entre les miennes. Je cherche mon souffle. J'ai déjà embrassé des garçons, sauf qu'avec Mas j'ai l'impression de devoir tout réapprendre. Mais quelque chose me pousse à continuer, à libérer ma langue pour qu'elle caresse la sienne. Et depuis le début de cette expérience étrange, il réagit.

Juste le temps que la sienne s'enroule deux fois autour de la mienne, puis ses mains me repoussent aussitôt et je me recule pour observer son visage sévère.

– Rouler des pelles, c'est tout ce que tu sais faire ? il raille en passant un doigt sur sa bouche.

Je ne réponds rien, déçue mais incapable de me concentrer sur autre chose que ses lèvres qui frémissent juste devant mes yeux et qui déclenchent chez moi une attraction inattendue en de telles circonstances.

– Dis-moi Virgin, il reprend en décollant son dos du fauteuil. Où est-ce que t'as caché ton petit instinct de salope ? Là ? il me demande en enfonçant son index dans ma bouche.

Je lui renvoie une moue dubitative et il continue.

– Ici alors ?

Je secoue la tête de droite à gauche quand il trace une ligne chaude entre mes seins.

– Peut-être là-dessous ?

Cette fois, je mords ma lèvre inférieure en inspirant d'un coup sec. Son doigt est posé là où personne n'a jamais posé ne serait-ce qu'un regard. Quelque chose se met à pulser juste en dessous de son index et je suis certaine qu'il peut le sentir à travers le cuir qui nous sépare. Merde, je devrais sentir les larmes monter, je devrais être remplie de dégoût, pas d'excitation…

– J'aurais pas cru que ça m'exciterait.

Oh mon Dieu ! J'ai parlé tout fort, d'une voix qui ne ressemble pas du tout à la mienne. Et comme si la situation n'était déjà pas suffisamment gênante, j'ai illustré mes propos en faisant remonter mon bassin jusqu'à ses hanches. Je le jure, je n'ai pas délibérément fait ça. Du coup je n'ose plus bouger. Complètement statique, mon visage seulement à quelques centimètres du sien, je me sens minable.

La deuxième main de Mas qui s'était enroulée plus tôt autour de mon avant-bras s'anime et je sens ses ongles s'enfoncer dans ma peau couverte de chair de poule. Voilà, je savais bien qu'il finirait par se mettre en colère.

Et puis je remarque la différence et je comprends.

– Je rêve ou tu…

– Absolument pas, il tranche d'une voix sèche.

– Pourtant, je sens un truc, juste là. Ok, je suis pas la plus douée mais enfin, il me semble que dans le genre inné, sentir un pénis durcir…

Je n'ai pas le temps de finir ma phrase qu'il me repousse en arrière. Je tombe du fauteuil et lui s'engouffre dans la cuisine.

– Mauvais joueur ? je le cherche en restant au sol.

Il me tourne le dos, le corps enfoncé dans son frigo. Je l'entends attraper une bouteille et, sans jamais me faire face, il décapsule sa bière et la boit d'une traite.

– J'ai réussi du premier coup, je chantonne fière de moi en me relevant.

Je vois les muscles de son dos se contracter, ça devrait me retenir de continuer, mais j'ai envie qu'il le dise.

– Avoue-le, Mas : t'espérais avoir encore une excuse pour me tacler, pas vrai ?

Quand la bouteille atterrit dans l'évier avec fracas, je sais que j'ai poussé le bouchon un peu trop loin. Il n'aime pas être contrarié, surtout par une petite merdeuse dans mon genre.

Trop tard. Il a déjà franchi les quelques mètres qui nous séparent.

– Tu veux quoi, Virgin ? il grogne en m'attrapant le poignet et en le levant au-dessus de ma tête.

Au même moment mon dos rencontre avec force le mur de la cuisine.

– Tu veux que je te félicite de m'avoir filé la trique, c'est ça ? Ou mieux, tu veux peut-être la voir en 3D ?

D'une main agile, il ouvre son jean et le baisse d'un coup sec.

Non ! Je ferme les yeux juste après avoir vu un truc énorme osciller entre lui et moi et je force sur la main qu'il retient dans la sienne. Mais avec mes petits bras potelés et ses gros bras musclés, le résultat est un échec cuisant.

Quand un truc chaud et palpitant rencontre mon autre main, je sors la première phrase qui me passe par la tête. Et c'est jamais bon, ça. C'est aussi inutile que le premier jet de pisse pendant une analyse d'urine.

– Oh Seigneur, éloigne ça !

Un silence pesant s'installe et je ne veux pas ouvrir les yeux. Ma main prise en sandwich entre sa paume et son *truc*, j'ai l'impression qu'elle va s'enflammer.

– Putain, j'y crois pas ! Dis-moi que tu te fous de ma gueule ?

Il est furieux, je l'entends à son timbre de voix qui grésille comme une vieille radio. Je garde les yeux fermés, même quand il me traîne à sa suite.

Je reprends mon souffle seulement quand il daigne enfin libérer ma main. Il me pousse d'un coup brusque et je crains le pire quand mon corps rebondit sur une surface moelleuse et qu'il ferme la porte derrière nous.

CHAPITRE 12
Mas

Depuis ce fameux tirage au sort foireux, j'ai bien saisi que j'entamais une compétition avec une triple fracture des deux jambes, un œil en moins et de violentes hémorroïdes. Il ne m'a pas fallu longtemps pour me rendre compte qu'en héritant de Virgin je partais avec un sérieux handicap. Mais, putain de merde, jamais je n'aurais imaginé une seule minute que ma bite serait la première qu'elle verrait ! Parce que vu sa tronche déconfite, y a pas de doute possible : c'est la première qu'elle voit de si près. Je veux bien passer sur le fait qu'elle ait tant attendu pour se la faire mettre. Mais de là à réagir comme ça… Pourquoi n'est-elle pas comme mon ancienne voisine qui, alors qu'elle était encore vierge, a littéralement sauté sur ma queue pendant un barbecue entre voisins ? Pas d'appréhension, pas de retenue. Un véritable délice.

Alors que là, ses réactions m'ont fait monter le sang à la tête et – fait chier – ailleurs aussi. J'ai les boules de l'admettre, mais alors que j'étais aussi mou qu'un spaghetti trop cuit, à la regarder se déhancher comme un rouleau à pâtisserie, son attitude maladroite et ses mots hésitants m'ont pénétré sans que je m'y sois préparé. *Et rien ni personne ne me pénètre, que ce soit bien clair.*

Du coup, alors que j'aurais dû être content qu'elle s'en tire si bien, ça m'a sensiblement mis les nerfs à vif. Et plutôt que de se la fermer et de se tirer, elle m'a évidemment cassé les couilles.

Résultat, je viens de nous enfermer dans sa chambre. Et je la domine de toute ma hauteur, une trique menaçante et plutôt imposante nous séparant. Même si sa réaction dans la cuisine m'a fait perdre un peu de volume, j'ai les Terres du Milieu encore bien chargées. Et s'il faut que j'agite ma queue sous son nez toute la journée pour qu'elle se détende, je le ferai.

– Estime-toi heureuse, je pourrais te forcer à me sucer, je crache furieux. Juste pour être sûr que tu la vois bien de près.

Muette, elle garde les paupières totalement crispées et ne bouge pas d'un centimètre. À moitié repliée sur elle-même, ses genoux proches de sa poitrine, elle serre les draps comme si ça allait changer quelque chose à son sort.

– Regarde-moi, Virgin. Ne me force pas à répéter !

Je réprime mon envie de lui hurler dessus, ce qui me donne un ton rauque et agressif. Je reluque son corps uniquement recouvert de cet ensemble en cuir assez intéressant. Pour autant, l'excitation commence à redescendre et je réagis. J'arrache mon marcel d'une seule main et pose les genoux sur le bord du lit. Je me place au-dessus d'elle, tandis qu'elle ouvre un tout petit œil pour m'observer à la dérobée. Elle inspire et sa respiration se bloque quand je la force à s'allonger sous mon corps. Je reste au-dessus d'elle, les bras tendus de part et d'autre de sa tête.

– Branle-moi, Gin.

– Hein ?

– Dépêche… je grogne à bout de patience.

– Mais Mas…

– Fais-le ou c'est terminé. Je peux encore te réexpédier dans ton asile pour vierges dégénérées. C'est peut-être ce que tu veux après tout ?

– Non !

Son ton est devenu tout à coup plus désespéré que je ne l'aurais imaginé. Putain, comment diable une telle fille peut terminer dans un enfer comme le Round ? Si je n'étais pas si con et insensible, je lui poserais sûrement la question. Sauf qu'elle est toujours figée et que je commence sérieusement à vriller. Je me contracte pour me redresser et je vois défiler une succession d'émotions dans ses iris bruns.

Alors que je vais me relever, prêt à subir les moqueries de mes pairs en me débarrassant déjà d'elle, je sens une main fragile et hésitante s'enrouler autour de ma queue. Un sourire victorieux se dessine doucement sur mes lèvres pincées et j'attends, mon regard vissé au sien.

– Comment je suis censée…

Elle est ridicule, mais son air doux et gêné me captive un instant. Je ne me suis jamais retrouvé dans une situation pareille. C'est à la fois risible et curieux. Elle mordille sa lèvre non stop et cligne des paupières plus que nécessaire.

– Fais-le au feeling, Gin, je souffle contre son visage concentré. Mais ne me presse pas trop la bite si tu veux pas te prendre un coup de genou involontaire.

Elle hoche la tête et je sens ses doigts raffermir leur prise autour de ma verge. Ma peau toujours tendue glisse doucement de haut en bas. Très doucement. Trop doucement. Je mime un bâillement exagéré. Elle fronce les sourcils, resserre encore un peu plus sa main et remonte plus loin jusqu'à ma base. Ses yeux et son visage continuent à me faire part de sa concentration et d'une sorte d'angoisse distillée. Elle serre les dents si fort que je vois sa mâchoire se contracter. Mes bras encore tendus, je plie un coude pour me rapprocher de son corps et, avec l'autre bras, je fais glisser ma main jusqu'au centre de ses seins. L'attache de son soutien-gorge saute et ses doigts se contractent autour de moi, m'arrachant un grognement d'avertissement.

– Pardon…

Une fine chair de poule recouvre aussitôt sa poitrine et quand, du bout des doigts, je caresse la rondeur de ses seins, je sens la température de son corps monter en flèche. Je n'avais pas prévu ce type d'exercice aujourd'hui, mais l'occasion est trop belle.

– Apprends à dompter ton excitation, Gin. Reconnais-la et nourris-toi d'elle pour exciter ton client en retour.

Tout en lui donnant ces conseils, je continue à toucher sa peau chaude, pour attiser ses propres mouvements.

– Varie tes pressions. Qu'elles soient parfois douces, puis agressives la seconde qui suit.

Pour illustrer mes propos, je chatouille d'abord son téton, tire dessus et descends finalement ma main pour agripper sa hanche avec hargne. Ses gestes à elle se sont naturellement accentués et mon pouls s'accélère lui aussi.

– Continue, j'ordonne.

Je lui malaxe la taille au rythme de ses va-et-vient et remonte une dernière fois jusqu'à son sein gauche, pour le recouvrir entièrement de ma paume moite. Je le fais rouler et le griffe. Je ne peux pas ignorer les battements violents de son cœur juste en dessous. Putain, ses seins sont vraiment son point fort. Ils ont l'air sucré et réactif. Fermes et immaculés, ils brillent sous l'humidité qui les recouvre. Cette vision me fait carrément plus bander que les mouvements de sa main.

Perdu dans leur contemplation, pris aux tripes par un réflexe masculin, je tends ma bouche sans réfléchir vers cette courbe qui m'appelle. J'ai envie de sentir sa lourdeur peser sur ma langue.

J'imagine facilement les petites écailles de son mamelon frotter contre mes lèvres…

Elle se redresse sans prévenir et son autre main s'agrippe à mon épaule juste au moment où j'allais plonger. Sa joue contre ma pommette, son souffle inégal bourdonne dans mon oreille. Elle a dû voir que j'étais sur le point d'aller plus loin que ce que j'avais initialement prévu. Elle ne me masturbe plus, mais sa main est toujours enroulée autour de mon gland qui ne va pas tarder à craquer. Nos deux corps sont figés, emmêlés et contractés.

Je la sens caresser mon épaule et je suis obligé de détourner les yeux pour regarder cette main qui me procure une drôle de sensation. Sous la pulpe de ses doigts, je ressens un petit courant, qui me réchauffe et m'électrise pile à cet endroit.

Comment elle fait ça, bordel ?

Rejetant violemment la situation qui échappe à tout contrôle, ma queue diminue de moitié. Virgin couine et la lâche brusquement, comme si elle avait peur de l'avoir cassée. Libéré de cet étau venimeux, je la repousse avec dédain pour me dégager de sa moiteur contagieuse.

– J'me tire. J'ai une vraie pute qui doit se pointer. Une qui n'a pas besoin d'un cours de branlette pour réussir à me faire jouir.

Je sors de cette chambre étouffante en remontant mon pantalon et en ignorant ses yeux larmoyants. Je refoule cet épisode étrange en m'allumant une clope et tire une taffe brutale. J'avale la fumée en espérant qu'elle brouille mon cerveau de cinglé et fais les cent pas. C'est la première réelle leçon pratique que j'ai cherché à lui infliger et j'en ressors hors de moi. *Cette meuf est une vraie plaie, putain !*

Je sens la colère crépiter dans mon sang et, comme un gong salvateur, des coups résonnent contre la porte d'entrée.

Je l'ouvre sans retenir ma force et elle rebondit contre le mur dans un bruit sec. Raide et essoufflé, je toise la petite branleuse professionnelle que j'attendais.

– Becca, tu tombes à pic, je crie presque.

Elle tique et me détaille un instant pour évaluer mon humeur. Elle me connaît bien. Elle sait combien mes états d'âme influent sur notre quart d'heure.

– Master, elle susurre en souriant.

Sans avoir besoin que je lui indique l'itinéraire, elle se glisse entre le battant et mon corps, lèche mes lèvres au passage et roule son cul de fou jusqu'à ma chambre. Je reste un moment immobile, la main toujours posée sur la poignée, trop préoccupé pour pouvoir penser. Mais avant que Virgin ne surgisse et exacerbe un peu plus ma fureur, je claque la porte et rejoins mes quartiers.

Sur mon lit, Becca est déjà presque nue, seulement recouverte d'une guêpière et d'un string en fine dentelle rouge. Putain, ça fait du bien de faire face à une habituée des pieux ! Allongée quand j'entre, elle se redresse, descend du lit et me pousse sur le large fauteuil en velours rouge derrière moi.

– J'aime quand c'est ton tour, elle susurre en mordillant mon lobe.

L'avantage, pour les tuteurs du Round, c'est de pouvoir se faire tourner nos petites poules. Becca est en fin de cycle. Une bonne pêche mûrie à point, prête à entrer sur le marché et à se faire croquer par des clients plus riches les uns que les autres.

Mon jean une nouvelle fois aux chevilles, j'aime la sensation que font ses ongles en descendant de mes pectoraux jusqu'à mes genoux, pour les écarter un peu plus. Forte en branlette, encore meilleure en sucette.

– Alors, il paraît que t'as écopé d'une vierge… elle murmure contre ma queue en donnant de longs coups de langue.

– Hum hum… je me contente de répondre en lui lançant un regard sévère.

Plus question d'entendre parler d'elle jusqu'à demain, bordel !

– Tu crois qu'elle sucera aussi bien que moi, à la fin ? elle demande avant d'aspirer ma verge entière dans sa bouche rose.

Elle n'a pas besoin que je lui réponde. Ma bite s'en charge très bien à ma place et comble un peu plus les recoins de sa bouche. Malgré tout, je suis obligé de repousser loin de mon esprit les images de Virgin et regarde Becca m'enfiler une capote d'un geste expert. Sauf que, comme si le destin me faisait un *fuck* tout sourire, elle monte sur mes genoux. *Jamais elle n'a fait ça !* Pas une seule fois nous n'avons baisé sur un putain de fauteuil, elle et moi. C'est pourtant pas faute de l'avoir prise dans un nombre incalculable de positions ! Et il faut que cette innovation merdique me tombe sur la gueule aujourd'hui. Vingt minutes après l'épisode *Ginial*… Difficile d'expliquer à mon cerveau qu'il doit arrêter sur-le-champ de comparer. Il n'y a strictement rien de comparable, en plus ! Becca est… parfaite. Elle glisse sur moi avec volupté, trouve les angles exquis et roule des pelles comme une déesse.

– C'est toujours bon avec toi, Mas. Je n'ai jamais besoin de simuler comme avec les autres.

Je mords sa gorge et aspire sa peau huilée entre mes lèvres. Je n'ai pas besoin de la guider le long de ma queue, elle se laisse pénétrer en donnant elle-même le rythme. Je me délecte des vagues de plaisir qui remontent jusqu'à mon ventre.

Je ne sens pas tout de suite que ses mains ont quitté mes épaules tendues. *Erreur !* Entre deux gémissements lascifs, la voilà débarrassée de sa guêpière, ses seins refaits ballottant à deux centimètres de ma bouche. Je veux les ignorer, mais je cède, attiré irrémédiablement vers cette partie que je préfère chez les femmes.

Elle sent mon regard sur elle et pose ses mains sur le dessus de sa tête, accélérant ses mouvements et accentuant sa cambrure pour que j'en prenne plein la vue. *Putain*… Ils sont gros et lourds, artificiellement plus imposants que ceux de Gin.

Merde, non ! Voilà pourquoi j'aurais préféré ne pas les voir ce soir. Ma bouche se jette à leurs sommets pour faire taire ces pensées inutiles et je mords l'un et l'autre sans aucune douceur. Les cris de Becca déchirent la pièce quand j'enfonce en même temps mes ongles dans ses hanches fines, pour la pénétrer plus vite et plus fort.

Quand elle jouit avec moi, je n'attends même pas que sa chatte ait fini de se contracter et la repousse sur le lit. J'arrache la capote d'un geste furieux et attrape un bas de survêt qui traîne par terre.

– Qu'est-ce qui t'arrive, Mas ?

– Rien.

– Tu m'as jamais baisée aussi fort, même après ce qu'il s'est passé la dernière fois. C'est ta vierge qui te fout en rogne ?

Je sors sans lui répondre et rejoins la cuisine, priant pour ne pas croiser Gin en cet instant orageux. Cette gonzesse me pousse à bout sans le vouloir et parasite déjà mes plans. Quelque chose en elle m'énerve comme jamais et réveille mes instincts de tuteur en série. Elle a ce truc qui me renvoie mes bourdes passées en pleine gueule. Cette aura naturellement insaisissable, que je méprise au plus haut point. Je refuse de la laisser faire et de lui laisser une chance de dévier de la trajectoire que j'ai prévue pour elle.

Je ne veux plus me faire doubler par l'une de mes putes. Jamais.

Garett a raison, je vais l'envoyer sur le champ de bataille plus tôt que prévu. Ça aura le mérite de lui faire prendre conscience de la réalité dans laquelle elle a foutu les pieds. En plus de la nécessité qu'elle devienne un produit hautement marchandable, j'ai le besoin viscéral de la faire imploser pour un tas de raisons qui m'appartiennent. Quelque part en elle, je dois trouver son noyau et le piétiner à grands coups de boots. Peu importe ce que je devrai lui infliger pour y arriver, je vais la briser. La détruire, pour mieux la façonner.

CHAPITRE 13

Cadence

L'avantage d'avoir de bonnes joues, c'est qu'on peut facilement les mordre de toutes ses forces sans risquer de passer au travers. Et puis, ça empêche aussi de gémir comme une pucelle excitée.

Je m'en veux de ressentir ce que je ressens quand je vois Mas fondre doucement sur mon sein. Je ne crois pas que c'était prévu à son programme, parce que ses yeux sont trop déconnectés. Putain, si mon nichon innocent l'absorbe autant, je sais ce qu'il me reste à faire pour avoir toute son attention lors d'une future discussion. *Hé, viens Mas, on va discutété !*

Je suis sur le point de pouffer discrètement quand je sens son souffle chaud rebondir sur mon mamelon. Un feu soudain s'empare de mon bas-ventre et mes muscles se contractent d'eux-mêmes. Sans réaliser ce que je fais, me voilà assise, une main ancrée à son épaule robuste, ma joue moite collée contre sa pommette hâlée. J'arrête les va-et-vient et me concentre sur les pulsations que je ressens sous mes doigts. C'est… bizarre. Pour une première expérience de touche-kiki, je dois bien avouer que je suis perplexe. Évidemment mes lectures m'ont donné une idée de la *chose.* Mais cette sensation, cette peau douce qui glisse de bas en haut en se tendant de plus en plus, c'est… j'hésite entre épique ou ésotérique. Voire schizophrénique. Parce que j'oscille ouvertement entre le rejet et l'attirance.

Et puis en la tenant ainsi en main, je me dis que Master devrait plutôt se faire appeler Monster.

Perdue dans mes pensées, je n'ai pas réalisé que mes doigts s'étaient mis à caresser son épaule. Quand son regard noir a changé de trajectoire pour se poser sur ma main, je l'ai senti se tendre avant de… se détendre. Comme ça, *pouf* ! J'avais dans la main une batte de baseball et je me retrouve avec un vieux concombre oublié dans le fond du frigo. Cette idée écœurante éclate dans mon esprit et je lâche son sexe brusquement.

– J'me tire. J'ai une vraie pute qui doit se pointer. Une qui n'a pas besoin d'un cours de branlette pour réussir à me faire jouir.

Je vois clair dans son jeu. Il me pousse à bout, au-delà de mes limites.

Les larmes me montent aux yeux alors qu'il claque la porte de ma chambre. J'aimerais qu'elles résultent de sa rudesse envers moi, mais je sais que c'est faux. Je suis terrassée par l'angoisse car je sais que, si je ne me bouge pas sérieusement, je vais tout faire foirer. Peu importe qu'il soit aimable ou puant, c'est par Mas que je vais l'atteindre. J'ai peur de me perdre en route, mais maintenant que je suis là, je ne peux plus reculer.

J'arrache ce tanga collant et file sous la douche. J'ai besoin de me débarrasser de cette moiteur qui m'empoisonne doucement. Mon corps ne m'a jamais semblé si étranger. Je fais couler du gel douche dans le creux de ma main et l'étale sur mon épaule, avant de descendre sur mon sein. Malgré moi, je ferme les yeux et repense à Mas. J'ai détesté cette situation, mais je ne cherche pas à me leurrer, ses doigts sur ma peau ont laissé des traces. Personne ne m'a jamais touchée comme ça et même s'il jouait parfaitement son rôle de tuteur, je suis chamboulée.

Merde, si je commence à apprécier certains aspects de cette histoire, c'est que je suis encore plus débile que Mas le croit.

Je m'autoflagelle le reste de ma douche et finis par un jet glacé qui a le mérite de me remettre les idées en place. Enfin, peut-être que les cris de mouette de celle qu'il est en train de faire jouir y sont aussi pour quelque chose. Je sais maintenant que les murs de cet appart laissent peu de place à l'intimité.

J'enfile un simple débardeur et la culotte la plus confortable dont je dispose. N'avoir aucun de mes vêtements habituels était bizarre au début, mais finalement ça me plaît. Ça m'aide à oublier la

Cadence qui n'a pas sa place ici. Gin. Voilà celle qui vit là, dorénavant. Je m'allonge sur le ventre et ouvre mon bouquin.

Absorbée dans mon passage préféré, je n'entends pas la porte s'ouvrir.

– Tâche de faire une sieste, Virgin. Cette nuit va être longue.

Je serre les fesses spontanément en entendant sa voix grave. J'essaie de déterminer si ses respirations bruyantes sont le résultat de sa séance de sexe ou bien si ma seule présence l'énerve. Je préfère ne pas me retourner pour vérifier et me contente de secouer la tête. Mes yeux sont toujours fixés sur la page 152, mais je ne distingue plus les lignes. Je suis trop concentrée sur lui, qui est toujours immobile derrière moi. Si tout à l'heure sa présence rapprochée m'avait – avouons-le – un peu émoustillée, là, il me terrifie.

Lassé d'attendre ma réponse qui ne vient pas, il claque la porte. Je resserre mes doigts autour du livre en essayant de bloquer toutes les images qui se bousculent dans ma tête. Tous ces scénarios dans lesquels je suis définitivement débarrassée de ma virginité, sans le côté glamour et mamours.

Je finis par sombrer dans un demi-sommeil agité, comme toujours. Ce n'est certainement pas ici que j'apaiserai mes nuits.

***

Comme chaque fois que je me réveille, ce sont les palpitations folles de mon cœur qui me sortent du sommeil. Ça et le bruit délibéré que fait Mas dans le salon. Je le rejoins sans prendre la peine de mettre un pantalon. Autant s'habituer à cette quasi-nudité éternelle.

– Où est-ce qu'on va ? je demande sans vouloir le savoir.

– Au Bitchy, il répond sans se détourner de l'évier, dans lequel il rince son assiette.

Je réalise alors que je n'ai pas mangé depuis un petit moment, mais que la faim a disparu, se cachant probablement au même endroit que ma dignité.

– C'est notre show-room. Toutes les putes en herbe de la région y vont pour débuter.

« Toutes les putes en herbe… » *Ingrid !* J'essaie de cacher mon intérêt soudain derrière une longue inspiration.

– Votre show-room ? Tu parles de ça comme d'une exposition de bois exotique !

– Le client cherche une pute, on lui file de la pute. C'est du business, les règles sont exactement les mêmes.

Il me regarde avec sérieux tout d'un coup et je sais exactement ce qu'il est en train de se dire. Je lis dans ses yeux qu'il se demande ce que je peux bien foutre ici. Il faut que j'arrête de lui jeter ma naïveté au visage. Même si c'est difficile car plus j'en découvre sur ce monde, plus je tombe des nues.

– Oui, je sais, je lance en jouant les décontractées. Je connais le principe, merci, c'est juste ton vocabulaire qui m'interpelle.

Il me scrute encore un peu et finit par hausser les épaules. Je relâche les miennes tendues, en me félicitant mentalement.

– Maintenant va t'habiller. Je t'ai choisi des fringues pendant que tu dormais. Le Bitchy n'est pas à côté et j'ai pas envie qu'on se fasse remarquer en se pointant au milieu des festivités.

– Est-ce que je peux savoir ce que tu attends de moi là-bas ?

Je le vois hausser ses sourcils en s'allumant – encore – une cigarette.

– Rien de bien sorcier, il me balance avec mépris. Enfin bon, quoi qu'il en soit, c'est pas gagné…

Mon majeur se lève sans mon autorisation et gesticule dans le dos de Mas.

– Je vois ton reflet dans la porte du four, Gin.

Aoutch…

***

Gainée dans une robe corail qui ne recouvre ni mes épaules, ni mes cuisses, je m'installe en grimaçant dans la voiture de Mas, qui s'impatiente, encore et toujours. Toutes les coutures de ce minuscule morceau de tissu agissent comme des garrots sur mon corps, je suis incapable de prendre de profondes inspirations.

– Tu dois caler ton pas sur celui qui t'accompagne, bordel ! il rugit en tapant ses poings contre le volant. Il est hors de question que je t'attende chaque fois comme un connard !

Je claque la portière et me retourne vers son visage furieux.

– Cette fichue robe est trop petite ! Il manque facile deux tailles pour qu'elle m'aille ! Alors excuse-moi si je galère à avancer vite et droit, quand mon cerveau est à peine oxygéné !

Il se penche sans prévenir par-dessus l'accoudoir et je me recule spontanément. Il passe un bras puissant au-dessus de mon corps et tire d'un coup sec sur ma ceinture de sécurité. Je suis certaine qu'il cherche à m'étrangler vu la violence de son geste. Je grimace en sentant la brûlure de la sangle contre mon cou, mais je retiens ma langue. Il démarre en trombe et je cale ma tempe contre la vitre pour, cette fois, observer ces rues inconnues de Reno.

Mes pensées dérivent à nouveau vers Ingrid alors que je cherche son visage parmi les passants. Elle me manque, comme chaque fois que nous sommes séparées, cette fois plus douloureusement que par le passé. Je m'enfonce si loin dans cette merde qui m'étouffe depuis des semaines que je ne vois pas le temps passer. Si cette sortie m'angoisse, elle me donne plus d'espoir. Coincée dans l'appartement de Mas, avec son antipathie et sa parano sur le dos, je fais du sur-place. Ce soir, j'ai enfin l'opportunité de pouvoir en apprendre davantage. Du moins, je l'espère.

Quand le moteur s'arrête, je sors de ma léthargie complotiste et me retourne vers Mas, qui reste immobile derrière son volant.

Il est en pleine réflexion et ce qui traverse son esprit m'est forcément destiné. Je reconnais plus facilement maintenant les traits sévères qui recouvrent son visage quand il pense à moi. Et vu son air sombre, il ne doit pas être loin de préméditer ma disparition.

– Ne me mets pas dans la merde, Gin, il lâche soudain sur un ton plus menaçant que jamais. Tu n'as aucune idée de qui je suis et de ce dont je suis capable pour parvenir à mes fins.

Il bouge sur son siège jusqu'à me faire face et m'adresse un regard plein de promesses.

– Ne te méprends pas, il reprend en insistant sur chacun de ses mots. Ces premiers jours ensemble ont été de la franche rigolade par rapport à ce qui t'attend à partir de ce soir.

Je frissonne et mon abdomen se contracte. *Ok, me voilà prévenue.* C'est donc ici que tout va commencer. Dans un sens, c'est exactement ce que j'espérais.

Je détourne mon regard de son corps tendu et détaille les alentours. Je survole les dizaines de voitures déjà garées jusqu'à repérer le fameux show-room qui va faire ma soirée. Mes yeux sont rapidement attirés par la devanture du Bitchy.

Je sens des gouttes de sueur dégouliner de ma nuque jusqu'en bas de mon dos. Tout ce que j'ai devant les yeux me donne la nausée et je réalise encore un peu plus dans quel bourbier je me suis fourrée.

Le parking est déjà bien rempli, de voitures et de motos rutilantes. Des hommes – beaucoup d'hommes – circulent entre les véhicules, accompagnés ou non de filles. Finalement, quand je vois comment certaines sont habillées, je remercie intérieurement Mas pour cette robe qui me couvre bien plus que les leurs. Tous convergent vers un bâtiment. *Oh mon Dieu, comment un truc pareil peut-il être légal ?*

Au-dessus de la grande enseigne lumineuse, ce que je discerne ne peut pas être vrai. J'efface la buée qui vient de se former sur ma vitre et colle mon front pour vérifier que je ne suis pas en plein cauchemar.

– Je suis en hypoglycémie, pas vrai ? J'ai des troubles de la vue… Ce qu'il y a là-haut, sur le toit au-dessus des néons, ce ne sont pas…

– Des putes en train de se faire baiser ? Si.

Je ravale ma bile, sans pouvoir détacher mes yeux de ce spectacle improbable. Posées sur le toit large et plat, plusieurs cages en fer illuminées de LED clignotantes sont alignées. Malgré l'obscurité environnante, il est impossible de louper ce qui s'y passe. Je ne veux pas continuer à les observer, mais je n'arrive pas à m'en détacher. Dans la première, il y a une femme. D'ici je ne vois pas son âge. Je discerne seulement sa nudité et ses mains, attachées au-dessus de sa tête par un long lien. Je vois son corps se cambrer à chaque coup de reins que lui assène celui qui l'accompagne et qui – ne mâchons pas nos mots – la baise sans aucune douceur. Je détourne le regard en grimaçant quand il se place derrière elle. Sans avoir besoin de les regarder, j'imagine très bien ce qui va se passer ensuite.

– Regarde-les, m'ordonne Mas en empoignant mon épaule.

À contrecœur, je redirige mes yeux vers le Bitchy. La deuxième cage n'a rien de plus enviable. Cette fois, elles sont deux. Maigres et brillantes. À quatre pattes l'une en face de l'autre, elles s'embrassent pendant que chacune se fait prendre par-derrière. J'entends d'ici les rugissements des spectateurs mêlés aux cris d'orgie.

Je vais vomir.

Je n'ai pas le cœur à détailler les suivantes. Je ne le supporterais pas. Je garde la tête tournée vers ce spectacle pour que Mas ne se rende pas compte que j'ai désespérément fermé mes paupières. Si j'avais réussi à refouler mes scénarios inquiétants jusqu'à présent, je réalise avec horreur que de toute façon ils n'avaient rien à voir avec la réalité du Round. Comment cela aurait-il pu être le cas ?

– Allons-y, lance Mas sans une once d'hésitation.

Pour la première fois depuis que je me suis lancée dans cette folie, j'ai envie d'éclater en sanglots. Je voudrais me tourner vers Mas et lui dire qu'il devrait avoir honte d'appartenir à ce milieu. Qu'*elle* devrait avoir honte. Qu'il me dégoûte. Et qu'*elle* me répugne. Mais je n'en fais rien. J'ai accepté de payer le prix fort le jour où j'ai pris ma décision. Personne ne m'a obligée à le faire. Bien au contraire. J'aurais pu continuer ma petite vie tranquille, celle pour laquelle j'ai fait tant de sacrifices. Sauf que je n'ai jamais su penser à moi en premier. J'ai toujours fonctionné comme ça et je prie simplement pour que, cette fois, je ne sois pas en train d'aller trop loin. J'espère que je ne vais pas le regretter.

Je blinde donc mon cerveau choqué et sors de la voiture. Mon pouls bat si fort contre les parois de ma gorge que celle-ci se resserre à chacun de mes pas, me privant lentement d'oxygène. J'ignore tous les regards qui se posent sur nous. Surtout sur moi. Je garde les yeux fixés sur un point imaginaire face à moi et mon pas se colle enfin parfaitement à celui de Mas.

Coincée entre mon tuteur et la grande porte d'entrée, j'ai hâte de m'engouffrer dans le bâtiment pour ne plus entendre les cris qui fusent depuis le toit.

Mas me pousse en avant dès que la porte s'ouvre et je crois un instant que le plus dur est derrière moi, sur ce parking de dépravés. *Quelle conne*. L'intérieur est bien pire.

CHAPITRE 14

Mas

Pendant tout le trajet jusqu'au Bitchy, j'ai imaginé la tête que ferait Virgin en arrivant devant cet endroit plutôt inhabituel pour une novice dans son genre. Et je dois dire que maintenant qu'on y est, elle réagit exactement comme je l'avais anticipé. Elle essaie de garder un air détaché, mais ça ne marche pas. Et pour cause, son visage est l'un des plus expressifs que j'ai pu voir. Là où je me suis planté, cela dit, c'est que j'étais sûr que ça me mettrait encore plus en colère contre elle. Erratum. Contre toute attente, c'est bien la première fois que j'ai autant envie de rire devant l'une de mes putes.

Je regarde ses épaules se détendre lorsque nous entrons dans le grand sas illuminé de néons. Je l'ai obligée à regarder les cages pour qu'elle comprenne enfin dans quoi elle a mis les pieds. Et si elle a été choquée par l'extérieur, je ne donne pas cher d'elle à l'intérieur.

– T'as aimé la façade, Gin ?

Elle détourne ses yeux de l'imposant vigile qui la reluque, pour venir planter son regard dans le mien. Elle réfléchit, ouvre la bouche pour répondre, mais opte finalement pour un haussement d'épaules nonchalant. *Qu'est-ce que j'aime quand elle la ferme !*

– L'intérieur va te plaire encore plus, j'ajoute moqueur.

Je pose ma paume contre ses reins, dans un geste qui ne se veut pas rassurant. Sous le fin tissu corail, je ressens la chaleur de son corps se diffuser jusqu'à ma main.

– Tu flippes ?

– Non, elle souffle, trop vite pour être honnête.

La satisfaction de la faire entrer dans ce monde fait battre mon cœur plus fort que les basses qui résonnent tout autour de nous. Putain, les choses sérieuses commencent. La machine à fric se met doucement en route et j'entends presque le froissement des billets que j'aurai bientôt entre les doigts. Je devrais détester ce mec que je suis devenu, mais pourtant, je ne ressens aucune émotion. Celui que j'étais il y a quelques années a disparu, étouffé par ce blé qui coule à flots. Tout ce qui m'importe à l'heure qu'il est, c'est que cette fille a pleinement choisi de venir ici, d'être l'une de ces putes cotées. Alors quand je la regarde, je ne distingue que les dollars que je vais pouvoir en tirer. Et depuis que mon connard de frangin m'a foutu dans la merde, chaque dollar amassé est vital.

– Salut, Mas, lance le videur en retroussant ses lèvres devant Virgin.

– Rix, mon pote, je réponds en frappant mon poing contre le sien.

Il me regarde à peine une seconde et se rabat sur Gin.

– Alors, voilà ta nouvelle petite…

Le léger sourire qui naît sur ses lèvres ne me leurre pas. Les gens ont parlé, certainement même beaucoup bavé sur mon compte. Mas et sa petite vierge boulimique : un sujet de discussion sans fond pour ces raclures.

Je la sens se raidir sous mes doigts et transpirer quand Rix s'approche d'elle. Il la détaille plus longtemps que nécessaire et, pour la première fois, je suis fier. Elle le fixe sans ciller et enfin, *Dieu soit loué*, sans ouvrir sa grande bouche.

– T'es un peu dans la merde, Mas, il reprend en continuant à l'observer sous tous les angles. Vu tout ce qui pèse sur toi, t'as pas chopé le meilleur lot pour t'en tirer.

Merde, il n'a pas intérêt à aborder le sujet devant Gin. Je refuse qu'elle apprenne par quoi je suis passé avant elle. Si elle savait, ça foutrait tout en l'air. J'essaie d'adresser un regard d'avertissement à Rix, mais il est trop concentré sur elle pour me remarquer. Il pose un doigt épais sous le menton de Virgin et relève son visage pour que leurs yeux se croisent.

– J'sais pas ce qui a bien pu se passer dans ta tête pour que tu te pointes ici, gamine. Si quelqu'un t'y oblige, tu sais que c'est illégal ?

– Illégal ? elle pouffe en secouant la tête. Oui, je suis au courant.

– Très bien. Dans ce cas, t'as intérêt à bosser comme une malade ces prochaines semaines. De ce que j'en vois ce soir, t'es loin de faire l'affaire. Peau trop blanche, tu manges trop gras et tu bois pas assez d'eau, il termine en lui pinçant la joue.

Je m'apprête à lui rappeler le nombre record de putes qui ont fait exploser les compteurs grâce à ma facilité de persuasion, mais une voix sourde m'interrompt.

– Si t'as un flacon sur toi, je peux éventuellement te filer un peu de pisse pour boucler ton analyse.

Évidemment, il fallait qu'elle ouvre sa grande gueule, bordel ! Non mais je rêve, elle ne peut pas s'en empêcher ! Plus de doutes, j'ai écopé d'une folle. Je vais la démonter.

– Ferme-la, Gin, putain ! je grogne en lui pinçant le dos.

Rix s'est figé. Normal, puisque aucune fille mentalement saine n'a jamais osé interférer dans son observation. Il faut dire qu'il est connu, ici. Je n'ai toujours vu que lui dans cette entrée glauque et autant dire que, pour sa part, il a vu passer un sacré paquet de prostituées de chez nous. Au fil du temps, il est un peu devenu notre expert en pute à tout faire. D'un seul coup d'œil il repère les meilleures et les boulets. Gin ne le sait pas, mais celles qu'il n'aime pas ne font jamais bon business.

J'agrippe plus fort le tissu de sa robe pour la faire reculer doucement, mais Rix ne l'entend pas de cette oreille. Son avant-bras couvert de bandes noires se lève rapidement et attrape le coude de Virgin. Je m'attends à ce qu'elle glapisse de peur ou ne serait-ce que de surprise, mais rien. Elle ne bronche pas et continue à le fixer, comme si elle avait croisé des molosses dans son genre chaque jour de sa vie.

– Intéressant, il murmure en se grattant l'oreille. C'est quoi ton nom ?

– Cad… Virgin.

Il semble lire des choses captivantes dans ses prunelles et un rictus grandit à la base de sa bouche percée. Pour ceux qui ne le connaissent pas, ça ressemble plus à une grimace de taré qu'à autre chose. Mais moi, je sais. Et merde, je n'en reviens carrément pas.

Il se tourne vers moi et hoche imperceptiblement la tête. C'est le signe.

– Avant d'entrer ici pour la première fois, on a une sorte de… coutume, il reprend en s'adressant à nouveau à elle d'un ton plus chaleureux. Rien qu'un petit baiser, ma jolie…

Le dos de Gin rencontre ma main quand elle a finalement un mouvement de recul discret. Je pouffe en secouant la tête et la repousse vers lui sans ménagement.

Rix a plutôt une belle gueule, mais derrière sa barbe épaisse et ses tatouages singuliers qui lui couvrent le visage, il n'est pas particulièrement attirant au premier abord. Gin me lance un regard interrogateur et je lui réponds d'un signe brusque de la tête.

– Bouge-toi, on n'a pas que ça à faire.

Je me recule d'un pas pour mettre de l'espace entre Rix et moi. J'ai vu beaucoup de trucs glauques depuis que je bosse ici, mais sa grosse bouche humide m'écœure toujours autant. Le terme « petit baiser » n'est pas particulièrement approprié à ses habitudes, mais je me garde bien de la prévenir. Les choses sérieuses commencent ce soir et il est temps qu'elle entre dans *la ronde*.

Alors qu'il avance et réduit la distance entre eux, je regarde le profil de Gin qui, pour une fois, est assez difficile à déchiffrer. Mais avant que je ne réfléchisse plus, ses mains se relèvent, se posent contre les pectoraux de Rix sans hésiter et sa bouche rose anéantit les derniers centimètres qui restaient entre leurs lèvres.

Pendant un court instant, alors qu'elle semblait réfléchir activement devant le visage vicieux de Rix, je me suis demandé si elle avait déjà embrassé un mec. Avant moi, j'entends. Avant ce baiser qu'elle m'a donné tout à l'heure et qui n'avait rien d'excitant. Après tout, rien ne saurait plus m'étonner avec cette nana. Depuis sa petite crise devant ma queue, je suis en droit de me poser la question.

Pourtant, à cette seconde, comme si j'avais tiré sur une corde à la fête foraine et que j'observais la peluche pendue au bout, la réponse s'agite devant mes yeux. Je suis incapable de quitter ses lèvres du regard. Celles qui m'ont été insupportables jusqu'ici, me saoulant de paroles du matin au soir. Ces deux petits morceaux de chair que j'aurais bien volontiers cousus ensemble et qui là, tout de suite, agissent de manière inattendue. Tout doucement, sa bouche caresse celle de Rix et je suis presque sûr d'avoir vu la mâchoire virile de ce dernier se contracter sous la surprise d'une telle douceur. *Presque*, parce que la langue de Virgin qui vient de percuter celle de Rix accapare toutes mes pensées. Je touche machinalement les miennes, essayant de me rappeler si elle a agi avec moi de la même manière sur ce foutu canapé. J'en sais rien, j'étais trop énervé contre elle pour vraiment réaliser. Ou bien Rix est le genre de type qu'elle aime lécher… *Bordel, c'est…*

– Assez, je balance à voix haute en la ramenant vers moi.

C'est bien assez.

Dans un demi-sourire, elle essuie sa bouche avec son pouce et relève ses yeux brillants vers Rix quand il reprend la parole.

– Bienvenue au Bitchy, Virgin.

– Merci, Rix, elle répond comme s'ils se connaissaient très bien.

Putain, depuis que j'ai récupéré cette gonzesse, c'est la deuxième fois qu'elle fait ça. Je la scrute en fronçant mes sourcils, curieux de savoir comment elle arrive à amadouer des caractères bien trempés. D'abord avec Britney au salon, et maintenant avec Rix.

Si elle croit s'en tirer comme ça avec moi, elle se trompe sur toute la ligne. Je la bouscule un peu pour la faire avancer dans le couloir sordide qui s'ouvre devant nous. Lorsque nous arrivons au bout, je tire sur le battant imposant dans un grincement et la pousse dans la gueule du loup.

– Bienvenue au Bitchy, Virgin, je répète en prenant un malin plaisir à voir sa mine se décomposer.

Le son qui sort des enceintes est difficilement supportable pour des oreilles novices. Perso, j'ai mis des semaines à m'habituer. Cette boîte regorge de tuteurs, de gros macs, et évidemment d'une horde de putes assoiffées de foutre. Ça tombe bien puisque, dans cet endroit, elles sont facilement abreuvées. Je jette un regard sur la scène qui remplit le fond de la salle et remonte en une bande plus étroite jusqu'au milieu de la grande pièce. Plusieurs filles se trémoussent doucement dans la fumée qui s'échappe des coulisses et je croise le regard familier de Tara, à l'extrémité, qui s'enroule autour de la longue barre en aluminium. D'un léger hochement de tête, elle comprend que sa fin de soirée m'appartient. Elle et moi, ça fait un moment qu'on ne s'est pas… côtoyés.

– T'éloigne pas ! je hurle par-dessus la musique à l'attention de Gin.

Elle s'est arrêtée au milieu de la foule pour reprendre sa respiration et analyser le décor. Je veux bien reconnaître que cet endroit est assez effrayant pour les non-initiés. J'avoue ne plus tellement faire attention aux pratiques qui se déroulent ici.

Elle sursaute, et alors qu'elle me rattrape, j'en profite pour regarder ce qui la faisait tant bloquer. Je repère facilement la source de son teint livide : Etienne. Bien sûr. Notre pute au masculin. Il refuse le terme « gigolo », qu'il trouve trop mignon pour quelqu'un comme lui. Et je suis d'accord. Etienne n'est pas mignon. Putain non, il est carrément flippant.

– Assieds-toi.

Je désigne des fauteuils en similicuir, au milieu de la salle.

– Qu'est-ce que tu attends de moi, Mas ? elle me redemande pour la troisième fois.

– Pour ce soir, tu vas te contenter de te familiariser avec l'endroit. Tu vas y passer pas mal de temps.

– C'est-à-dire ? Rester assise ici toute la nuit, à regarder des filles jouir sur des banquettes dégueulasses ? Ou bien ce mec là-bas qui… qui fait quoi d'ailleurs ?

– Entre autres, je coupe sans lui répondre. Les nouvelles font le service pendant une heure ou deux, histoire de se faire voir par le réseau.

– Je dois juste servir des boissons ?

– Absolument.

– Ok.

Elle semble soulagée. Même si je lui ai déjà plus ou moins dit qu'elle resterait vierge jusqu'à son premier client, je lui ai bien fait comprendre qu'il y a plein d'autres choses à faire à une fille sans avoir à passer entre ses cuisses. Je revois encore son air alors qu'elle devait être en train d'essayer de les imaginer. C'est bien, je peux avoir une emprise plus forte sur elle si je la menace avec toutes sortes de pratiques douteuses.

– T'as l'air étonné. Embrasser les videurs c'est davantage ton truc ? je demande, curieux.

Elle se retourne vers moi en souriant, et sans en comprendre la raison, je prends une inspiration plus longue que les autres. Elle ouvre la bouche pour me répondre, mais nous sommes interrompus. Ma curiosité devra patienter.

– Master… susurre une voix derrière moi, en même temps que des bras fins s'enroulent autour de mes épaules.

Une bouche chaude se pose sous mon oreille et un parfum épicé m'entoure.

– Isobel…

Son corps filiforme se glisse sur mes genoux et sa bouche se déplace jusqu'à la mienne.

– Ça fait un bail, beau gosse. Je suis déçue de ne pas t'avoir plus manqué.

– J'avais des trucs à régler.

Elle lance un regard vers Virgin et reporte son attention sur moi.

– C'est ta nouvelle poule, je suppose. J'espère qu'elle aura plus d'avenir que la dernière.

Je ravale ma bile, serre son poignet comme une menace silencieuse et me retiens de ne pas la dégager de mes genoux. Je ne dois rien laisser paraître et continuer à jouer ce jeu malsain. Je me décale sur la droite pour attirer l'attention de Virgin, mais elle est déjà en train de m'observer en silence.

– Gin, voici Isobel.

– Salut, elle répond poliment.

– Mas était mon tuteur à moi aussi, tu sais. Il m'a vraiment bien dressée, pas vrai Master ?

Sa main s'engouffre dans mon jean et pianote sur ma queue aux abois. J'ignore les pulsations qui résonnent plus bas.

– Tu peux l'amener au bar, Bel ? Il est temps qu'elle s'échauffe.

– Tout de suite ?

Elle presse un peu plus fort et j'écarte malgré moi mes jambes pour lui laisser plus de liberté de mouvement. Sauf qu'au moment où mon regard croise celui de Virgin, des images de sa chambre remontent dans mon esprit sans prévenir.

– Apparemment, oui… elle souffle résignée.

Isobel se lève en boudant, abandonnant ma fin d'érection sans plus de cérémonie.

– Suis-moi, petite vierge.

Je les regarde s'éloigner sans échanger de paroles. Avant de disparaître derrière les rideaux du fond, Isobel se retourne vers moi, un sourire diabolique imprimé sur sa bouche experte.

– Que la fête commence, je lis sur ses lèvres avant qu'elle lâche le rideau sur elles.

CHAPITRE 15

Cadence

Le rideau se referme lourdement, en m'envoyant un nuage de poussière et d'acariens en pleine figure. Je me retiens d'essuyer mes yeux pour ne pas étaler les onze couches de mascara que Mas m'a forcée à appliquer. Garder les paupières ouvertes sous le poids de mes cils est une galère que je n'avais jamais connue.

Je me retrouve dans une petite pièce exiguë, remplie de filles à moitié à poil. Certaines se rhabillent, d'autres se déshabillent si cela est encore possible, et comme d'habitude, je reste figée, la bouche entrouverte. Si je ne fais pas gaffe, un des types bizarres qui traînent ici va finir par prendre ça pour une invitation à y fourrer quelque chose. À cette pensée, je referme la bouche aussi sec. J'ai beau faire des efforts surhumains, je ne m'habitue pas encore à ce monde de dépravation.

Isobel me parle, mais je suis trop concentrée sur les autres nanas pour lui prêter l'attention qu'elle réclame. Je scanne chacun de leurs visages, dans l'espoir fou que ma quête puisse se terminer ici. En vain, ce n'est pas maintenant que je pourrai me tirer de cet enfer. Elle n'est pas là.

– Tu m'écoutes ? s'impatiente ma nouvelle « collègue ».

– Oui, oui.

– Tu apprendras vite à faire la différence entre les filles ici, elle continue sur sa lancée. Les plus expérimentées ne viennent que très rarement au Bitchy. La fréquentation de nos boîtes est liée au type de putes qui y bossent. En gros, le Bitchy, c'est le point de départ.

– Si je comprends bien, plus tu es bonne, plus tu grimpes les échelons des bordels ?

Cette info m'intéresse pour la suite.

– C'est ça, elle acquiesce. Après, certaines ont leurs habitudes et aiment revenir ici pour humilier les novices dans ton genre.

Son visage jauni de fond de teint se fend d'un sourire entendu et suffisant. Elle peut dire ce qu'elle veut, j'ai côtoyé suffisamment de garces comme elle pour savoir qu'il vaut mieux les ignorer.

Elle m'entraîne vers une porte au fond et, une fois de plus, je débarque en pleine cohue. Les filles se bousculent, s'insultent pour certaines, et j'en aperçois plusieurs la poudre au nez. Bordel, est-il possible de s'enfoncer davantage dans cet abîme infernal ?

– Attends-moi là, m'ordonne Isobel avant de rejoindre trois types appuyés contre des caisses.

Je reprends mes recherches en scrutant les filles autour de moi. Entre la tonne de maquillage, les accessoires louches et les perruques ridicules, je galère sévère. *Mais où es-tu, bordel ?*

– Dégage !

Je fais une embardée sur la gauche quand une grande blonde me pousse sans ménagement. Avec ces talons inconfortables, j'ai bien failli dire adieu à mes ligaments.

Quand je crois avoir retrouvé un équilibre précaire, une horde de nanas entièrement nues déboule dans cet espace clos, déjà bien assez meurtrier pour une claustrophobe confirmée. Je deviens alors le témoin muet d'un affrontement de nichons siliconés.

– Et merde ! s'exclame l'une d'entre elles juste devant moi.

Mon regard descend jusqu'à sa chaussure. Une bouffée de soulagement m'envahit quand je repère son long talon aiguille gisant quelques centimètres plus loin. Comme quoi, je ne suis pas la seule à en chier avec mes chaussures. Voilà une révélation qui m'emplit de joie ! Dommage que Mas ne soit pas là pour le voir. Je relève la tête pour observer son visage pincé. Derrière ses faux cils, je distingue pour la première fois une étincelle d'humanité. Juste un quart de seconde, mais ça me redonne espoir pour la gent féminine. Ses doigts posés contre son front, et sa mine contrariée m'ennuient. Elle lance des regards autour d'elle, en jurant tout bas.

Non, Cadence, ce n'est pas le moment d'être toi !

J'essaie de retenir mon vilain penchant empathique, mais quand je remarque à quel point elle semble abattue par ce contretemps, c'est plus fort que moi, je m'approche d'elle.

– Qu'est-ce que tu veux, toi ?

Je me prends son ton agressif comme une gifle en pleine figure.

– Ben alors, Tara, t'as un petit souci on dirait ? siffle la blonde de tout à l'heure depuis le côté opposé. C'est ballot, juste avant ton petit show minable.

– Ferme ta gueule, pétasse.

Charmant. En plus de se faire tringler de tous les côtés, ces filles ne sont même pas capables de se serrer les coudes.

Ne voyant pas Isobel revenir, je fais la première chose qui me passe par la tête – *nota bene* : pas souvent la meilleure. Je défais la lanière de mes chaussures, les attrape d'une main et les lui tends sans rien dire.

– Qu'est-ce que tu fais ?

– Je te les prête le temps de ta danse. J'ai le pied large, je sais pas si ça t'ira.

Elle m'observe, interdite.

– T'es qui au juste ?

– Gin, je lui réponds en omettant délibérément la première syllabe qui me gonfle.

– Je t'ai jamais vue ici, première sortie avec ton tuteur ?

J'acquiesce en lui tendant mes escarpins. Elle hésite, méfiante, mais quand le tempo de la musique change, indiquant sûrement que c'est à son tour d'entrer sur scène, elle les enfile sans demander son reste et disparaît dans l'obscurité du couloir.

– Avec plaisir, je murmure.

Je m'appuie contre le mur bordeaux et observe mes doigts de pied reconnaissants. Je les remue quelques secondes, les laissant profiter d'un quartier libre avant que l'autre ne me rapporte mes chaussures.

– Gin, ramène tes fesses ici !

Je me redresse et croise le regard d'Isobel qui vient de réapparaître à l'autre bout de la pièce. Mauvais timing ! Elle me fait signe de la rejoindre en balançant sa main vers moi avec impatience. *Putain mes pompes... merde !*

Je lance un regard désespéré vers la porte derrière laquelle la danseuse a disparu. Je ne pensais pas qu'Isobel se pointerait avant leur retour. *Foutu sens du partage !*

Je m'étais promis de ne pas faire de conneries, surtout aujourd'hui. Les menaces de Mas flottent encore dans mon esprit et mon ventre se serre. C'est quoi mon problème à la fin ? Stupide question. Je le sais très bien dans le fond. Milo m'a toujours dit que faire passer les autres avant moi finirait par me porter préjudice. Y a qu'à voir la merde dans laquelle je viens de me foutre. C'est entièrement ma faute. Filer mes chaussures à la première pute venue était la pire idée à avoir ce soir. *Quelle conne !*

Mes yeux scannent désespérément le sol douteux de la salle, priant pour qu'une paire de chaussures orpheline se mette à avancer gentiment vers moi. Mais dans un endroit comme celui-là, les prières ne fonctionnent pas. Les filles ont beau invoquer Dieu chaque fois qu'elles jouissent, ça fait bien longtemps qu'il a quitté les lieux.

– Oh, tu vas rappliquer à la fin ? s'égosille Isobel.

Tout en tâchant de garder un air digne, je m'approche d'elle sans la quitter des yeux. Je devrais lui faire part de mon petit problème de cordonnerie, mais quand elle se retourne sans se rendre compte de rien, aucun mot ne sort de ma bouche et je la suis jusqu'à la salle principale.

Perdue dans la foule, je me rends compte que personne ne remarque mes pauvres pieds nus. Il faut dire qu'il y a des spectacles bien plus intéressants ici. *Putain, quand Mas va capter ce détail idiot, il va m'étrangler.* D'ailleurs, en pensant à lui, je l'observe à la sauvette pendant qu'il discute avec un groupe d'hommes. Je souffle longuement par le nez en le détaillant. J'aimerais qu'il m'indiffère, ou mieux, qu'il me rebute. Pourtant, son regard noir bordé de cils, aussi sombre qu'une nuit sans étoiles, attire mon attention plus que je ne le voudrais. À mon grand soulagement, je n'aime pas l'homme qu'il est. Désagréable, brute et prof à putes : quel portrait de merde ! Par contre, quand je le regarde, je ne peux pas nier qu'il est hyper attirant. Il inspire une force et une virilité qui me titillent à l'intérieur.

Il doit sentir mon regard sur lui car il relève la tête et croise mes yeux. Je me détourne sans attendre, juste à temps pour réceptionner un énorme plateau rempli de shots violets.

– Ça, c'est pour les filles, me balance un grand type en me le fourrant dans les mains sans aucun ménagement.

Je contrôle difficilement l'arrivée massive de ces verres, qui glissent déjà dangereusement sur le plateau. Par chance, aucun d'eux ne se renverse. Pour l'instant.

Je suis sur le point de lui demander plus de détails, mais il a déjà disparu derrière le bar.

– Pour les filles… Ok…

Je fends la foule en esquivant les corps suants qui croisent ma route. Dès que j'aperçois une fille autour d'une table – ou plutôt sur ou sous une table en train de se faire tripoter –, je dépose un shot.

– Tu tombes à pic, baragouine une rousse en pleine fellation.

Elle avale le liquide violet sans hésiter et retourne à sa tâche phallique.

Je réalise très vite que l'alcool n'est pas le seul composant de ce liquide parme. La plupart des filles sont dans un état second, ce qui n'est pas plus mal vu leurs occupations.

J'essaie d'amorcer la conversation avec chacune de celles que j'abreuve, mais je n'obtiens rien de plus que des moues désagréables. Depuis que j'ai fait chou blanc chez Mas, cet endroit est ma première occasion d'en savoir plus !

– T'aurais pas vu Ingrid ? je lance comme si de rien n'était à une fille qui vient de récupérer le dernier shot de mon plateau.

– Qui ?

– Ingrid ? Une métisse un peu plus grande que moi qui…

– Connais pas, elle me rétorque sans attendre la fin de ma phrase.

– Ok… je souffle alors qu'elle repart déjà vaquer à ses occupations.

Le plateau sous le bras, je rebrousse chemin en marchant sur la pointe des pieds. Je recroise la jolie rousse et son regard voilé valide mes présomptions. Le buste avachi sur la petite table ronde, elle glisse d'avant en arrière sous les assauts de celui qui l'accompagne. Son regard est lointain et je ne peux pas m'empêcher de me demander ce qui peut bien envahir son esprit en cet instant. Un goût acide remonte dans ma gorge quand je commence à superposer un visage plus familier sur celui de la rouquine.

Je me détourne et repars déposer le plateau vide sur le comptoir collant. Je me félicite intérieurement d'avoir sauvé mes orteils découverts, tout en scrutant la foule. Quoi qu'il m'en coûte, je n'abandonnerai pas. Mais une fois encore, aucune trace d'elle.

– Apporte ça là-bas !

Je me retourne vers le barman qui agite son long doigt derrière moi. Le plateau est cette fois recouvert de coupes de champagne. Beaucoup trop pour que je puisse m'en tirer sans encombre. Et comble de malchance, la table en question n'est autre que celle de Mas. *Fait chier !*

Les coupes tintent entre elles pendant que je marche lentement vers lui. À nouveau, alors que je le fixe depuis le fond de la boîte, son regard noir me trouve parmi la foule. J'aimerais baisser les yeux pour échapper à ses iris inquisiteurs, mais je ne peux pas. D'abord parce qu'ils continuent à avoir cette emprise hormonale sur moi. Ensuite parce que, si je dévie mon regard de ce point fixe, je vais forcément tout foutre par terre.

– Champagne ! crie l'une des filles assise à califourchon sur le type près de Mas.

Depuis que je l'ai laissé pour suivre Isobel, plusieurs mecs accompagnés de leurs poules se sont installés à ses côtés. À tous les coups, ce sont des tuteurs, comme lui.

En observant ces filles qui rient fort pendant que leurs tétons nourrissent des bouches avides, je réalise que jamais ils ne me laisseront avancer plus loin dans le Round. Rien en moi n'est *putifiable*.

– Tiens, tiens, tiens ! s'exclame un type trapu aux bras couverts de tatouages japonais. À qui appartient cette p'tite pétasse ?

Toutes les conversations se stoppent et des paires d'yeux brillants me dévisagent avec insistance. Je reste là, mon plateau posé sur une main moite et tremblante. Mas ne me regarde plus et je le devine en pleine réflexion psychopathologique.

– T'attends quoi pour nous filer à boire ?

J'écarquille les yeux, surprise de voir une main émerger de sous la table, accrochée à un bras et bien entendu à un corps. Corps nu. Ok, presque nu, si on estime que porter deux cache-tétons et un plumeau sur le pubis peut être considéré comme un attribut vestimentaire. Je regarde, avec un dégoût caché, une gamine probablement plus jeune que moi, se relever en essuyant une longue goutte blanche sur son menton. Et je suis à peu près sûre, malgré ma virginité diagnostiquée, que ça n'a rien à voir avec du petit-lait.

– T'as encore soif, chaton ? la taquine celui qui referme justement sa braguette.

Après un évanouissement mental et des vomissements imaginaires, je suis à même de reconnaître Garett. Avec les tatouages qui lui remontent du cou jusqu'aux oreilles, il est facilement identifiable.

– Virgin, il me salue en ajoutant un clin d'œil. Comment se porte notre petite vierge ?

– Aussi bien qu'il est *« hymenement »* possible de l'être, merci.

Tous les regards braqués sur moi se tournent à la seconde même vers Mas, qui a toujours les yeux attirés par le sol.

– Magne-toi de nous servir, Gin, il lâche en relevant son visage vers le mien.

Troublée par son air plus dur que d'ordinaire – non pas qu'il soit quelqu'un de très avenant le reste du temps –, je fais quelques pas pour m'approcher de la table. Avec toute la concentration que je suis capable de canaliser en cet instant, je me décale pour distribuer une première coupe. *Succès déverrouillé !*

Mais un succès de courte durée. Si jusque-là tout se passait « bien », un groupe de filles me frôle juste assez pour provoquer *la* catastrophe que Nostradamus n'avait pas prévue.

Je donne mon maximum pour me contrôler, mais le cri que j'essaie de réprimer ne se laisse pas faire. Il faut dire qu'avoir un talon aiguille enfoncé dans le gros orteil n'est pas quelque chose que l'on peut facilement ignorer.

– Aaaah !

Je n'entends même pas mon cri, couvert par le bruit atroce des coupes pleines qui s'entrechoquent violemment. Et s'écrasent devant moi. Sur Garett, sa pute et à peu près chacun des hommes assis autour de cette table.

CHAPITRE 16

Mas

Depuis qu'elle a réapparu derrière Isobel, je ne la quitte pas des yeux.

Primo parce qu'une Virgin portant un plateau bien trop rempli est une mauvaise équation, du genre de celles à trente-deux inconnues. Deuxio parce que je ne peux pas m'empêcher de remarquer combien cette fille tranche complètement avec l'endroit. Je la regarde évoluer entre les tables comme le spectre d'un autre temps. Celui où les femmes n'étaient pas que ces putes qui gravitent autour de moi à présent.

Ça me fout les boules, évidemment. J'ai plus que jamais besoin de la thune qu'elle doit me rapporter. Mais dans un recoin inavoué de mon esprit torturé, je ne peux pas nier que sa différence illumine ce lieu de dépravation.

– Ça se passe comme tu veux avec ta vierge ?

Je détache mon regard d'elle pour le poser sur Garett. Comment peut-il aligner trois mots correctement alors que sa poule aspire sa queue à toute vitesse ?

– Y a du taf, je réponds en dégageant mes cheveux derrière mes oreilles. Mais j'en ai maté des coriaces depuis que je suis ici. Alors elle n'échappera pas à la règle.

– Beaucoup disent que t'as perdu la main depuis la dernière fille. Fais gaffe.

J'enfonce mes dents dans l'intérieur de mes joues et lui balance un regard meurtrier. Bordel, lui plus que quiconque sait que ce sujet peut vite me faire partir en couille.

Il ferme les yeux au moment de jouir et j'en profite pour chercher Virgin dans la foule qui s'agite autour de nous. Quand je la repère, appuyée contre le comptoir, nos yeux s'accrochent et ne se lâchent plus. La musique est trop forte et mon esprit est beaucoup trop encombré pour réussir à décrypter les émotions qui traversent ses iris bruns.

– Champagne !

Je réalise qu'elle s'est approchée, et quand les autres la remarquent, je baisse les yeux pour me reprendre. Ici, je dois jouer le rôle qui me revient et enfiler ce costume dégueulasse qui me sied pourtant si bien.

Toute l'attention de mes compagnons est sur elle et je suis concentré sur la manière dont ils la regardent. Ils ne la prennent pas au sérieux. Et il n'y a rien de surprenant là-dedans. Elle n'a vraiment rien à faire ici. Je crois que je n'ai jamais rencontré une nana comme elle jusqu'à maintenant. Même à l'époque où j'étais encore un mec bien, je n'ai pas le souvenir d'avoir déjà vu une fille si… *Bref.*

Je rejette ces pensées indésirables et reprends mon observation des réactions de la table. Entre moquerie et curiosité, il va me falloir sortir la grosse artillerie pour la modeler parfaitement. Ma conscience presque éteinte tente de me convaincre de ne pas la faire payer pour mes erreurs passées ni pour celles de ma dernière pétasse qui a bousillé en une nuit les sacrifices que j'ai faits depuis des années. Mais cette voix est si faible dans ma tête qu'elle sait déjà que c'est perdu d'avance. Il y a longtemps que j'ai oublié ce langage-là. Précisément depuis que j'ai décidé de devenir celui que je suis aujourd'hui. Et bien plus depuis que mon frère a déconné, me laissant porter seul un fardeau que nous nous étions promis de partager. Maintenant que le destin d'Abby repose entièrement sur moi, celui que j'étais est profondément enterré dans une tombe.

Le fracas infernal qui retentit devant moi sonne comme un glas, suivi par une vague de champagne et de morceaux de verre qui déferle à mes pieds.

Putain de karma.

Je vais la tuer.

– Assieds-toi, je grogne entre mes dents en essayant d'ignorer le carnage qu'elle vient de provoquer.

Je contrôle le souffle furieux qui s'excite dans ma poitrine et lève mes yeux vers elle. Figée mais affolée, elle reste immobile. Sans réfléchir et sans prêter attention à son cri étouffé, je tire sur son bras et la fais asseoir juste à côté de moi. Je préférerais ne pas la regarder plus longtemps car je ne suis pas certain de pouvoir contrôler la colère qui palpite dans mes mains, mais mes yeux échappent à tout contrôle et se tournent spontanément dans sa direction. Crispée, elle respire par petits à-coups et je vois ses mâchoires se serrer au diapason de ses paupières qui s'ouvrent et se ferment. Merde, si elle se met à chialer ici, elle peut tirer un trait sur ses projets.

Je me détourne d'elle et échange un regard amer avec Garett. Il vient de comprendre ce que j'ai essayé de lui expliquer au téléphone. Comme je l'avais prédit, il n'a pas fallu très longtemps à Virgin pour merder. Je lui adresse un haussement de sourcils entendu auquel il répond par une grimace discrète. Il sait que je joue gros avec cette fille et son air n'est pas positif. Tout son visage me hurle que je suis bien enfoncé dans la merde avec cette nana. Moi qui avais besoin d'une poule en or pour me tirer de mon guêpier, je risque de plonger encore plus bas. Sauf que cette fois, ça n'arrivera pas. Quoi qu'il faille mettre en place, je ne laisserai pas une autre fille m'écarter de mon but.

Garett secoue la tête en posant ses yeux sur elle et je tique quand son visage change soudainement. Ses yeux sont portés plus haut et je devine à ses poings qui viennent de se resserrer que quelqu'un est en train de se pointer.

– Eh bien, il y a de l'animation par ici…

Je reconnais cette voix sans avoir besoin de me retourner. Si j'avais su que cette saloperie de Reda serait là ce soir, je n'aurais certainement pas amené Virgin au Bitchy. Et si, comme je le crains, il a été témoin de son entrée fracassante, je sens l'embrouille qui se profile comme un loup affamé.

– Intéressant…

J'aimerais continuer à ignorer ouvertement cette enflure, mais la procédure du Round me l'interdit.

– Reda, je lâche en relevant mes yeux vers lui.

Il me détaille longuement et son aura malveillante se colle à ma peau.

– J'avais hâte de la voir en chair et en os, il articule lentement. La petite vierge de notre cher Master.

En disant ça, il pose son regard écœurant sur Virgin.

– Pas sûr qu'elle soit celle qu'il te fallait après ton foirage, il conclut tout sourire.

Les morceaux de verre craquent sous ses pieds quand il se glisse entre la table et les banquettes pour approcher. Il se laisse tomber sans délicatesse à côté de Virgin, passe un bras derrière ses épaules et se tourne vers elle, si bien qu'il me fait presque face. Ses yeux brillants la scannent sans pudeur et je la sens cogiter. Je lui intime intérieurement de me regarder, mais comme à son habitude, elle agit à l'opposé de ce que j'attends d'elle et me tourne le dos.

– Gin, elle démarre sans montrer la moindre angoisse, sa main tendue vers lui.

Elle devrait flipper. Si elle savait qui est ce type et de quoi il est capable, elle serait déjà en boule sous la table basse, à réciter des prières à tous les dieux de la terre.

L'un et l'autre s'observent en silence. La connaissant, elle doit avoir cet air qui me fait chaque fois sortir de mes gonds : ce mélange d'insolence et de naïveté qui me retourne le cerveau. Et vu la tronche que tire ce fils de pute en la dévisageant, je ne dois pas être loin de ce que je redoute.

– Reda, il répond d'une voix grave derrière laquelle je discerne une menace omniprésente.

Il garde la main de Gin prisonnière de la sienne et son autre main se pose sur sa cuisse contractée. Quand ses doigts courent sur sa peau claire, je la sens s'agiter et je sais que Reda le sent aussi. Ça l'excite. Il est comme ça. Il se nourrit des derniers morceaux de vie de ces filles. Il se régale de leurs réactions au début et jubile de les voir doucement sombrer dans la déchéance. À côté de ce type, je suis un putain d'enfant de chœur.

Je ne sais pas pourquoi, mais en cet instant, voir ses griffes invisibles se refermer sur Gin me fout en rogne. Et quand Garett me file un coup discret avec sa chaussure, je réalise que j'étais en train de fixer Reda avec toute la haine à ma disposition.

– Comment se passe ton apprentissage, ma jolie ?

Je dirige mes yeux vers le bar pour ignorer le regard mauvais qu'il cherche à m'adresser.

– J'ai amélioré mon temps d'enfilage de string et j'ai nettement progressé en branlette, elle lâche d'une voix tranquille.

Je recrache la vodka qui venait à peine d'entrer dans ma bouche et Reda éclate d'un rire gras qui attire l'attention sur nous. Comme si on avait encore besoin de ça. Je me retourne vers elle et l'observe, interdit, descendre un shot que je ne l'ai même pas vu attraper.

– Parfait ! il siffle en tapotant sa cuisse.

Je le sens réfléchir un instant sans cesser de la scruter. Je ne sais pas ce qu'il déchiffre sur le visage de Gin, mais on dirait bien que ça l'inspire. Et après toutes ces années à être témoin de ses dérives, je sais avec certitude que rien de ce qui traverse l'esprit de ce type n'est bon.

– Ce n'est pas du tout ce à quoi j'aspirais, mais tu viens de me donner une idée, ma belle.

Un dollar s'embrase dans mon esprit car ce qui est sûr, c'est que la monnaie transpire toujours de ses idées. Sans plus de cérémonie, il lui pince la cuisse une dernière fois avec humeur et disparaît dans la foule. C'est quand je ne vois plus sa sale carcasse que je réalise que j'avais à peine respiré.

– T'es dans la merde, mon vieux !

Je dévisage celui qui vient de me parler. C'est un tuteur à peine plus jeune que moi dont la pute est quasi à maturité. Comme tous ceux dans son cas, l'odeur de l'argent qui n'est pas loin le rend trop confiant.

– Je t'emmerde.

– Tout doux, Mas, essaie de temporiser Garett.

– C'est vrai, continue l'autre. Une vierge c'est déjà pas un cadeau, mais la tienne a l'air de débarquer tout droit de l'île des saintes-nitouches.

Ce connard se marre et les autres autour ne tardent pas à se joindre à lui. Je fulmine et ignore le regard que Gin pose sur moi.

– Elle va se faire bouffer par les autres filles et démonter par le premier client qui va la saigner.

Cette image me tire une grimace invisible et je sais que j'en ai assez pour la soirée.

– On s'casse, Virgin, je balance en me levant, mes doigts raides serrés autour de son coude.

Je traverse la foule sans un regard pour personne et me retourne vers elle juste avant d'enfoncer la porte de sortie.

– Jusqu'à ce que je sois calmé, tu restes dans ta chambre et tu ne m'adresses pas la parole. C'est pas croyable d'être aussi débile. Putain, ce que j'attendais de toi n'était pourtant pas compliqué !

Elle me fixe comme si mes mots pénétraient insidieusement chaque cellule de son corps. Je la défie du regard, proche de la rupture si elle s'aventure à répondre quoi que ce soit. Sauf que cette fois, elle garde le silence. Seuls ses yeux brillants témoignent de la réaction qu'elle essaie de ravaler. Une fille la bouscule et ce n'est que lorsqu'elle se décale sur la droite, contrainte et forcée, que je remarque un élément passé inaperçu.

– Qu'est-ce que…

À l'endroit exact où elle se tenait une seconde plus tôt, du sang s'étale sur le carrelage clair.

– Putain mais où sont tes chaussures ?

Elle ne répond toujours pas et c'est en m'accroupissant pour regarder sous ses pieds que je réalise pourquoi elle n'ouvre pas la bouche depuis un moment. Des dizaines de morceaux de verre sont enfoncés sous sa peau, si profondément que le sang s'écoule et laisse des traces écœurantes sur le sol. C'est ce moment précis que choisit mon cerveau pour m'envoyer une image limpide, l'un de ces souvenirs qui reviennent comme un mauvais ricochet. Alors, comme chaque fois que quelque chose me la rappelle, le petit morceau encore intact de mon humanité joue des coudes dans mes entrailles. Je peux presque sentir les remous que ça provoque derrière mon estomac.

– Fait chier…

Je me redresse et l'observe sans ciller. Les lèvres pincées, ses yeux parcourent chaque centimètre de ma figure, comme si elle pouvait discerner l'autre visage que j'ai enfoui profondément il y a bien longtemps. La sensation qui m'envahit en la voyant si concentrée sur moi me perturbe d'une manière que je ne saisis pas, et pour couper court à tout ça, je passe un bras dans son dos et la hisse contre ma poitrine. Les battements fous de son cœur font vibrer sa cage thoracique contre ma peau.

– On rentre.

En avançant dans le parking, je m'insulte mentalement et profère à mon encontre des menaces qui feraient frémir Reda lui-même. Mais ce qui me remonte pendant que son corps est accroché au mien est bien pire. Je refoule toutes les images qui déferlent en moi comme une marée impossible à arrêter. *Je ne suis pas faible, bordel !*

Le retour jusqu'à l'appart se fait dans un silence pesant. Mon sang me bat dans les oreilles et mes doigts sont tellement raides contre le volant que je n'arrive même pas à les faire craquer.

Virgin sursaute et se recule quand j'ouvre sa portière et que je me penche vers elle. Quand elle comprend que je veux juste la porter une dernière fois jusqu'à chez moi, ses bras s'enroulent finalement autour de mon cou. Si fort, que je manque de trébucher sur le trottoir. Son nez enfoncé dans mon cou, je lutte pour repousser la sensation de son souffle dans ma nuque. Malgré le rejet qu'elle m'inspire, des idées inappropriées se frayent un chemin vers mon cerveau qui fulmine.

Sûrement à cause de l'habitude que j'ai de baiser mes putes presque immédiatement, mon corps réagit à cette proximité. Sauf que cette fois, j'ai tout un tas de raisons pour ne pas la sauter entre l'ascenseur et la porte d'entrée. La première parce qu'elle doit rester vierge jusqu'à son premier contrat pour me rapporter un paquet de blé. La deuxième parce que si je désobéis et m'engouffre en elle, je vais lui arracher bien plus que sa virginité.

CHAPITRE 17

Cadence

J'ai envie de pleurer. À cause de mes pieds qui souffrent et parce que j'ai lu au fond des yeux de Reda les horreurs dont j'essayais encore de me préserver. Ça me brûle de l'intérieur, comme si les larmes qui cherchaient à remonter étaient gorgées d'acide. Mais si je flanche, si je les laisse s'échapper, je suis foutue. Je sais que je ne pourrai plus les arrêter et que tout sera perdu.

Dans les bras de Mas, je me laisse aller. Je ne devrais pas faire ça, mais le contact de sa peau chaude prend toute la place dans mon esprit contrarié. L'espace d'un instant, je m'imagine en tant que Cadence. Celle que je suis encore bien trop pour pouvoir m'en sortir. Et pourtant celle à laquelle je me raccroche désespérément malgré moi. Je ne peux pas comprendre Ingrid. Je refuse d'accepter qu'elle se soit volontairement laissée embarquer là-dedans. Mes regrets sont trop lourds à supporter et, accrochée au cou de Mas, j'ai l'impression qu'il m'aide un peu à les porter.

Je suis complètement cinglée. Ce type représente à lui seul cet endroit. Imposant, froid et dangereux. Violent, sombre et indéchiffrable. Mas est une véritable encyclopédie d'adjectifs. Volontairement, je repousse ceux qu'il m'inspire quand il me scrute avec ses yeux noirs. Attirant. Excitant et tout un tas d'autres mots qui ruinent mes convictions. *Merde, Cadence, ce mec est un proxénète déguisé, une enflure à la peau dorée !*

Quand on pénètre dans l'appartement et qu'il pousse une porte avec son pied, je m'attends à ce qu'il me jette sur mon lit sans délicatesse. Sauf qu'à l'inverse de tout ce qu'il a pu me montrer depuis qu'on s'est rencontrés, c'est un Mas apaisé qui me laisse glisser sur un matelas épais. Et confortable. Et qui sent divinement bon. Sans aucun doute un autre que le mien.

– Qu'est-ce que tu fais ? je murmure, soudain stressée par ma présence dans sa chambre.

Je suis tellement crispée que je n'ose même pas observer ce qui m'entoure. Il me regarde avec un air las, comme s'il lisait parfaitement dans mes pensées.

– Te fais pas d'idées, Virgin. Même bourré je pourrais pas te baiser.

Ses mots sont vifs et entrent en moi comme une volée de coups de feu. Je n'ai jamais ressenti de gêne par rapport à ma virginité. Tout simplement parce que je ne peux pas oublier les raisons profondes qui m'ont toujours empêchée de coucher avec quelqu'un. Mais étrangement, devant ses yeux qui me détaillent, j'aimerais lire autre chose que du rejet. Juste une fois.

Il disparaît dans une pièce attenante et j'entends sa voix grave résonner.

– Je prends juste de quoi te soigner et ensuite tu repars dans ta chambre.

Je l'entends fouiller dans des tiroirs, ouvrir et fermer des placards, et j'en profite pour regarder autour de moi. La pièce n'est pas beaucoup meublée. En dehors du lit immense sur lequel je suis assise, il n'y a qu'une grande armoire vitrée, un fauteuil élimé et un bureau presque entièrement caché sous un amas de fringues. Mais au-delà de ça, ce sont les toiles qui recouvrent les murs qui me captivent. Plusieurs tableaux m'entourent et je ne sais pas ce qui me perturbe le plus : le fait qu'ils soient tous plus gais et lumineux que Mas ne le sera jamais ou celui qu'ils représentent sans exception la même jeune fille, d'une beauté à couper le souffle.

Je sursaute en sentant ses mains sur mes pieds douloureux et il est trop tard pour retenir la plainte ridicule qui s'échappe de mes lèvres.

– Tes chaussures m'ont coûté une petite fortune… il s'énerve en examinant mes plaies.

Je n'ose pas lui raconter ce qui leur est arrivé et me contente de faire la moue en plissant mes paupières.

– Je suis désolée, Master. Ça ne se reproduira plus.

– Tu as sans doute raison. Tu ne seras jamais prête pour tout ça, de toute manière.

Mon cœur s'emballe alors que je le sens baisser les bras. Je ne peux pas le croire. Après ces longues journées passées auprès de lui, je suis certaine d'une chose : Mas n'est pas du genre à abandonner. Mince, je ne peux pas me foirer comme ça. Je n'ai pas le droit de *lui* faire ça. *Elle compte beaucoup trop pour moi.*

Je me laisse tomber sur son lit quand il arrache le premier bout de verre et j'attrape les draps entre mes poings. Chaque pointe acérée qu'il retire m'arrache un gémissement. Il faut dire que les débris des coupes de champagne ont eu tout le loisir de s'enfoncer profondément.

J'entrouvre un œil quand je ne sens plus ses doigts sur mon pied, et entre mes cils collés par le mascara haut de gamme, je capte son regard indéchiffrable. Le silence qui nous entoure est palpable. Dans un soupir muet, j'essaie de déverrouiller les portes blindées que j'ai érigées au fil des années pour me protéger. Malgré tout le chemin parcouru depuis cette nuit qui a changé ma vie il y a longtemps, la Cadence reconstruite doit s'en aller. Comme un jeu de construction à la fois fragile et solide, je dois démonter morceau par morceau cette façade qui colle maintenant si bien à ma peau.

Il extrait le dernier éclat et je sens le sang s'écouler. Une brèche identique vient de s'ouvrir dans ma tête. Les pressions exercées par Mas sur mes plaies me tirent des vagues de nausée et, quand il dépose un bandage tout autour de mon pied, je sens que la balance commence déjà à basculer de l'autre côté. Celui dont j'espère pouvoir réchapper quand tout cela sera terminé.

– On a mal démarré toi et moi, je souffle en me rasseyant face à lui.

Il relève la tête et nos visages sont si près que, du bout des doigts, je repousse machinalement les mèches qui sont tombées sur son front. Comme je le ferais avec les jeunes du foyer. Ses mâchoires se crispent, je m'attends à le voir reculer, mais il attend, ses yeux curieux posés sur mes lèvres qui n'ont pas terminé.

– J'ai besoin d'y arriver, Master. Je ne peux pas échouer.

Je comprends à sa tête qu'il s'interroge, surpris de ce sérieux qui ne me va pas au teint.

– On est partis sur de mauvaises bases, mais on peut encore rectifier le tir, j'en suis sûre. Au fond, on veut la même chose, toi et moi.

Dans un recoin de mon esprit, je réalise que ma voix est tout à coup plus basse et mon timbre plus suave que d'ordinaire. Sorti de son contexte, on croirait presque que je suis en train de le chauffer. Et Mas doit s'en rendre compte, car il fronce les sourcils, son regard rivé au mien dans une intensité à flinguer ma culotte. *Putain, voilà que je recommence à l'imaginer nu.*

Il ferme les yeux. Quand il les rouvre en même temps que sa bouche pour me répondre, je retiens mon souffle. Suspendue à ses lèvres qui pourraient bien ruiner tout ce à quoi je tiens.

La sonnerie de l'entrée retentit soudain, brisant l'intensité de l'instant. Il sort de sa chambre en reculant lentement et referme la porte derrière lui.

Vidée, je n'ai pas le courage de me lever pour écouter celui, ou, plus logiquement, celle qui vient sonner à cette heure si tardive. Je me laisse retomber en arrière, épuisée par le chaos régnant dans mon esprit. Et dans cette nouvelle vie.

CHAPITRE 18

Mas

La mâchoire serrée, j'ai les yeux rivés à mon lit, qui accueille une fille bien différente de celles qui sont venues ici jusqu'à maintenant. Pour la seconde fois de la soirée, la présence de Virgin dans mon environnement fout le bordel dans ma tête et dans mes habitudes. Sans le faire exprès, elle bouleverse tout ce que j'ai durement façonné.

Avant, j'aurais relevé ce défi les yeux fermés. Sauf que je n'ai plus la patience que j'avais avec les premières filles dont je me suis occupé. Ce qui s'est passé avant que Virgin débarque dans ma vie a tout retourné. Et c'est elle qui en paie les pots cassés. J'ai besoin de dépasser toute cette merde et il n'y a que deux options pour y arriver : la faire imploser ou la dégager.

Je lui lâche un petit regard de biais, curieux de lire sur son visage les conséquences de mes gestes. Habituellement, c'est la jouissance que je cherche à déceler chez les filles qui s'allongent sur mon lit. Et comme si tout ce qui se rapporte à Virgin n'était déjà pas assez différent, je me reprends en pleine gueule une volée d'émotions inconnues.

Je suis étonné par sa tolérance à la douleur. La plupart des filles auraient pleurniché depuis bien longtemps vu l'état catastrophique de ses pieds. Allongée sur mon lit, les jambes très légèrement écartées et les mains agrippées aux draps, elle pousse de légers gémissements. Je pourrais presque imaginer qu'elle est sur le point de jouir. Et avant que je ne puisse refréner cette pensée, je me rends compte que je suis excité par l'idée que c'est moi qui lui fais cet effet. *Putain, je suis complètement malade !* À quel moment j'ai commencé à fantasmer sur le plus gros boulet qu'on m'ait jamais refourgué ? *Merde, il faut vraiment que tout ça s'arrête.*

C'est la sonnerie de l'entrée qui m'empêche d'utiliser ma bouche. Pour lui répondre ou pour… Bref, sortir de cette chambre me fait un bien fou. Je prends de grandes inspirations pour oxygéner mon cerveau détraqué.

En traversant l'obscurité du salon, je me demande qui peut bien venir chez moi à cette heure-ci. Je n'ai aucune pute de prévu ce soir, à ce que je sache. Et c'est bien dommage ! Trop perturbé par le fiasco causé par Virgin au Bitchy, j'ai oublié de dire à Tara combien j'avais besoin de me défouler entre ses cuisses expérimentées.

Quand je tire la grande porte vers moi, je suis à la fois surpris et ravi. Peut-être qu'en plus de sucer comme une dingue, elle sait aussi lire dans les pensées.

– T'es venue pour me gâter ? je lance à Tara, en appuyant mon épaule contre l'encadrement de la porte.

Elle me sourit et se rapproche lentement.

– Tu pouvais pas mieux tomber… je souffle en faisant sauter le premier bouton de mon jean.

– Pas ce soir, belle gueule, elle me répond avec sa voix grave qui fait toujours autant vibrer mes couilles.

– Qu'est-ce que tu fais là dans ce cas ?

Je suis sur le qui-vive, car Tara n'est pas n'importe quelle pute. Elle bosse au Round depuis plus longtemps que moi et son influence dans le groupe est assez extraordinaire. À part quelques filles suicidaires, la plupart lui vouent une profonde admiration. Elles lui lèchent le cul, en gros, espérant probablement y trouver un ou deux billets oubliés. Il faut dire que c'est elle qui détient le record de blé. Tout ça grâce à un Russe qui a dépensé sans compter pour la baiser. Un truc que Virgin ne connaîtra probablement jamais. Bref, Tara connaît tous les tuteurs et, surtout, les gros bonnets qui tirent les ficelles de l'organisation. Je la soupçonne même d'avoir des activités bien plus investies dans le milieu. C'est pour toutes ces raisons que je fais particulièrement gaffe à elle. Parce que j'ai beau l'avoir sautée dans tous les sens, il y a toujours une part d'ombre chez elle dans laquelle je n'arrive pas à me faufiler.

– Je suis venue te parler de ta petite protégée.

Mes dents s'entrechoquent et je referme spontanément la porte sur nous.

– Je t'écoute, je chuchote dans le couloir.

– C'est un cas, cette gamine.

– Si tu crois m'apprendre quelque chose !

– Le hasard t'a vraiment gâté, elle raille en jouant des sourcils.

– Arrête de te payer ma tronche… Je suis à deux doigts de la dégager.

– Tu serais stupide de faire ça, Master. Tu sais ce qu'on dit de mon sixième sens avec les petites poules qui débarquent, elle précise en tapotant le bout de son nez.

– T'es en train de me dire que t'as eu une sorte d'intuition sur Virgin ? je me marre en secouant la tête. Pourtant t'as dû l'apercevoir faire son numéro de cirque tout à l'heure, non ? Ton radar déconne grave. Cette nana est irrécupérable. Elle va me foutre dans la merde, si c'est pas déjà fait.

– Ça te ressemble pas de baisser les bras, Mas. Je t'ai connu plus combatif.

Je relâche un soupir de colère et de frustration, qui ne suffit pas à me calmer.

– Je suis fatigué, Tara. J'en ai ma claque de ces nanas qui atterrissent ici sans le caractère nécessaire. Et avec Virgin, c'est juste… J'veux pas devoir en arriver aux extrêmes comme avec la dernière.

On s'affronte du regard un certain temps. Je fais de mon mieux pour ne rien laisser paraître à l'évocation de…

– Shana… elle prononce en écho à mes pensées. Une très jolie fille, c'est dommage. Mais tu dois te rappeler de ce que je t'avais dit à son sujet.

– Je n'ai pas oublié…

J'essaie de me la sortir de la tête, mais elle continue à hanter mes pensées.

– Bref, c'est du passé, elle conclut en haussant ses épaules maigres. Du genre profondément enterré. Concernant Virgin, je te conseille de t'accrocher. Je suis sûre que tu vas en tirer un joli paquet. Il y a du travail, je te l'accorde, mais y a un truc chez elle qui me persuade qu'elle fera une pute en or.

– Je peux savoir comment tu as eu cette révélation ?

– L'intuition féminine, Master… Tiens, je crois que ceci t'appartient.

Je rallume l'ampoule du couloir qui pend à quelques mètres de là, pour voir ce qu'elle me tend.

– Où t'as trouvé ça, Tara ?

– Ta protégée me les a prêtées. Quand j'ai voulu lui rendre, elle avait quitté les coulisses. Le temps que je la repère, elle avait explosé toutes les coupes. Entre la tête que tu tirais et cet enfoiré de Reda assis à côté, j'ai préféré te les ramener directement ici.

– Elle t'a filé ses pompes ? je demande stupéfait. Merde, elle est plus maligne que je croyais !

– Elle savait pas qui j'étais, et ça, ça me plaît.

– Elle est généreuse, super ! je crache amer. Mais ça la rendra pas plus *bankable*, tu le sais très bien.

– T'es trop aveuglé par tes erreurs passées, tu passes à côté de son potentiel. Ressaisis-toi.

Elle dépose ses lèvres grenat contre les miennes et je laisse volontiers sa langue se promener à l'intérieur de ma bouche.

– Je repasserai.

– Reste encore un peu, je murmure en glissant une main sous son top, jusqu'à sentir son sein dans ma paume.

– On m'attend, elle souffle en reboutonnant mon jean. Je reviendrai pour elle.

– Je veux plus que tu baises mes filles, Tara. Je te l'ai déjà dit. J'ai plus de mal à les faire jouir avec ma langue après toi. T'es incontestablement la meilleure en broutage de minou.

Elle me fait un clin d'œil et je regarde son petit cul se déhancher dans les escaliers.

Quand j'entends la porte du bâtiment claquer, je retourne à l'intérieur. Je marche lentement jusqu'à ma chambre, prenant le temps de débander et, surtout, d'analyser la discussion que je viens d'avoir.

Je pensais que la soirée avait été une catastrophe sans nom, mais on dirait que le destin m'envoie un petit coup de pouce moulé dans un jean bandant. Tara est ce que je pouvais espérer de mieux pour Virgin. Je n'aurais pas osé lui demander un coup de main, pas à elle, mais je suis content qu'elle ait fait la démarche. J'ai bon espoir que Virgin se laisse emporter dans son sillage. C'est un honneur que peu de filles peuvent se vanter d'avoir. Je vais devoir la briefer longuement à ce sujet. Si, comme elle m'a dit, elle a *besoin* d'y arriver, elle va devoir s'y mettre sérieusement.

Putain, elle a beau m'énerver comme personne, il y a toujours ces petits instants où elle me laisse sur le cul. Cette gamine semble vraiment avoir un truc particulier. J'ai beau me creuser la tronche, je ne vois pas du tout quoi. Mais je ne peux pas nier qu'elle a réussi à se mettre dans la poche trois personnes sur lesquelles je n'aurais pas parié un putain de dollar.

Arrivé devant ma chambre, je pose l'index contre le bois usé et, d'une légère pression, je pousse tout doucement le battant. De là où je suis, j'ai une vue directe sur elle. Je l'imaginais l'oreille collée contre le mur à m'espionner, certainement pas endormie dans mon lit. Elle semble contrariée, le front plissé malgré le sommeil.

J'approche à pas de loup, soucieux de ne pas la réveiller. *Pourquoi, d'ailleurs ? Qu'est-ce que j'en ai à foutre qu'elle se réveille, au fond ?* Pourtant, je ne fais aucun bruit et me glisse sous les draps le plus délicatement possible. J'ai envie de pouvoir l'observer encore un peu sans avoir à me justifier. Cette fille est un mystère. J'ai beau refouler tout un tas de trucs à son sujet, dans des moments comme celui-là, je suis bien obligé de reconnaître qu'elle me trouble. Évidemment, ça n'a rien à voir avec ses nichons excitants, ni même avec son cul qui doit parfaitement claquer sous des mains expertes. Elle n'a définitivement pas ce truc qui excite les mecs au premier regard. Elle est beaucoup trop… ou pas assez… Bref, elle n'a pas ce qu'il faut dans le string.

Elle vient d'ouvrir ses yeux dans un battement vif, et même si je sais que je devrais la remettre dans sa chambre et pioncer pour oublier cette soirée gâchée, je continue à l'observer. C'est plus fort que moi. J'ai besoin de trouver, derrière ses yeux brillants, la réponse à ma plus grosse question.

CHAPITRE 19

Cadence

Je reste allongée sur ce matelas confortable, profitant de l'absence de Mas pour mettre de l'ordre dans mes pensées. J'ai vite pris l'habitude des visites nocturnes qu'il reçoit très souvent, il ne va pas revenir tout de suite. Des prostituées encore et toujours. Cette organisation fonctionne en vase clos : ils bossent ensemble, boivent ensemble, baisent ensemble. J'essaie d'ouvrir mon esprit naïf, mais j'ai franchement du mal.

Je soupire et pose un bras sur mon front. Il faut que je sorte de cette chambre, mais avant, je note mentalement toutes les infos que j'ai pu glaner ces derniers jours. L'air de rien, je commence à prendre conscience du fonctionnement du Round et de l'étendue de son réseau. C'est à la fois encourageant et totalement flippant. J'avance sur *ses* traces, mais le timing me semble tellement serré que j'ai envie de chialer. Quand je vois la liberté des autres prostituées que j'ai pu rencontrer jusqu'ici, je ne comprends pas pourquoi Ingrid a disparu de la circulation. La « formation » dure quatre mois, elle devrait être une gentille petite pute formatée à présent. Sauf que ça fait bientôt huit mois que j'ai perdu sa trace. Je ne peux pas m'empêcher de penser qu'un truc a dû lui arriver. Et c'est pour ça que je dois persévérer. Il n'y a que Mas qui puisse m'aider à monter plus haut dans le Round, même s'il préférerait indéniablement se manger les couilles au petit déjeuner.

***

Je réalise que je me suis endormie dans son lit seulement quand je sens le matelas s'affaisser à côté de moi.

– Merde, je bougonne en me retournant vers le corps qui vient de se glisser sous les draps.

Dans l'obscurité, ses iris luisent comme un putain de robot amélioré. Du genre de ceux qui pulvérisent vos dessous d'un seul clignement d'œil. Mon cœur bat plus vite et je rougis, parce que malgré la nuit et le bruit de sa respiration hachée, je suis sûr qu'il entend parfaitement mon cœur troublé et emballé. *Rha, j'en peux plus de moi et de mon côté obsédé* ! Pourquoi est-ce qu'il me fait un tel effet ?

– Désolée, j'me suis endormie, je chuchote tandis qu'il me fixe avec cette même intensité déconcertante.

Je pivote de l'autre côté, pose les pieds au sol pour me relever, et avant d'avoir pu réaliser, je pousse un *gémicrissement*. Je ne sais plus qui de

Milo ou Ingrid a inventé ce mot spécialement pour moi. C'est un mélange de cri, de gémissement et de crissement. Un son affreux, inaudible pour le genre humain. Un truc qui fait aboyer les chiens et dérègle les antennes satellites.

Je relève mes plantes de pied du sol, battant des jambes pour éloigner la sensation de brûlure qui se déchaîne sous mes plaies. Je me rallonge à côté de lui et reste immobile. Juste une minute. Un petit moment nécessaire pour que la sueur qui recouvre ma nuque soit absorbée par le coussin. Et que la souffrance se dissipe. *Juste dix minutes.*

Quand la douleur ne fait plus bourdonner mes oreilles, je reprends conscience de Mas, de sa proximité et de ses yeux toujours braqués dans ma direction. Je n'ai jamais dormi avec un homme. Enfin, à l'exception de Milo, mais ça ne compte pas. Déjà parce que c'est moi qui lui ai appris à nouer ses lacets. Ensuite parce que Milo, les filles, c'est pas son truc. Il fait un rejet total de « l'étoile noire ». C'est comme ça qu'il appelle la partie de mon anatomie récemment épilée.

Je ris sans me retenir et me mords immédiatement la lèvre, regrettant de passer encore pour une timbrée devant mon tuteur.

– Pourquoi tu fais ça ?

Je me décale sur le flanc pour lui faire face, et dans cette position, l'atmosphère se charge bizarrement. Je secoue la tête pour l'inviter à être plus précis.

– Pourquoi tu veux faire la pute ?

J'avais anticipé ce genre de question. Logique, une fille comme moi est aux antipodes de ce genre de milieu.

– L'argent… je tente en prenant un air détaché et confiant.

Dans la pénombre, il ne peut pas lire le mensonge dans mes yeux, n'est-ce pas ?

– J'te crois pas, il chuchote en conservant sa parfaite immobilité.

Bon ben apparemment, Mas est pire qu'un chat dans la nuit. S'il est aussi attentif, il doit sentir les assauts mentaux que son corps inflige au mien. Je prends l'eau, bordel.

– Alors ? il insiste comme s'il devinait que mes raisons risquent, à terme, de le faire bien chier.

– Et toi, c'est quoi l'histoire avec ton ancienne prostituée ?

Joli, Virgin ! Je danse mentalement sur son lit et m'auto-congratule encore quelques secondes en captant le raidissement que mes mots ont provoqué sur son corps. Ah, tu veux jouer à ça ? Moi aussi j'ai des questions foireuses pour toi dans ma poche ! *Bam !*

– On a chacun nos petits secrets on dirait, je souffle en approchant mon visage un peu plus près du sien. Raison de plus pour former un binôme solide, tu ne crois pas ?

J'imagine très bien les bruits de rouage que doit faire son cerveau.

– Je te promets de faire mon maximum, mais j'y arriverai pas sans toi, Master.

Il reste là, son visage à quelques centimètres du mien. Son front est plissé sous le poids de sa réflexion et je distingue encore l'éclat de ses prunelles, qui s'agitent de gauche à droite.

Quand il bouge sans prévenir, j'ai peur qu'il anéantisse la mince frontière entre nous. Mais il se retourne et je réalise que ce n'était pas de la peur. Je ne devrais pas ressentir de la déception dans ce cas-là, non ?

– J'ai pas confiance en toi, il m'assène de sa voix grave. Je suis d'accord pour me montrer plus patient si t'arrêtes de tout faire foirer. Mais faudra pas trop me titiller, Virgin. Sinon je te jure que tu seras même plus bonne à te taper les camés.

– Ok, génial ! je réponds faussement enjouée. Vive notre nouvelle relation, associé !

Et dans un geste incontrôlé, voilà que je lui balance mon poing sur l'épaule, comme un vieux pote bourré. Il se retourne dans un mouvement vif, pour me lancer un regard noir de chez noir. Genre l'endroit le plus sombre d'un trou noir.

– Est-ce que tu pourrais au moins me ramener dans ma chambre ? je tente d'une petite voix.

– Non.

Son ton à lui est froid et tranchant.

– Super ! J'ai toujours rêvé de ramper jusqu'à mon lit ! je marmonne en me retournant.

– Tu restes dans ce pieu cette nuit. Si t'as de la fièvre à cause de tes conneries, je veux pouvoir m'en rendre compte. J'ai besoin que tu sois opérationnelle au plus vite.

J'ai envie de lui répondre que si je passe la nuit dans ce lit, ma température corporelle va forcément se modifier. Mais je force ma bouche à rester fermée, tout en priant pour que mes yeux en fassent rapidement autant. J'ai toujours cette angoisse immense lorsque je m'endors. Cette phobie que je traîne depuis mes six ans et qui n'a jamais baissé en intensité. Pourtant ce soir mes prières semblent trouver leur chemin, parce que le temps de mater une dernière fois les fesses de mon voisin, je trouve le sommeil sans difficulté.

On dirait bien que Cadence commence à s'éloigner un peu, en emportant avec elle ses fantômes du passé.

CHAPITRE 20

Mas

Incapable de trouver le sommeil, je me débats avec mes pensées chaotiques. Mon cœur s'emballe sous la colère que je ressens en réalisant que depuis le soir où Virgin a déboulé dans ma vie, j'ai tout fait de travers. Tara a raison, je me suis braqué. J'ai fait le con. Comment ai-je pu oublier l'essence même de mon rôle dans le Round ? Formater une gonzesse pour la rendre bonne à baiser. Et peut-être que, finalement, avoir une vierge peut devenir un atout inespéré. Elle a tout à apprendre, aucun repère, rien à quoi s'accrocher. Une toile blanche sur laquelle je peux dessiner à ma guise. *Ouais, Virgin peut devenir mon Masterpiece*[1] .

Une bouffée de confiance surgit dans ma poitrine et des images se mettent à défiler devant mes yeux. La bête qui a fait de mon âme son territoire est en train de reprendre des forces.

---

1 Jeu de mots avec le prénom de Master. Littéralement : « ma pièce maitresse ».

Comme si elle sentait mon changement d'état d'esprit, Gin gémit dans son sommeil. Je me retourne sur l'autre flanc et regarde son visage dans l'obscurité. Je n'avais pas prévu de la laisser dormir ici cette nuit et je ne veux pas savoir pourquoi j'ai changé d'avis tout à l'heure. Mais je sais que maintenant, il n'est plus question de la ramener dans sa chambre. Elle va rester là, à la merci de mes instincts qui viennent enfin de resurgir. À partir de ce soir, elle va passer chaque seconde de sa vie de pouf avec moi. Plus de répit. Pas d'échappatoire. Je ne vais pas la lâcher, je la forcerai à inspirer cet air vicié qui la fera changer. Virgin est une pute. Je suis un tuteur. J'espère pour elle que son esprit est empli de doux rêves en cet instant parce que, dès demain, les choses vont changer. Je lui ai laissé trop de liberté jusqu'ici, mais c'est fini. Elle expire doucement et il me tarde que tout son oxygène soit remplacé par cette fumée corrosive que je vais lui insuffler.

Je finis par m'endormir plus serein, persuadé que j'ai enfin eu le déclic qu'il me manquait.

***

Alors que le soleil est déjà opérationnel, j'ai encore du mal à émerger. En y parvenant enfin, je regrette mes pensées de la veille. Je me suis dit qu'elle resterait collée à mes basques jusqu'au bout de sa formation, pas que je voulais me réveiller avec ses cheveux dans le nez et sa jambe sur la mienne. Qu'est-ce qu'elle fout la joue posée contre mon épaule, bordel ? Ça ne me gênerait pas de la part d'une autre, mais venant d'elle, ça me hérisse. Elle est encore trop elle-même.

Pire, je bande comme un enfoiré. Sans doute une grosse envie de pisser. Rien à voir avec cette cuisse chaude qui recouvre la mienne.

Alors que je m'apprête à la repousser pour me lever, je remarque de petites marques sur sa peau, au-dessus de son genou. Même si elles sont presque effacées, je n'ai aucun doute sur l'origine de ces cicatrices. Elles sont fréquentes chez les putes. La plupart du temps sur la peau fine à l'intérieur de leurs cuisses, parfois même directement sur leurs petites lèvres bien gonflées. Des putains de brûlures de mégots. Des pratiques d'enculés.

Sans réfléchir, je tends un doigt curieux dans leur direction et trace le contour de la plus proche. Sa peau est si douce qu'après le doigt c'est ma paume tout entière que je pose sur sa cuisse.

Je tressaille quand sa main se pose sur la mienne. Je recule mon visage et cherche à apercevoir le sien derrière son rideau de cheveux foncés et épais. Alors que ses doigts enserrent les miens, j'hallucine de voir qu'elle est toujours profondément endormie. Elle serre si fort que mon sang éprouve déjà des difficultés à circuler.

Quand elle pousse un gémissement voilé, ma queue se gonfle comme une putain de baudruche possédée. *C'est quoi ce délire ?* Ça va pas recommencer !

C'est à ce moment précis que je m'arrache de sa prise et m'éjecte du lit sans aucune douceur. Elle sursaute et murmure de façon désordonnée :

– Je suis vivante…

– T'as dit quoi ? je balance, pas sûr d'avoir bien saisi.

Elle se redresse et pousse un hurlement strident, le même qu'hier soir, en pire. Le genre de cri qu'on n'entend qu'au cinéma, produit d'un montage informatique. Certainement pas humain.

– Putain, j'avais oublié que j'étais là !

Elle me lance un regard bizarre et je ne sais pas si elle parle de ma chambre ou si elle fait carrément allusion à sa situation générale. Quoi qu'il en soit, elle semble complètement perturbée. *Putain de meuf dérangée !*

– J'suis pas du matin, elle se justifie en captant mon regard désabusé.

– Et tes pieds ?

– Bof, elle répond grimaçante, en appuyant ses doigts contre les bandages tachés.

– Fait chier ! je grogne en passant une main dans mes cheveux désordonnés.

Je redirige mes yeux vers elle et elle doit remarquer que quelque chose a changé pendant la nuit au fond de mes iris, car elle se raidit et se racle la gorge. J'approche lentement et elle ramène spontanément le drap contre sa poitrine. Elle est encore habillée de la veille et toujours maquillée, il est temps de lancer la partie pour de vrai.

– Va te doucher, j'ordonne en faisant un mouvement de tête vers ma salle de bain.

– Quoi, maintenant ?

– Non, demain ! Tu pues la fin de soirée, mais tout va bien !

Elle renifle son épaule et hoche la tête. Elle pose un pied incertain contre le parquet, grimace et prend une profonde inspiration. Quand elle se lève enfin, ses poings se crispent sous la douleur.

– Dépêche-toi ! je m'impatiente en la voyant avancer lentement.

À bout de patience, je finis par me ruer sur elle et la hisse sur mon épaule.

– J'adore les réveils renversants, elle grommelle contre mon dos.

Je me retiens de lui foutre ma main sur le cul et la repose dans la cabine de douche. On s'affronte du regard et je sais qu'elle attend de me voir tourner les talons. Ce qui est absolument hors de question. Sous sa frange décoiffée, je vois ses sourcils se froncer.

– Qu'est-ce que tu veux ? elle m'interroge incertaine.

– Tourne-toi, je gronde en faisant un pas vers elle.

Comme d'habitude, au lieu de m'écouter, elle se recule jusqu'à être coincée entre le mur et mon corps. Mais sous l'assaut de mon regard noir, elle s'exécute finalement. J'attrape sa fine fermeture Éclair et à chaque centimètre qui ouvre un peu plus le tissu sur sa peau blanche, son corps se contracte.

Quand sa robe tombe à ses pieds, elle est toujours figée. Même quand mes doigts se glissent sous l'élastique de son string blanc, rien ne témoigne de ce qu'elle ressent. Hormis peut-être le minuscule souffle qu'il me semble avoir entendu se coincer entre ses lèvres.

Une fois qu'elle est entièrement nue, je recule pour la détailler et ma queue se tend d'elle-même vers Virgin pour réduire la distance que je viens de lui imposer. Bizarrement ça ne me dérange pas. Je suis heureux de sentir l'adrénaline pulser à nouveau dans mes veines, parce que j'ai l'intime conviction que mon excitation est due à mon retour dans la partie et n'a rien à voir avec elle, cette fois.

CHAPITRE 21

Cadence

Si j'avais encore des doutes sur le fait d'être en train de rêver, ils viennent de disparaître, emportés par l'eau à peine tiède qui s'écoule sur ma peau.

Hier soir, j'ai presque supplié Mas de m'aider à y arriver. J'ai voulu que les choses évoluent parce qu'il est temps que je change la cadence, en passant à la vitesse supérieure. Et ce réveil mouvementé semble déjà sonner le glas de celle que j'étais. Nue dans cette cabine, je ne sens rien de familier entre Mas et moi. Seulement une tension étrangère qui ricoche entre nos corps.

Mon regard reste prisonnier du sien qui a encore ce même pouvoir. Celui d'accaparer toute mon attention et de me jeter dans un trouble qui me dépasse. Mas me fait peur, mais il y a autre chose qui me surprend et me déstabilise. Une chose à laquelle je ne me suis pas préparée en arrivant ici et qui me plonge dans l'inconnu.

Dans cet espace réduit, alors que je devrais chercher la réponse à mes questions, mon regard dévie doucement jusqu'à son pénis. Difficile de l'ignorer. Malgré le tissu qui le recouvre, il me pointe du gland sans gêne, comme pour me mettre au défi d'y arriver. Le seul problème c'est que je ne suis pas sûre de ce que lui et son propriétaire attendent de moi. Et si j'ouvre la bouche pour le lui demander, je vais encore lâcher une connerie qui va le faire disjoncter.

Alors je me détourne et cherche une échappatoire sur les carreaux noirs. En apercevant plus bas un flacon bleu marine, je décide de faire ce qui me semble le plus logique. Me laver.

J'ai déjà fait ça. Je parle de prendre une douche sous un regard inquisiteur, évidemment. Quand on traîne sa valise dans tout un tas de foyers, on prend l'habitude de fréquenter certains individus contre lesquels on n'ose pas se rebiffer et qui prennent un malin plaisir à vous le rappeler. Et sans ça, l'intimité n'est pas quelque chose que l'on apprend là-bas. Les douches communes vous inculquent bien plus qu'il n'y paraît. Et aujourd'hui, je suis heureuse d'avoir au moins cette expérience-là.

Cependant, le regard de Mas sur mon corps tendu ne me leurre pas. Tout ça n'est que le commencement de quelque chose de bien différent. Je frissonne et ça n'a rien à voir avec le gel douche glacé qui s'écoule sur mon épaule.

– Regarde-moi, lâche soudain Mas.

Je sursaute et la bouteille me glisse entre les doigts. Je lui adresse un petit sourire coincé, une main figée sur mon ventre.

– T'arrête pas, il grogne sans quitter des yeux mes doigts immobiles couverts de mousse.

Son hochement de tête ne laisse aucun doute sur sa volonté. Surtout quand mon manque de réaction le pousse à m'envoyer un regard d'avertissement.

– Allez, « Associée ».

Il m'assène ce dernier mot pour me rappeler mes promesses de cette nuit.

Avant de pouvoir regretter quoi que ce soit, je laisse ma main glisser sur mon nombril et remonter jusqu'à mes seins. Ces seins que Mas ne quitte pas des yeux depuis qu'il m'a dénudée. Si la plupart de ses comportements me débectent, la manière dont il réagit en détaillant ma poitrine me plaît.

– Dis-moi, Virgin, est-ce que tu t'es déjà caressée ? il susurre en penchant la tête comme s'il cherchait à apercevoir mon téton sous mes doigts.

– Oui, j'avoue sans pudeur.

Un mélange de surprise et de soulagement s'imprime sur son visage sévère, se mêlant à quelque chose que je ne saurais traduire. Simplement parce que personne ne m'a jamais regardée comme ça.

– Alors montre-moi que tu aimes ça.

Aïe. Admettre que j'ai déjà essayé est une chose. Mais lui avouer que je n'ai jamais réussi à aimer ça… Je n'ai jamais compris comment une fille peut se faire jouir avec ses propres doigts. Alors il n'y aura clairement pas assez d'eau chaude dans le ballon avant que j'y arrive. Je vais finir comme un putain de pain de glace avant de lui avoir offert mon premier orgasme.

Qu'est-ce qui cloche chez moi ? Pourquoi est-ce que je ne peux pas être comme toutes ces filles qui ne réfléchissent pas autant quand il s'agit de sexe ? Du sexe, bordel ! Rien de plus. J'essaie de repousser plus loin les raisons profondes qui m'ont toujours empêchée de sauter le pas. Ce n'est pas de la peur, ni un manque d'envie. J'ai déjà fantasmé sur des hommes. Même sur Mas. Beaucoup trop sur Mas.

Chiotte ! Je ne supporte plus que la mort de ma mère agisse encore sur moi de cette manière.

– Virgin…

Sa voix résonne comme un compte à rebours furieux.

– T'as déjà joui sous tes doigts ?

Je ne dis rien et ose encore moins relever la tête vers lui. Je me contente de communiquer mentalement avec sa queue, toujours monstrueusement apparente sous son caleçon. *Arrête de me regarder comme ça !*

Mais cette dernière ne m'écoute pas, comme un animal sauvage attiré par ma détresse, elle bondit sur moi.

Merde ! Mas vient de pénétrer dans la douche en frappant du poing contre le mur trempé. Je m'attends à l'entendre me hurler une tonne de grossièretés et de menaces sans doute méritées, mais il reste muet. Il ne dit pas un foutu mot quand il me fait pivoter et m'écrase de tout son poids contre le carrelage. Le jet se déverse sur ma tête et ma frange trempée se colle à mes paupières.

– Qu'est-ce qui te prend autant de temps, putain ? il gronde contre mon oreille en empoignant mes hanches.

Un hoquet de stupeur manque de me tuer et je recrache l'eau avec laquelle j'ai failli m'étrangler.

Je resserre spontanément mes jambes quand l'une de ses paumes emprunte le chemin de mon aine. L'autre se pose sur ma main timide, l'enserre avec force. Accrochées l'une à l'autre, elles font un piquet direct entre mes lèvres.

– Laisse-moi te montrer, Gin, il s'impatiente en enfonçant ses doigts puissants à l'intérieur de ma cuisse pour la forcer à s'écarter. Tu voulais qu'on collabore, tu vas être ravie de ma bonne volonté.

– Je sais pas… je bafouille maladroitement en essayant de retirer ma main de sa poigne.

Je ne sais pas quoi au juste ? Ce que je suis censée faire ? Ou comment gérer cette sensation soudaine qui s'agrandit sous mon nombril ?

Il s'appuie plus fort contre moi et son tee-shirt trempé se colle à ma peau. Je respire mal et quand je crois réussir à prendre une inspiration salvatrice, mon souffle se bloque et se transforme en un faible gémissement inconnu.

– Là, il murmure contre mes cheveux. C'est ici que ça se passe.

Quand le bout de mes doigts se pose entre mes lèvres, guidés par ceux de Mas qui vibrent au-dessus, mon être ne m'appartient plus. Là où mon esprit me hurle de me débattre, mon corps se moule un peu plus contre celui de Mas et ma traître de cuisse s'écarte d'elle-même davantage. *Bordel de merde !*

Je cogne mon front contre le mur avant de relever la tête vers le pommeau. Ce n'est pas comme ça que j'avais imaginé cette scène déjà fantasmée. Mais loin d'être dévastée d'offrir ce pan de moi dans de telles circonstances, je suis déconnectée. Je n'ai même plus mal aux pieds. Le reste n'existe plus.

Il n'y a rien que Mas et ses mouvements habiles. Juste ses doigts devenant maîtres de cette partie de moi, qui se dévoile pour la première fois. Et alors que je ne devrais pas, j'aime ça.

CHAPITRE 22

Mas

Son corps est plus petit que le mien, pourtant je le sens partout sur moi. Chaque parcelle de ma peau réagit à ce contact bouillant. La température de l'eau n'y est pour rien, la chaleur qui nous entoure prend naissance entre nos mains.

J'ai touché plus d'une chatte dans ma vie et bien trop depuis que je bosse au Round. C'est même devenu une chose plus automatique qu'excitante. Les filles qui sont passées entre mes doigts ont aimé ça. Mais jamais de cette manière. Pas comme Virgin en cet instant.

Alors que je ne la touche même pas vraiment. Et Dieu sait que j'en ai envie.

Sans avoir de contact direct avec sa chair, je ressens chacun des sursauts de plaisir qui fusent sous sa main. Alors je m'accroche plus fort à ses doigts pour empêcher les miens de fondre en elle. Pour me retenir d'atteindre sa source intacte qui ne m'appartient pas.

– Tu vois c'est facile, Gin, j'articule entre deux respirations.

– Hum, elle se contente de répondre sans cesser de se laisser guider.

Je lui donne le rythme, mais je ne suis pas certain d'être encore celui qui mène la danse. Comme deux aimants, nos mains ne répondent qu'à leur propre magnétisme.

La vapeur m'empêche d'avoir les idées claires et quand mon autre main trouve le chemin de ses seins, je ne cherche plus à me contrôler. Ils m'excitent bien trop pour ça et c'est la seule faiblesse que je m'autorise. Je les malaxe de plus en plus fort, cherchant à libérer ce que Virgin essaie de retenir. Son corps s'agite, victime des frissons de plaisir qui vont et viennent entre sa douce chatte et ses seins alourdis. J'ai besoin de les sentir dans ma bouche, mais je n'ai accès qu'à son épaule qui subit l'assaut de mes lèvres voraces, de mes dents, et enfin de ma langue qui se délecte de son humidité sucrée. Je remonte jusqu'à sa gorge qui palpite aussi fort que ma queue.

Je perçois sous sa peau le cri qu'elle refuse de laisser échapper et une vague puissante remonte de mon gland jusqu'à ma poitrine. Je lâche son sein que je maltraite et mon poing claque sur le carrelage devant nous. J'enfonce mes ongles dans ma paume pour ne pas déraper plus loin. Et dans un même geste indomptable, j'appuie plus fort ma queue contre ses reins.

Bordel ! Je vais bientôt jouir et elle n'en sait rien. Mon caleçon déjà trempé camouflera ce que je ne veux pas lui montrer. Ça ne m'a jamais dérangé jusqu'ici de jouir devant ces filles ni de me répandre sur leurs courbes sans retenue. Mais cette fois, je refuse d'afficher les conséquences de nos actes. Je ne veux pas qu'elle perçoive cette sorte de vulnérabilité qui vient d'émerger en moi. J'ai toujours tout contrôlé, sans avoir besoin de faire le moindre effort. Mais là, quelque chose d'autre semble prendre l'ascendant et il est hors de question que je lui laisse une place, même minime.

J'expire dans un râle qui trouve un écho étrangement similaire en Virgin. Et comme si je n'étais pas déjà suffisamment excité, elle rejette sa tête en arrière, enfonçant sa tempe dans ma mâchoire. M'obligeant à respirer la fragrance humide de ses cheveux. Me forçant à contracter mes cuisses pour ne pas basculer sous le poids de mes couilles trop pleines.

– C'est bien, je répète plusieurs fois en la sentant trembler plus fort contre moi.

– Non… Mais c'est bon… elle me répond en tournant sa tête jusqu'à poser ses lèvres près des miennes.

Je baisse mon visage pour observer le sien. Ses yeux sont fermés et je lis facilement combien son esprit est ailleurs. Elle semble avoir mis sa réserve de côté, chamboulée par les sensations qu'elle découvre avec moi. *Avec moi, putain.*

Je prends alors conscience du rôle que je suis en train de jouer. Ce que je lui fais faire ici est bien plus fort que tout ce que j'ai pu inculquer à mes anciennes prostituées. Et si je bouscule irrémédiablement la femme qui sommeille en elle, celui qui se terre en moi n'en est pas moins ébranlé.

Son souffle s'accélère et rebondit contre mes lèvres toutes proches. Il suffirait que je baisse un peu la tête pour aspirer ses halètements. Pour goûter l'extase qui crépite sur sa langue.

Mais respirer son air est un mauvais plan. Je n'ai aucune idée des conséquences que ça pourrait avoir sur ma poitrine verrouillée. Il y a des choses qu'il ne vaut mieux pas oxygéner.

Alors je me détourne et accélère le mouvement de nos mains pour nous délivrer. Trempé de son excitation, mon index glisse sur le sien. Et son clitoris devient notre terrain de jeu privilégié. Je le caresse quand elle le griffe. Elle l'entoure quand je le presse. On s'affronte sans relâche autour de ce bouton, comme s'il pouvait déclencher une bombe atomique.

Ses gémissements grandissent et deviennent plus bruyants. Mon poing sur le mur se desserre et j'aplatis ma paume contre le carrelage au moment même ou là sienne se plaque dessus. Ses doigts tremblants s'enroulent aux miens et j'ai beau être déconcentré par ce geste presque trop intime, ça n'empêche pas ma queue d'exploser. Pire, elle suit les contractions de Virgin dans une parfaite harmonie. Et dans un geste encore identique, sa main gauche étrangle la mienne quand ma main droite empoigne la sienne.

Le temps se suspend. Mon cœur s'arrête un instant, pour retrouver une cadence moins meurtrière.

Virgin tremble contre moi, ses doigts toujours enfouis plus bas. Elle reste prise au piège de mon étau pendant de longues secondes, avant de s'en libérer. Quand je sens son regard parcourir mon profil, mes yeux se posent sur ses iris brillants. Elle ne dit pas un mot et ce silence m'empêche de faire taire l'écho de ses halètements qui résonne encore dans mon crâne.

– Je progresse, elle murmure.

Je ne sais pas si elle cherche mon approbation ou si elle révèle simplement une vérité que je suis contraint d'accepter.

Putain oui, elle progresse. En quelques minutes elle m'a montré ce que j'étais trop borné pour remarquer. Alors je transforme ce moment d'égarement en regain de volonté. J'ai encore une montagne à gravir pour la rendre parfaite, mais mon instinct, ce salaud qui m'avait un peu abandonné jusque-là, est enfin de retour. Je vais faire d'elle un objet dangereux. Un jouet qui nourrira des appétits insoupçonnés.

Elle se détache de moi, tire sur la serviette pendue plus loin et disparaît dans ma chambre sans un mot. Je continue à observer la porte qui vient de se refermer, tout en ouvrant le robinet d'eau froide. J'ai beaucoup trop chaud. J'étouffe, oppressé par ce tee-shirt trempé qui pèse une tonne. D'un geste violent et frustré, j'arrache le tissu. J'attrape le gel douche et le vide presque entièrement sur mon torse. L'empreinte de son corps est encore gravée sur ma peau et je m'efforce de la faire disparaître en me frottant vigoureusement.

Je laisse l'eau recouvrir mon visage, pour noyer l'idée qui s'insinue dans mon esprit encore brûlant. Ce pressentiment dérangeant que Virgin risque d'attiser quelque chose de bien plus dangereux.

CHAPITRE 23

Cadence

Enroulée dans une serviette rêche, je m'accroche à tout ce que je trouve pour avancer sur mes pieds meurtris. Pendant ces quelques minutes d'égarement, j'ai oublié la douleur – et même mon nom, d'ailleurs. Je traverse le salon éclairé par les rayons du soleil. Enfin, façon de parler, dans ce quartier glauque, même le soleil n'ose pas trop se montrer. Et ces grandes lattes de bois qui servent de volets sont continuellement baissées.

J'évite de justesse le coin de la table et atteins enfin ma chambre, avec une seule hâte : prendre une douche. Une vraie, cette fois. J'ai besoin de nettoyer mon corps de ce moment de perdition. Peut-être qu'en me frictionnant suffisamment j'effacerai cette sensation qui court encore sous ma peau comme un million de fourmis excitées.

Je me débarrasse de la serviette de Mas, pressée d'éloigner son odeur de mon corps, et je me réfugie dans le coin de la cabine. J'enclenche l'eau et m'appuie contre la céramique froide. Je prends de longues inspirations pour refouler cet épisode au fond de mon cerveau, mais des dizaines d'images reviennent sans arrêt buter contre mon crâne. Comme un foutu boomerang en forme de sexe. Un putain de pénis volant qui reviendrait sans cesse heurter mon front pour y ancrer cette nouvelle vérité. Je suis encore vierge, mais je dérape sur cette pente que j'ai moi-même lubrifiée. *Bravo Cadence, bien joué !*

Je ferme les yeux, mais rien n'y fait, tout est encore limpide : nos mains disparaissant entre mes jambes, la mâchoire de Mas prête à m'avaler ou ses biceps se contractant à chaque mouvement de son bassin… Et voilà, impossible de contrôler la réplique de plaisir qui me traverse.

Je peste en me fustigeant et tape du pied.

– Merde ! je crie en sentant la brûlure de mes entailles se raviver.

Je tends le bras pour décrocher le pommeau et coupe l'eau chaude. J'enlève les bandes trempées et dirige le jet glacé sur mes plaies pour les soulager. Le froid anesthésie tout. Enfin presque. Avec le feu ardent qui explose encore entre mes jambes, un bain de siège glacial n'est pas de trop. J'expire de soulagement à l'instant où l'eau s'engouffre dans mes replis et que la fraîcheur revient enfin. Repoussant toutes les sensations que Mas y a laissées. Me libérant de cette emprise inopportune.

Je frissonne, c'est désagréable, mais je tiens bon.

Le froid est pour moi le prix de la liberté[2]…

---

2 Chanson du dessin animé *La Reine des neiges*.

J'éclate d'un rire angoissé quand cette chanson s'immisce soudain dans ma tête. Après ma majorité, j'ai continué à passer au foyer chaque jour. Les gamines regardaient ce dessin animé constamment et j'ai toujours eu l'envie non dissimulée d'étrangler Elsa. Mais aujourd'hui, j'aimerais la prendre dans mes bras et lui crier que je la comprends enfin !

Je boite jusqu'à mon lit et m'y laisse tomber, trempée et tremblante. Mon rire crispé s'éteint et, sans réaliser, je me mets à pleurer. Je ne sais pas si c'est le contrecoup de ce pic d'excitation ou l'angoisse d'être aux portes d'un endroit que je ne suis toujours pas prête à visiter. Peu importe, je laisse les larmes couler en silence et quand je suis certaine qu'elles ne viendront plus troubler mon visage, je me sèche avec le drap et me redresse.

J'enfile un short et un débardeur et enroule une nouvelle bande sèche autour de mes pieds. Je serre bien et avale assez d'antidouleurs pour pouvoir supporter la suite. Debout entre mon lit et la porte de ma chambre j'hésite, pas certaine de vouloir affronter Mas si rapidement. Et en même temps, il est inutile de repousser cette confrontation qui arrivera tôt ou tard. Lui a déjà dû oublier ce que nous avons fait de toute façon. Ça fait partie de ce qu'il est censé m'inculquer, rien de plus. Alors je prends une grande inspiration et rejoins la cuisine.

– J'ai fait des sandwiches, il lâche sans se détourner du plan de travail.

Je tire la chaise et m'installe en silence à table. Torse nu, Mas me tourne le dos et mes yeux font des allers-retours incessants entre mon assiette et ses larges épaules. Elles se contractent à chacun de ses mouvements et quelques gouttes d'eau se perdent entre ses omoplates. *Merde, c'est franchement pas sympa d'être aussi attirant !* J'ai l'impression de ne rien voir d'autre, tout à coup.

Je plante un doigt rageur au milieu de mon pain de mie, me retenant d'y enfoncer mon visage. *Je me hais !* Je relève une dernière fois les yeux vers lui, espérant comprendre l'origine de ce malaise. Non, je ne comprends pas. J'ai vécu avec beaucoup de garçons mignons et carrément pas prof à putes. Mais jamais encore je n'ai ressenti ce truc foireux qui me tord le bide. Voilà, il a suffi qu'il me titille cinq minutes pour que je me transforme en pucelle obsédée.

– C'est quoi le programme, aujourd'hui ? je l'interroge en tirant sur la croûte.

Il s'assoit face à moi, se penche et adresse à mes plantes de pied un regard courroucé, avant de se renfoncer dans sa chaise.

– De la théorie, il ajoute en croisant les bras derrière sa tête. Avec tes conneries, on n'a rien de mieux à faire. Mais ce soir, on retourne au Bitchy.

– Chouette ! je rétorque avec un entrain forcé. Journée théorique, donc ?

Je m'attends à un moment tranquille. Une pause pendant laquelle je n'aurai pas l'angoisse de devoir faire un truc regrettable avec mon corps. Mais quand Mas commence à me lister toutes les saloperies qu'on peut choper en couchant avec un client, j'ai envie de gerber.

– Attends, et les préservatifs ?

– Quand on t'offrira le double pour te baiser à vif, tu te laisseras faire.

– Certainement pas !

– Déstresse, on tient à nos putes, Gin. Les clients du Round sont forcés de prouver qu'ils sont clean. Et avec l'implant qu'ils t'ont foutu dans le bras, tu ne devrais pas tomber enceinte. Théoriquement, il ajoute sur un ton acerbe qui me fait relever la tête vers lui.

Je l'écoute pendant un long moment, incapable de manger ce sandwich tant ce qu'il me raconte me coupe l'appétit. Sans mon portable, je n'ai aucune notion de l'heure, mais dans un sens, je ne suis pas pressée que le soleil se couche. Un deuxième round au Bitchy ne m'emballe pas.

Je le dévisage un peu trop longuement et quand il capte mon regard sur lui, son sourcil se lève.

– Tu repenses à tout à l'heure, hein ? il raille en agitant ses doigts entre nous.

– Qu'est-ce qui te fait dire ça ? je rétorque en sentant mes joues chauffer.

– Tu me regardes bizarrement, comme si tu étais encore méchamment excitée. On peut recommencer si tu veux.

Je frissonne en imaginant tout ce qu'il peut encore me faire sans avoir besoin de me pénétrer.

– Tu te trompes sur toute la ligne, je réponds en repoussant ces images tout en conservant mon masque sérieux.

– Alors pourquoi tu me fixes comme ça ?

– Parce que le morceau de salade que tu as entre les dents pourrait nourrir une famille entière de tortues, je balance avec un signe de tête évocateur.

Il reste figé, ses yeux aimantés aux miens, avant de lâcher un rire léger qui nous surprend tous les deux.

– Tu me rends dingue, Virgin… Quand je crois que tu commences enfin à entrer dans le rang, tu repars direct en couille…

Il se lève et vient se coller à mon dos. Ses mains s'accrochent à mes épaules, glissent doucement jusqu'à mon cou, avant de descendre à la lisière de ma poitrine. Je ferme les yeux quand ses lèvres s'approchent de mon oreille et que ses mains recouvrent mes seins.

– Combien de fois vais-je devoir te faire jouir pour supprimer cette partie de toi dont je ne veux pas ?

CHAPITRE 24

Mas

Je n'ai jamais pris autant de plaisir qu'aujourd'hui. La journée avait bien commencé, mais maintenant, en voyant le visage naïf de Virgin se décomposer à mesure que je la briefe sur les coutumes du Round, je prends carrément mon pied. Elle est si prévisible que je peux presque anticiper ses réactions. Et pour la suite des événements, c'est un avantage indéniable.

Il faut vraiment que je me trouve une bonne baise au Bitchy parce que j'ai rarement été si excité. J'ai envoyé un message à Tara pour lui demander de nous retrouver là-bas avec ses filles et il est hors de question qu'elle me repousse comme hier soir. Quand elle me chevauche, je ne pense plus à rien. Et c'est exactement ce qu'il me faut en ce moment. Je veux arrêter d'imaginer tout ce que je peux apprendre à cette vierge qui me fait encore bander. Je veux stopper l'image de mes mains descendant plus bas encore que ses seins. *Putain tu pars en couille, arrête ça tout de suite !*

Je décroche mes doigts qui se sont naturellement agrippés à ses tétons et recule sans quitter sa nuque des yeux.

– J'ai des coups de fil à passer, je lui balance en jetant un coup d'œil vers ses poings crispés posés sur la table. Choisis bien ta tenue pour ce soir, il faut leur faire oublier ce que t'as fait hier.

Elle ne répond pas, et avant de m'engouffrer dans les escaliers menant au toit-terrasse, je reste quelques secondes à regarder son visage à demi caché par sa frange.

Si on met de côté son attitude absolument énervante, elle est plutôt jolie, tout compte fait. J'ai hâte que Tara s'applique à la remodeler. À nous deux, on en viendra à bout, j'en suis sûr. Et elle sera magnifique.

Je ferme la porte derrière moi et m'installe sur le canapé immense qui trône au milieu du toit. Je ne suis pas certain que venir ici soit une bonne idée, c'est à cet endroit précis que la plupart des nanas qui me rejoignent ondulent sur ma bite.

Mon doigt glisse sur l'écran de mon portable et mon estomac se serre quand je découvre plusieurs messages. Je me détends en voyant qu'aucun ne provient de mon frangin. Si je suis soulagé que ce connard me foute la paix, je ne peux pas m'empêcher de flipper en pensant que quelque chose a pu se passer.

Je vide une première bière piochée dans le petit réfrigérateur et entame la deuxième pendant que je téléphone à quelques types du réseau. Mon business ne se cantonne pas à éduquer Virgin. Toutes les putes que j'ai formées continuent à me rapporter de beaux billets pendant leur première année. Un retour sur investissement largement mérité. Autant dire que Virgin aura intérêt à sucer des tonnes de bites pour que cette putain de formation me rapporte plus que ce qu'elle me coûte en crises de nerfs.

Il fait nuit noire quand je m'extirpe enfin de ma solitude. Je redescends au salon et le silence me frappe comme un uppercut en plein estomac. Où est-elle ? La pièce est vide. Une fureur passée remonte bien trop vite dans ma gorge. *Putain de merde, est-ce que j'ai fermé la porte à clef ?*

Je me rue spontanément dans ma chambre, mais elle est plongée dans l'obscurité. Je repars aussitôt dans la sienne et ouvre la porte avec fracas.

Vide. *Putain non, pas encore !*

– Virgin ! je rugis en ne la trouvant nulle part.

Je déboule dans le salon comme un détraqué et hurle son nom plus fort encore. Les mains enfoncées dans mes cheveux, je finirai chauve ce soir si elle s'est barrée.

– Merde ! je gueule en renversant la table basse d'un coup de pied rageur.

– Qu'est-ce qui se passe ?

Mon sang se fige, avant de remonter en un seul jet puissant vers ma poitrine. Je me retourne au ralenti vers sa voix surprise. Le corps à moitié dissimulé dans l'obscurité de la coursive, elle se jette par la fenêtre pour pénétrer dans le salon.

– Pourquoi tu cries ? elle répète en lançant des regards circulaires. Y a le feu ?

– Qu'est-ce que tu foutais dehors, bordel ? je hurle en la rejoignant d'un pas qui fait trembler le sol.

– Je prenais l'air ! elle rétorque en continuant à chercher l'objet de mon trouble. Pourquoi tu t'es mis à hurler ?

– Sur la coursive ? j'enchaîne sans lui répondre.

– Évidemment ! elle réplique en comprenant que le seul danger ici vient de moi. À quel autre endroit ? J'étouffe dans cette baraque ! Je n'ai pas le loisir de pouvoir profiter du toit-terrasse, rappelle-toi ! Ni de jours de repos pour pouvoir m'aérer. J'ai pensé que je pouvais au moins m'asseoir là un moment, c'est tout, pas la peine d'en faire tout un fromage !

Je la dévisage, sans vraiment écouter ce qui sort de sa bouche. Mon esprit est focalisé sur cette putain de coursive à laquelle je n'ai jamais pensé. *Quel abruti ! Elle aurait pu filer par là sans souci.*

Je fais claquer la fenêtre sans contenir ma force, tourne la petite clef dans le loquet et la fourre dans ma poche avec hargne.

– Tu.Ne.Sors.Pas.Sans.Moi.Virgin.

Chaque mot porte le poids de mes menaces, mais surtout de mes erreurs.

– Je prenais juste l'air, j'allais pas m'enfuir ! elle réplique au lieu de la fermer. Surtout avec mes pieds qui crient la misère ! Arrête de flipper et de me fliquer comme ça. Si j'avais voulu fuir, je l'aurais déjà fait. Crois-moi, après t'avoir entendu parler de mycoses vaginales pendant une grande partie de l'après-midi, c'est un truc à faire décamper les plus courageuses ! Mais je suis toujours là, tu vois, alors arrête de faire ce truc-là, elle conclut en remuant sa main entre nous.

Je ne sais pas ce qui m'empêche de la bousculer en cet instant. Je suis fou de rage contre elle sans que ce soit réellement mérité.

Mais au lieu de s'écarter de moi alors que j'avance droit sur elle d'un pas menaçant, elle pose ses mains sur ses hanches et me défie du regard. *Je vais me la faire, putain !*

– En plus il n'a jamais été question de séquestration, elle annonce en relevant le menton.

Quand mon front se colle brusquement au sien, je ne sais pas qui d'elle ou de moi a cessé de respirer.

– Tu veux toujours bosser au Round ? je lui demande en baissant d'un ton.

Elle hoche la tête sans détourner les yeux, alors que sa frange se mêle à ses cils épais.

– Alors c'est à prendre ou à laisser, je lui assène en m'écartant sans prévenir.

Elle titube quand mon épaule percute la sienne.

– Tu n'es pas le seul à pouvoir m'y faire entrer, elle murmure, comme si je n'étais pas assez énervé.

– T'as raison, Virgin. Peut-être que tu trouveras un cinglé prêt à te racheter. Mais crois-moi, si je suis le pire sur certains aspects, globalement tu t'en tires hyper bien.

– Ça reste à prouver !

– Tu veux savoir comment sont les autres avec leurs putes ? Très bien, va t'habiller et magne-toi. Ce soir, au Bitchy, je vais te montrer des trucs qui te feront chialer la nuit. Ta première soirée là-bas était une excursion paradisiaque à côté de ce qui t'attend ce soir.

On s'affronte encore du regard et mon sang me brûle les veines. Je me suis laissé déborder par de vieilles angoisses, mais Virgin a besoin de se confronter à la réalité du Round. Ce soir, je ne vais rien lui épargner.

CHAPITRE 25

Cadence

Avant de monter sur la scène du Round pour la première fois, j'avais passé des nuits entières à imaginer mon futur tuteur. Je le visualisais vêtu d'une chemise en soie étriquée, caca d'oie ou fuchsia, auréolée de sueur et de taches de gras. Je m'étais parée à toute éventualité. Enfin, c'est ce que je croyais. Parce que ce numéro 9 que le destin a placé sur mon chemin est bien pire que ce à quoi je m'attendais. J'aurais préféré qu'il soit écœurant et gras du bide. Je n'aurais alors pas eu à gérer cette attraction sournoise qui clapote dans mes entrailles.

Une fois de plus, alors que je devrais convulser d'anxiété face à son revirement bipolaire, je suis étrangement statique. Ses yeux perçants ont à nouveau crocheté une partie de moi sur laquelle je n'ai plus d'emprise. Mas est hors de lui pour je ne sais quelle raison et je suis attirée par son aura torturée comme un papillon par une flamme.

– Pourquoi t'es encore là ? il aboie, impatient. Va te préparer, faut qu'on y aille !

Je pince ma lèvre entre mes dents, en pleine réflexion. Ce type a vraiment un souci. Il a tout d'un Zorro névrosé, qui me met son pénis sous le nez avant de finalement se décider à dégainer son épée. Il m'énerve ! Je ne sais jamais sur quel pied danser avec lui. Il me fait ressentir un tas de sensations contradictoires et dans ce bordel insupportable, je n'arrive plus à m'accrocher à la moindre pensée cohérente. Il m'intrigue, me gonfle, m'excite, me dégoûte… Ça me rend dingue et mon cerveau ne sait plus où donner du neurone.

Il a eu l'air profondément excédé en me voyant sur cette coursive, sans que je saisisse pourquoi. Si je ne supporte pas ce huis clos permanent qui m'éloigne un peu trop de moi-même, je dois bien reconnaître que son comportement m'apporte malgré tout un étrange sentiment de protection. Putain, le psy qui va me suivre quand tout cela sera terminé va faire fortune.

Stop, je m'éloigne du problème, là. Ce n'est pas une pseudo-protection que je suis venue chercher, mais ma meilleure amie. Et Mas se met en travers de ma route en agissant ainsi. Ses réactions disproportionnées et étouffantes sont en train de me faire réfléchir à la possibilité qu'un autre tuteur serait peut-être mieux pour moi.

En observant les autres filles, j'ai déjà pu me faire une petite idée de la manière dont leurs macs agissent avec elles. Et la conclusion, c'est que je suis tombée sur le plus cinglé d'entre eux. Il fallait que le seul maton de prison du Round soit pour moi ! C'est déjà difficile de chercher des infos dans cet endroit, mais avec un tuteur comme Mas qui me colle aux basques, c'est pire que d'essayer d'infiltrer la Maison-Blanche avec une puce dans les fesses. Bref, ce soir, en plus de chercher à nouveau Ingrid parmi la foule, je tâcherai de m'intéresser aussi aux autres tuteurs. C'est risqué, mais je fais du surplace, là, et le temps est compté, pour elle comme pour moi.

– Hey !

Il claque deux doigts devant mes yeux et je m'empresse de boiter jusqu'à ma chambre pour me changer. Debout devant ma penderie de prostipute, j'ai mal au ventre à cause de la peur de retourner au Bitchy. C'est la première fois de ma vie où porter un grand sac poubelle me donnerait presque envie. Mais il est temps de mettre un grand coup de pied dans la fourmilière. Mas veut me montrer ce que le Round promet ? Parfait, ça m'aidera à me recentrer sur mes projets. Mieux que ça, je pourrai dépasser cette barrière que je n'ai pas encore su franchir. Quoi qu'il se passe ce soir, je dois donner pour recevoir. Les informations dont j'ai désespérément besoin vont avoir mon corps comme monnaie d'échange.

– Virgin… j'entends grogner depuis le salon comme un avertissement lointain.

Je passe en revue les différentes tenues encore neuves à ma disposition. Je ne suis toujours pas habituée à un tel degré de féminité. Après un débat entre mon moi profond et mon moi pouf, j'enfile finalement une petite robe bleue. Et pour la première fois, elle me moule parfaitement. Adieu les plis disgracieux, je crois que le régime pute à frange fonctionne bien mieux que les autres. Il faut dire que l'appétit n'est pas au rendez-vous. Seul avantage, mes hanches n'ont jamais été si fines et étant donné la découpe de la robe, c'est une aubaine. Je ne ressemblerai pas à un rosbif ce soir. Sur chacun de mes flancs, ma peau laiteuse apparaît par de grandes ouvertures dans le tissu. Quiconque posera ses mains sur ma taille sera en contact direct avec ma peau, même si j'espère naïvement que Mas ne laissera personne m'approcher jusqu'à ce que je sois bonne à utiliser. D'ici là, je prie pour avoir retrouvé Ingrid et être loin d'ici. *Morte ou vierge*.

Le trajet jusqu'au Bitchy est tendu. Mas a toujours ses boules coincées dans la gorge et je serais prête à les lui remettre en place moi-même, rien que pour que ce silence oppressant cesse. Non pas que nous ayons d'ordinaire des discussions rafraîchissantes, mais quand même. Il lui arrive d'être drôle quand il n'est pas un connard arrogant.

***

– Hey Virgin, comment ça va, bébé ?

J'ouvre les yeux devant Rix qui m'offre un sourire chaleureux. Dès lors que j'ai posé un pied douloureux en dehors de la voiture, j'ai fermé mes paupières et mon esprit aux cris de truie qui entourent encore cet endroit infernal.

– Un petit laissez-passer ? il ajoute en passant sa langue percée sur ses lèvres retroussées.

– Rix, gronde Mas près de moi.

Je décide d'ignorer mon tuteur indisposé et monte une seconde fois sur la pointe des pieds pour atteindre la bouche plutôt appétissante du videur. Il a beau inspirer la violence et l'illégalité, il embrasse comme un champion.

– Allez c'est bon, s'impatiente Mas en me détachant de Rix pour me traîner à l'intérieur.

– Il m'aime bien, je balance pour lui prouver que je ne suis pas si mauvaise.

– Il veut juste te baiser, Gin…

– Et alors ? Tu devrais être content, je progresse.

Il se fige en m'entendant prononcer ce mot, mais continue finalement à fendre la foule d'un pas assuré.

Minutieusement, je scanne la salle d'un regard appuyé. En dehors du fait qu'Ingrid n'est toujours pas là, quelque chose semble avoir changé depuis la veille.

– Le vendredi est toujours plus animé, m'informe Master en remarquant mes sourcils froncés. Des tuteurs du Nord descendent à Reno pour mater du cul bronzé. Viens par là, je vais te présenter.

Je me retiens de lui dire que ma peau blanche ressemble plus à du petit-lait qu'à du caramel sucré, mais je me contente d'une question moins risquée :

– Pas de service, ce soir ?

– Pas tout à fait, il me répond en me lançant un bref coup d'œil par-dessus son épaule.

Sa réponse ne me soulage absolument pas. Je presse le pas, à l'aise dans les seules chaussures que j'ai pu enfiler sans pleurer : des petites bottes plates, classes et confortables. Nous passons devant la table que nous occupions hier sans nous arrêter, et tout au fond, je découvre une grande tablée qui me colle des frissons.

– Master ! s'exclament en chœur des voix caverneuses. Ça fait plaisir de te revoir, mon pote !

Ils se tapent dans le dos comme des secouristes en pleine démo et rient à gorge déployée.

Je sursaute quand Mas attrape ma main, déclenchant une réminiscence brûlante un peu plus bas. *Ça suffit nom de Dieu !*

Il m'entraîne sur un large sofa et une fois que je suis assise, il me fait glisser jusqu'à me coller contre lui. Son souffle rapide couvre un peu les bruits bizarres qui résonnent derrière moi.

– Tu te contentes de sourire et tu me laisses parler, il murmure contre mon oreille.

Un frisson secoue mes épaules quand je sens son haleine se mélanger à mon parfum.

– Tu veux que je fasse la « putiche », en somme ?

– Ferme-la, il gronde, sans pour autant retenir un minuscule sourire qui déclenche le même sur mes lèvres.

Mes yeux quittent son visage quand je me rends compte que plus personne ne parle. En regardant devant moi, je réalise que tous les tuteurs nous observent.

Erratum : ils ne regardent que moi. Et ce que je lis dans leurs prunelles flamboyantes n'est vraiment pas de bon augure. *Qu'est-ce que je disais ? Changer de tuteur pour avancer ?*

CHAPITRE 26

Cadence

– Voilà donc ta fameuse vierge, démarre directement celui qui nous fait face.

Les coudes posés sur ses genoux et le buste penché en avant, sa langue épaisse joue avec la boucle qui entoure sa lèvre. Si sur certains hommes ce petit geste est terriblement sexy, dans son cas, c'est dégoûtant.

– Virgin en chair et en os, Harvey, répond Mas d'un ton qu'il veut nonchalant.

Sauf que je commence à cerner ses intonations, et il est bien plus tendu qu'il n'y paraît.

– Les gars disent qu'elle doit rester intacte jusqu'au premier contrat, c'est vrai ?

Mas se tourne lentement vers le second type qui a parlé et hoche la tête.

– Putain… Tu dois avoir une de ces triques, mec ! Je sais pas comment tu fais pour résister. Rien que de savoir qu'elle se prépare à se faire tringler pour la toute première fois, ça me remplit les boules.

Il avale son shot sur ce dernier mot, puis se tourne vers moi. Avec une lenteur de prédateur. Ce mec est un porc, je le lis sur ses traits.

– T'as déjà commencé sa campagne ? reprend le fameux Harvey.

– J'ai rendez-vous lundi avec plusieurs émissaires.

Je jette un regard surpris vers Mas. Il m'ignore et continue à discuter avec son collègue. Je ne pensais pas ce business si rodé et l'entendre en parler est en train de progressivement m'affoler. En me lançant là-dedans, je n'avais pas vraiment pensé aux risques que je prenais. J'ai mis ma virginité en jeu et je commence à me dire que j'ai peut-être misé quelque chose de plus sérieux.

– Je paierais cher pour me taper une petite vierge dans son genre, continue le même type.

Je pose une main sur le doigt d'honneur qui me démange.

– T'as pas les moyens, rétorque Mas avec cet air suffisant qui m'exaspère. Contente-toi de regarder.

Un immense sourire illumine soudain cette horrible bouche percée. Et ce que je prenais pour une simple réponse devient devant mes yeux une horrible invitation.

– Viens par là, toi.

Je ne bouge pas. Au contraire, je me renfonce davantage dans le flanc de mon tuteur. Mais d'un geste puissant, il me pousse en avant et je ne peux qu'abdiquer. Le regard presque désespéré que je lance à Mas n'empêche pas Harvey d'attraper mon coude pour me tirer vers lui. Je rebondis sur ses cuisses, avant que son bras ne se referme sur mon ventre.

– Putain, elle est bonne, il grogne contre ma nuque en calant mes fesses contre son érection.

Je ferme les yeux une seconde, peut-être même quelques-unes de plus, pour renvoyer la vague de bile qui vient de déferler dans ma gorge nouée. Mentalement, j'essaie de me déconnecter de mon corps avant qu'il soit trop tard et que d'autres choses plus sérieuses se produisent. Je remplis mon esprit de chants de Noël horripilants, d'hymnes et de génériques de feuilletons. En vain. Je sens ses mains de plus en plus pressantes migrer vers le haut de mes cuisses.

J'inspire, en me hurlant de décamper. J'expire, en m'obligeant à rester.

– J'ai dit « regarder », gronde Mas quand des doigts tentent de dépasser la lisière de ma robe.

– T'as compris, Harvey ? Fais-nous plutôt profiter ! râlent les autres en se resserrant autour de nous comme un étau d'acier.

Je retiens un couinement quand il me repousse déjà de ses cuisses. Si j'ai l'espoir-éclair qu'il en ait fini avec moi, la réalité me frappe en plein dans le dos quand il me fait basculer sur la table basse. Collante et glacée. Comme un piège à mouches grandeur nature. Sans savoir comment ni pourquoi, je me retrouve allongée devant bien trop de paires d'yeux, à lutter contre les mains qui cherchent à écarter mes cuisses.

– Laisse-toi faire, ordonne le fameux Harvey en me pinçant le genou. Et regarde-moi !

Je ne me souviens même pas avoir fermé les yeux, mais je n'ai aucune envie de le regarder me reluquer. Je refuse de lire son excitation que je sens déjà brûler le long de mes jambes. Je me rappelle alors le visage voilé de la fille que j'ai aperçue ici même hier soir et je comprends mieux son air lointain.

Je ne veux pas me focaliser sur ses mains qui font remonter ma robe jusqu'à mes hanches. Je refuse de sentir ses ongles s'imprimer dans la peau fine à l'intérieur de mes jambes. Je ne sens pas mon string en train de descendre inexorablement vers un gouffre avide. Je n'entends pas mon cœur frôlant l'explosion.

Pourquoi n'y a-t-il aucune pute en herbe pour venir me servir ce liquide violet ?

Un courant d'air glacé fait dresser la repousse de mes poils pubiens, dans un soulèvement douloureux. Rien à voir avec ce que j'ai ressenti ce matin…

– Magnifique, il halète soudain.

En entendant ce changement de ton subit, je détourne mes yeux restés trop longtemps collés au plafond pour les poser sur le tuteur aux mains baladeuses. Je le découvre concentré sur mon intimité, en train de se tripoter comme un vieil obsédé. Je tourne la tête brusquement dans la direction opposée, fuyant désespérément cette situation. Il a ouvert son jean, et entre ses doigts épais, j'ai aperçu son excitation à peine dissimulée.

Aux yeux de tous, il est en train de se masturber allégrement, en détaillant chaque millimètre de ma féminité. *Devant tout le monde, bordel de merde !* Aimer se taper une prostituée, passe encore, mais s'afficher ouvertement devant toute une tablée… Ça me dépasse.

– Loly ! hurle soudain Harvey. Amène-toi, chérie !

Une jeune femme apparaît comme par magie dans mon champ de vision et je l'entends contourner la table pour s'asseoir sur ses genoux. Quand elle pousse un soupir crispé, je me sens obligée de tourner mon regard vers elle. Mauvaise idée. Si la scène n'était déjà pas assez glauque, elle vient de le devenir totalement. Devant mon corps à moitié dénudé, Harvey vient de faire glisser Loly sur son sexe. D'un geste pressé, il la fait aller et venir sur lui, ses yeux toujours accrochés à mon entrejambe offert. C'est incroyable à quel point le visage de la jeune femme reflète exactement les émotions que le tuteur veut lui faire exprimer devant notre petit public. Je pourrais presque y croire, mais la grimace fugace que cette pauvre fille a du mal à contenir me saute aux yeux. Et je comprends un peu trop bien ce qu'il est réellement en train de lui faire.

Harvey pousse un râle profond qui couvre à peine le soupir douloureux de Loly. J'aimerais me détourner de ce spectacle cauchemardesque, mais je n'arrive pas à me décrocher du visage juvénile de cette fille. Ses yeux brillants sont ancrés aux miens dans un désespoir commun. Pourquoi est-ce qu'elle est là ? Comment peut-elle faire ça ? Tant de questions que j'aimerais lui poser. Et pas qu'à elle. *Pourquoi, Ingrid ? Pourquoi, bon sang ?*

Je bats des paupières pour retenir les larmes qui remontent bien trop vite. J'ai soudain un mal fou à respirer, comme si toute la réalité de cette situation prenait enfin possession de mon corps. Ce corps qui n'emprisonne plus rien. Je le sens comme une évidence qui vient de m'écraser. Je ne suis plus rien.

Je referme mes cuisses sans attendre l'aval de qui que ce soit et me redresse maladroitement. Mon corps est si crispé et tremblant que j'ai toutes les peines du monde à me remettre debout. Alors je reste assise un instant sur la table basse, et sous mes cils je croise le regard de Mas. Confortablement installé dans son large fauteuil molletonné, il m'observe, un poing sous le menton. Impassible. Il contemple le fruit de cette nouvelle leçon qui vient de m'atteindre en profondeur.

CHAPITRE 27

Mas

Mes phalanges me brûlent à cause du poing que je garde crispé, fermement enfoncé dans mon menton. Il est comme soudé à ma mâchoire, pour soutenir ma tête qui pèse une tonne sous l'amas de pensées qui y tourbillonnent. Et surtout, pour maintenir ma bouche fermée.

Une colère étrangère s'est emparée de mon corps et je résiste péniblement à l'envie d'ouvrir ma gueule. Je me retiens d'insulter ce déchet de Harvey qui se conduit comme un animal. Le Round est le berceau de pratiques dégueulasses, que j'ai fini par ignorer pour ne pas devenir taré et, surtout, pour me concentrer uniquement sur le blé à la clef. Mais ce soir, chaque fois que ce bâtard soupire d'excitation devant moi, j'ai l'impression qu'un élastique se tend au milieu de ma poitrine et claque à l'unisson.

Pourtant, il fait exactement ce que j'attendais de lui quand je l'ai appâté avec Virgin. C'est moi qui l'ai mené sur ce terrain et je devrais me frotter les mains d'avoir réussi à attirer son attention de cette manière. En aucun cas je ne devrais avoir envie de lui casser la gueule.

Mais si je garde les dents serrées, c'est aussi pour m'empêcher de mordre dans les cuisses de Gin, qui s'ouvrent inexorablement. Je me bats contre une pulsion qui atteint son sommet à la vue de ce corps. Certaines filles vraiment bien foutues m'ont déjà fait bander dur ici, mais je n'ai pas le souvenir d'avoir jamais ressenti un tel besoin de leur sauter dessus. C'est bon signe, à ce rythme-là, les clients blindés d'oseille vont manger dans sa main. Et dans la mienne.

Je me raccroche à ça pour calmer les battements furieux de mon cœur.

Chaque fois que la queue de Harvey pénètre cette fille qui l'a rejoint, je vois ses yeux fiévreux rentrer plus loin en Virgin, comme s'il espérait apercevoir le diamant tant convoité. *Tu ne l'auras jamais, connard.*

J'arrête de le fixer avec cet air furieux qui rend l'atmosphère encore plus brûlante et reporte mon attention sur Gin, immobile, le regard braqué sur ce couple foireux, et je suis incapable de saisir ce qui peut bien traverser ses pensées. Son visage habituellement expressif est totalement hermétique. *Là, ça y est.* Elle vient de passer le cap que j'attendais, je le vois sur ses traits.

Je laisse mes yeux glisser sur le reste de son corps, m'attardant un peu sur les parties couvertes. Sa robe est vraiment sexy et ses flancs découverts m'attirent plus que de raison. Au point que je n'arrive pas à repousser l'image de mes mains se glissant entre le tissu pour remonter sur son ventre et redescendre plus bas. Comme ce matin… Putain, ce qui devait être un simple exercice pour la pousser dans ses retranchements est en train de virer à l'obsession.

La sueur dégouline dans mon dos, et de ma main libre, je tire sur le col de mon tee-shirt pour me sentir moins oppressé. Je suis en feu et comprimé. Le pire, en la matant ainsi, c'est ma queue qui s'engorge et qui débande aussi vite en entendant Harvey grogner. Elle subit le même rythme que mon cœur, qui pompe comme un malade avant de louper plusieurs battements.

Il ne faut pas que les autres remarquent mon trouble. Ici, j'ai toujours su mettre mes émotions de côté, qu'elles soient bonnes ou mauvaises. Mais heureusement, ils sont tous bien trop obnubilés par les lèvres de Virgin pour faire attention à moi.

Cette vision me dégoûte, mais dans le fond, je meurs d'envie de changer de place. D'où je me tiens, je ne perçois pas son intimité et ça me rend fou. Je me surprends même à imaginer ses replis qui m'indifféraient il n'y a pas si longtemps. Fait chier, je suis vraiment en manque de baise pour en être réduit à fantasmer sur la chatte de Virgin. *Qu'est-ce qui me prend, putain ?*

Je suis en train de faire ce que je fais depuis des années et Virgin fait exactement ce pourquoi elle est là. Je suis le tuteur qui place les pièces sur l'échiquier et elle est la pute qui les fait avancer. Et ce soir, tout se passe précisément comme il faut. Même beaucoup mieux que je ne pouvais l'espérer avec une pute pareille. Rien qu'à voir leurs gueules de crevards, je sais déjà que, dès demain, le mot aura tourné au-delà des frontières de la ville : une jolie vierge s'offrant au plus généreux. Une pute immaculée, encore étroite à souhait. Un corps différent, voluptueux et laiteux. Exit les putes expérimentées qui se ressemblent toutes, il semblerait que la prude effarouchée ait le vent en poupe, désormais. *Putain, j'aurai tout vu, sans déconner !*

Je ne peux pas nier qu'elle a un truc particulier. Une chose infime et indescriptible qui pourrait faire flancher n'importe qui. À commencer par moi. En prenant conscience de ça, un sentiment de colère remonte de mes entrailles et se mélange à l'excitation qui me brûle déjà les veines.

Je ferme les yeux devant les râles d'extase de Harvey et ne les rouvre que lorsque j'entends Virgin bouger. Elle se redresse maladroitement et reste assise au bord de la table, tête baissée, comme si ce moment l'avait scellée au bois usé. Je vois ses pieds s'agiter et il me semble déceler des tremblements remonter lentement le long de son corps.

Puis sous sa longue frange, je croise finalement un regard noir qui vient percuter le mien. Et je ne sais plus tout à fait à qui appartient la colère qui se reflète dans ses yeux.

Elle finit par se lever et par remettre sa robe en place d'un geste contenu. Je m'attends à la voir reprendre place à mes côtés, certainement pas à rejoindre le bar d'une démarche raide et pressée.

– Virgin, j'insiste plusieurs fois.

Elle trace sa route sans se retourner et je me lève d'un bond pour l'intercepter.

– Qu'est-ce que tu fous, Gin ? je gronde en la saisissant par la taille pour l'obliger à me faire face.

Ma main entre en contact avec sa peau nue et la différence de température est extrême.

– T'es glacée, je souffle en resserrant ma prise brûlante sur sa taille.

Mes yeux cherchent les siens mais son regard reste lointain. Les gens nous bousculent, mais aucun de nous ne bouge. Puis elle enroule finalement ses doigts autour de mes poignets et me repousse lentement loin d'elle.

– Je vais juste me chercher un truc à boire, elle lâche d'une voix aussi froide que sa peau.

Elle se retourne et traverse la foule jusqu'au bar. Je rejoins mon siège à reculons, la suivant machinalement des yeux. Je n'aime pas ça, je préfère l'avoir sous la main à chaque instant. Il suffit d'une minute pour qu'elle me glisse entre les doigts. Il en a fallu moins que ça à Shana.

Je l'observe tourner la tête de gauche à droite à la recherche du barman et je fronce les sourcils en la voyant se pencher par-dessus le comptoir. Elle rejette sa tête en arrière plusieurs fois en avalant ce qu'elle a dû y trouver, avant de pivoter dans ma direction.

Et pendant un temps indéfinissable, on se dévisage, chacun tentant sans succès de faire passer à l'autre un message qui se perd dans la foule.

CHAPITRE 28

Cadence

Appuyée contre le comptoir, je ne peux pas m'empêcher de me retourner vers la table que je viens de quitter. Peut-être que si je les fixe intensément, ils vont tous prendre feu.

Je voulais un autre tuteur, hein ? Je ferais mieux de me contenter de celui-ci.

Le regard de Mas est vissé au mien et malgré les gens qui passent devant nous sans arrêt, on ne se lâche pas des yeux. Je voudrais lui tourner le dos mais quelque chose dans la noirceur de ses iris m'en empêche. Une poussière qui s'est collée à ses prunelles et qui les rend différentes. À la fois plus obscures et moins effrayantes.

Cet échange muet est perturbant, mon cerveau ne sait pas le déchiffrer. Pour m'échapper de cet étau, j'ai l'envie irrépressible de lui tirer la langue. Mais je suis entourée de trop de dégénérés, quelqu'un pourrait la mettre dans sa bouche en passant par là. Et puis elle me brûle encore bien trop à cause de l'alcool que je viens d'ingurgiter.

Quand j'ai aperçu ces quatre shots violets derrière le comptoir, je les ai bus deux par deux sans demander mon reste. Je n'ai aucune idée de ce qu'il y a là-dedans, mais je m'en fous. J'ai besoin de me sentir mieux. Mas me traînera par la frange s'il le faut, du moment que ça peut me calmer. Je veux éradiquer cette gangrène qui s'est logée dans mon ventre. Le regard immonde de Harvey a comme empoisonné mon corps, qui est en train de me lâcher. Ce corps que je vais devoir affranchir des verrous que je maintiens encore fermés. Je dois l'abandonner si je veux sauver le reste, le libérer et l'offrir en pâture.

Si je ne fais pas très vite taire les hurlements qui résonnent encore dans ma tête, je vais convulser et baver sur la moquette. Ce n'est vraiment pas le moment. Cette exhibition perverse aura au moins eu le mérite de redorer mon blason, pas question d'avoir fait tout ça pour rien.

– Salut.

Je sursaute et, dans un brusque mouvement de recul, je heurte une fille qui renverse son plateau rempli de coupes de champagne. Quel putain de mauvais karma, c'est pas vrai !

– Tout va bien ! crie celle qui m'a fait peur en direction de la salle.

Elle agit comme si c'était elle qui venait de provoquer ça et lance même un regard vers Mas pour le calmer.

Les discussions reprennent sans que personne ne bronche. Qui qu'elle soit, les gens la respectent. C'est une première.

Je la dévisage un instant avant de la reconnaître subitement.

– T'es la fille au talon cassé ?

– Tara, elle acquiesce d'une voix suave. Tu m'as rendu un sacré service ce jour-là, jolie vierge.

Non mais c'est dingue ! J'ai un prénom, bordel !

Je hausse les épaules comme si ce sauvetage de pute estropiée n'avait rien d'extraordinaire.

– Tu rejoins pas Master ? elle me demande en le montrant de la tête.

– Je fais une pause, il est sur mon dos H24, je soupire en la laissant m'emmener autour d'une table libre. Je ne peux même pas profiter d'un jour de congé loin de son antipathie chronique.

– Tiens, bois ça, me propose Tara en me tendant un petit verre de ma couleur préférée. N'en abuse pas, hein ?

Je passe sous silence le fait que j'ai déjà avalé quatre doses de ce machin et vide celui-ci cul sec. La tête me tourne un peu et je me détends enfin.

– Moi je trouve qu'il s'est vachement calmé ! intervient une petite rousse que je n'avais pas remarquée. T'aurais dû le voir il y a quelques mois. On n'osait même plus le sucer de peur de se faire étrangler !

– C'est vrai, à cause de l'autre fille, il avait totalement vrillé ! ajoute une troisième nana en se posant à côté de moi.

– L'autre fille ? je demande curieuse en buvant encore.

– Shana, la prostituée qu'il drivait juste avant toi, précise Tara.

– Qu'est-ce qu'il s'est passé entre eux, au juste ? Non, laissez-moi deviner, incompatibilité d'humeur ?

J'éclate de rire toute seule. Ouais, complètement seule pour le coup. Alors je bois encore un peu.

– On n'a jamais trop su, en fait, reprend la rouquine.

– Moi je l'ai jamais sentie, intervient Tara. Elle avait le regard trop fuyant pour être honnête.

L'alcool, ou quoi que ce soit d'autre, commence à faire effet et je n'arrive plus à fixer mon attention de manière durable. Et même si ce n'est pas la meilleure idée dans ce genre d'endroit, je trouve ça agréable. Je profite d'un léger répit, alors qu'un voile flou dilue la réalité que je voudrais bien fuir.

– Moi c'est sa grande tache de naissance sur l'épaule qui me dégoûtait…

Je tourne la tête vers celle qui vient de parler, mais je suis trop embrouillée, et mon cerveau a déjà oublié ce qu'elle vient de dire. J'essaie de fermer les yeux pour me concentrer, presque consciente que j'aurais dû suivre cette conversation de près.

– Et sinon, Virgin, comment tu t'es retrouvée au Round ? Ton profil est plutôt particulier pour un lieu comme celui-ci.

– Euh… je lâche d'une voix engourdie. J'ai besoin d'argent, je prononce comme un mensonge programmé. J'ai entendu parler de cet endroit, apparemment y a moyen de se faire pas mal de fric ici. Alors me voilà.

Leurs yeux maquillés me scrutent et j'espère qu'elles n'entendent pas mon cœur qui s'est emballé. Je n'arrive pas encore à saisir cet endroit dans sa globalité et j'hésite à leur dire ouvertement que je cherche quelqu'un. J'aimerais leur demander si elles connaissent Ingrid, si elles savent où je peux la trouver. J'aimerais même hurler son nom dans la salle en espérant que quelqu'un me la ramène. Mais je ne peux pas faire ça. Je dois attendre de monter quelques marches de plus pour avoir une meilleure visibilité.

Je devrais arrêter de boire cette substance inconnue, mais les effets sont tellement aléatoires que je n'arrive pas à me raisonner. Comme un yo-yo, le sentiment de plénitude va et vient, sans jamais s'ancrer suffisamment longtemps à mon corps et dans ma tête pour me faire oublier mon ressentiment. Chaque fois que ma bulle éclate, je revois Loly et Harvey, Ingrid ou Mas, et surtout mon corps, trop faible pour s'affranchir de mon esprit. Je repense à ma mère et à ce lien que je n'ai jamais su sectionner et qui me poursuit encore aujourd'hui. C'est à cause de lui si je ne sais pas ouvrir les cuisses aussi vite que les autres.

Alors au lieu de profiter de ces filles pour poser des questions, je me saoule, toujours plus, pour étouffer la colère que tout cela crée en moi.

La discussion se fait toute seule et même si je me sens en décalage complet parmi les autres filles, le mélange alcool-prostituées est finalement un bon deal. Ce moment n'est plus si désagréable. Je ne pensais pas que les recrues du Round pouvaient être autre chose que des épaves élargies, et pourtant, certaines ont même de l'humour. Ça me donnerait presque envie de les revoir, sobre, cette fois.

– Prêt pour notre petite chevauchée ? balance soudain Tara en regardant sur le côté.

– Je n'suis pas d'humeur. Virgin suis-moi, on y va.

Je n'ai pas besoin de suivre le regard de Tara pour savoir de qui il s'agit. Personne ne maîtrise aussi bien cette froideur caractéristique. Je lance un regard mi-désespéré mi-irrité à mes nouvelles collègues et me lève d'un pas dans lequel je mets toute ma volonté. Mais c'est dur, parce que maintenant que je suis debout, ça tangue vraiment beaucoup et mon cerveau est en rétropédalage forcé.

J'ai un peu abusé, je crois. Et si je ne fais pas gaffe, je risque de déconner.

CHAPITRE 29

Mas

J'ai encore les yeux braqués sur Gin quand une silhouette familière s'immisce complètement entre nous. Je les observe échanger quelques paroles et quand Tara attrape le poignet de Virgin pour l'emmener avec elle, je deviens plus serein. Le clin d'œil que ma pute préférée m'envoie en sentant mon regard sur elles finit de me rassurer. Je sais qu'entre ses mains Virgin ne risque pas de s'échapper. Tara est encore mieux dressée que moi pour les tenir à l'œil.

– Au fait, Master. J'ai entendu des gars de l'Est parler de toi le mois dernier.

La voix traînante de Harvey m'oblige à tourner mon regard vers lui. Je me raidis instantanément et fais un effort colossal pour conserver un masque impassible. Tous les autres ont cessé de parler et me fixent avec curiosité.

– À propos de Virgin ? je réponds calmement.

– Non, d'une certaine Shana.

Des fourmis douloureuses se diffusent à mes extrémités lorsque j'entends son prénom, et j'imagine fort bien de quoi ces types ont dû parler.

– Je l'ai jamais rencontrée, celle-là, il enchaîne en avançant son buste vers moi.

– Je ne l'ai pas gardée longtemps, je réplique évasif.

– D'après ce qu'ils disent, ça aurait vraiment mal tourné avec elle…

Putain, j'avais réussi à couper court aux discussions sur ce sujet, et si Harvey ne ferme pas très vite sa gueule, je vais le frapper. J'en avais déjà très envie tout à l'heure, c'est encore pire maintenant.

– Tu me connais, Harvey, c'est le business avant tout, je l'interromps d'un ton sec. Aujourd'hui, c'est Virgin qui va me rapporter de l'oseille, il n'y a qu'elle dont je veux parler.

– Ok mon pote, il s'empresse d'ajouter en remarquant mon regard noir.

Pendant plus d'une heure, j'essaie de me concentrer sur mon job et de refouler tout le reste. Je repousse les images de Shana au plus profond de mon esprit et m'empêche même de traquer Virgin. Nous parlons encore un moment des nouveaux acheteurs présents sur le marché et quand j'estime que l'hameçon est suffisamment enfoncé, je les laisse se faire sucer par les filles qui viennent de s'installer à leurs pieds. *Cette putain de soirée doit se terminer*.

Je fais le tour de la salle pour localiser Gin et quand je la repère dans un recoin éclairé, entourée de Tara et de deux autres filles, je la rejoins à grandes enjambées.

– Prêt pour notre petite chevauchée ? me susurre Tara en jouant avec sa langue.

– Je n'suis pas d'humeur, je lâche, amer. Virgin suis-moi, on y va.

Elle adresse un regard étrange aux autres putes avant de s'approcher de moi. Sans échanger une parole, nous marchons côte à côte jusqu'à la voiture. La colère bout toujours en moi sans que je sache pourquoi.

– Alors, elle demande enfin en bouclant sa ceinture. Bilan de la soirée ?

Sa voix est différente, inégale et résignée. Je la dévisage une seconde avant de lui répondre.

– Harvey a pris son pied sans même te toucher, j'articule en contrôlant ma respiration. C'est parfait, il pensera à toi chaque fois qu'il sera en train de se branler. Il va parler et ses potes feront suivre.

– Ravie de savoir que le portrait-robot de ma chatte va circuler dans tout le pays.

Depuis quand Virgin parle comme ça ? Elle a lâché ça sur un ton furieux, avant d'éclater d'un rire qui n'en finit plus. Je la fixe plusieurs secondes, pour tenter de comprendre ce qu'il lui arrive. Elle s'agite sur son siège, se détache pour coller son front au pare-brise et parle toute seule.

– Qu'est-ce que tu me fais, là ? T'as l'air défoncé, t'as pris quelque chose au bar ?

– Peut-être bien, elle rit en passant plusieurs fois ses mains devant son visage. Mes doigts ont des yeux, elle pouffe en me les collant sous le nez.

– Sans déconner, je fulmine en repoussant son bras. C'est Tara qui t'a donné des cachets ?

– Noon ! J'ai bu ce liquide violet, tu sais, celui qui te fait gentiment oublier la queue en train de te sodomiser.

Je m'étouffe avec ma salive et manque de renverser un type à vélo. Merde, ce truc dans le corps de Virgin n'est vraiment pas une bonne idée.

– T'en as avalé combien ?

– Pas assez, elle souffle soudain plus sérieuse. Parce que j'ai toujours pas réussi à me débarrasser du regard de Loly… J'aurais dû vider une deuxième bouteille.

Mon pied s'enfonce dans la pédale de frein alors que je lui jette un regard furieux.

– Mais t'es complètement folle, putain ! Je t'interdis de faire ça tant que tu es à moi !

Elle se tourne pour me faire face au ralenti et alors que je m'attends à la voir répliquer, elle lève son majeur entre nous.

– Bruce te déteste, elle annonce en agitant son foutu doigt d'honneur à deux centimètres de mes yeux. Tu vois comme il te regarde de travers ?

Je reste bloqué sur cette nana complètement tarée qui a donné un prénom à son majeur et je finis par relancer la voiture. Elle ne dit plus rien, mais elle glousse sans cesse devant des choses invisibles.

Je suis presque obligé de la porter jusqu'à l'appartement. Heureusement qu'on est partis parce que si elle avait agi comme ça au Bitchy, je l'aurais empalée sur la barre de pôle dance. Dieu merci, ici, personne ne peut la voir parler à mon cagibi.

– Pourquoi je me sens si bizarre ? elle grommelle en titubant jusqu'à moi. Ça monte et ça descend, ça ne reste pas ! Les autres filles avaient l'air tellement serein…

– Et c'est pour ça que t'as ingurgité cette merde ?

– Tu parles trop vite, Master… elle râle en se frottant la frange. Y a quoi au fait dans cette boisson ? elle continue, en luttant à présent contre les boucles de ses chaussures.

– Je sais pas. Sûrement un mélange de drogues et d'alcool pour celles qui veulent planer.

– Hum.

– J'comprends pas, tu devrais être ravie de notre soirée.

– Tout comme toi, elle tente d'articuler. Et pourtant tu es plus en colère que moi.

– Pourquoi est-ce que t'as les nerfs, au juste ? je lui demande en ignorant volontairement sa perche.

– Parce qu'un type dégueulasse a lorgné sur ma chatte pendant qu'il… Beurk, rien que d'y repenser…

– C’est quoi ton problème, putain ? je m’emporte si vite qu’elle sursaute et se tord une cheville. T’es là pour ça ! C’est ton choix alors tu l’assumes, bordel !

– Je.Le.Sais ! elle hurle, si fort que je recule d’un pas sans le vouloir. Mais si tu crois que… que…

L’effet de la drogue continue à se diffuser et elle perd de plus en plus pied.

– … que me balancer devant le premier tordu est la meilleure manière de me rendre bonne à baiser… elle reprend après plusieurs inspirations. Eh ben t’as rien capté, Mas.ter.

– Tu veux toujours changer de tuteur ? je crache en la contournant. C’est bien ce que je pensais ! je rajoute devant sa grimace. Va te coucher, maintenant. Je pensais pas que tu pouvais être plus insupportable déchirée que sobre.

D’un pas bruyant, je monte les marches jusqu’à la terrasse.

– Tu te fous de moi ? je lâche à bout de patience en la voyant juste derrière moi. T’as rien à faire là, c’est mon espace privé pour m’aérer, ici !

– J’ai besoin d’air, moi aussi, elle rétorque en se laissant tomber à côté de moi sur le grand canapé.

Coincé entre un sentiment de colère et d’incompréhension, je ne sais même plus quoi lui dire. On reste donc silencieux un moment, à écouter les bruits lointains bercer ce moment de flottement.

Je finis par me retourner vers Gin au bout de plusieurs minutes de silence, ce qui semble étrangement long pour cette fille, même quand elle est sobre. Mais loin de dormir ou de planer, je la découvre sourcils froncés, en train de compter du doigt les étoiles au-dessus de nos têtes. Je l'observe dans cette semi-obscurité, encore frappé par sa différence et remarquant pour la première fois combien ses yeux sont beaux quand ils reflètent les lumières de la ville.

Cette vision agit comme un baume apaisant et ma colère, celle qui me poursuit depuis qu'elle a débarqué dans ma vie et qui a pris de l'ampleur ce soir, s'amenuise un peu.

– T'as détesté Harvey, ok. Mais je te demande pas de l'aimer ou d'aimer ce qu'il t'a fait, j'essaie de reprendre plus calmement. Tant que le type y croit, le reste n'a aucune importance. Et tu vas devoir refaire ce genre de choses un paquet de fois pour grimper les échelons et que ton premier client soit un putain de Crésus.

Je reprends mon souffle, j'en ai besoin pour terminer ma phrase.

– Il paiera le prix fort pour te faire hurler, Virgin. C'est pas ce que tu voulais ?

Sa langue claque alors que je viens de lui faire perdre le compte. Elle se frotte les yeux et se tourne vers moi.

– Simuler, hein ? elle déclare d'une voix rauque en me toisant sous sa frange folle.

Elle laisse sa tête repartir contre le dossier et regarde le ciel une dernière fois. Puis elle se lève dans un mouvement bancal et vient s'asseoir sur la table basse face à moi.

– Comment je peux simuler quelque chose que je ne connais pas ? elle murmure en me défiant du regard.

Ses mots me laissent pensif et je dois admettre que, vu sous cet angle, elle n'a pas tort.

– Il n'a fait que regarder, Virgin. Ce que tu avais à faire n'avait rien de compliqué. Une œillade langoureuse, un doigt qui s'égare et quelques soupirs bien placés suffisaient.

J'essaie de ne pas repenser à Harvey, mais je ne peux pas m'empêcher d'imaginer sa réaction si Virgin avait agi ainsi. Il se serait sûrement jeté sur elle.

Comme pour valider mes doutes, la vision qu'elle m'offre quand je reporte mon attention sur elle me monte à la tête. Dans la même position que plus tôt dans la soirée, elle s'est allongée, robe relevée et cuisses écartées.

– Comme ça ?

Elle reproduit mes conseils mais je ne regarde qu'une chose. Et j'ai déjà son goût dans ma bouche pendant que je la détaille. Je comprendrais presque la réaction de Harvey face à cette petite chatte tellement parfaite. Et soudain, le fait que personne n'y ait encore goûté me transperce le ventre et fait dresser ma queue, comme si elle brandissait un drapeau à y planter.

– Et le prochain ? elle me demande en se relevant sur ses coudes. Celui qui me touchera, je devrai faire quoi pour qu'il pense que j'aime ça ?

J'essaie de réfléchir, mais la vue qu'elle m'offre ne permet pas à mon cerveau d'être correctement irrigué. Mon cœur bat fort dans ma gorge et si je continue à le malmener avec des pensées outrageusement sexuelles, il va s'échapper par ma bouche pour se traîner jusqu'à elle.

Qu'est-ce que…

D'un geste vif elle vient de se redresser. Et le temps que je reprenne mon souffle, elle est à cheval sur mes cuisses.

– Virgin tu fais quoi, là ? je m'étrangle en empoignant ses épaules.

– Réponds-moi… elle murmure en rapprochant son visage.

Elle tangue un peu et resserre ses doigts autour de moi.

– Tu veux savoir pourquoi j'étais tellement en colère, ce soir ? elle me demande soudain. Pourquoi j'aurais voulu boire une baignoire entière de cette boisson ?

Je hoche la tête en regardant ses lèvres, qui font de petits bruits à chaque pause qu'elle prend entre ses phrases. Je ne la reconnais pas et c'est déstabilisant. Je ne sais pas si cette fille qui me chevauche est ma pute ou cette nana que je n'ai pas eu besoin de connaître jusqu'ici.

– Tu sais pourquoi ? elle insiste. Parce que les choses qui m'empêchent d'avancer ne sont pas celles que je croyais. Je suis une putain de vierge coincée et tout serait tellement plus facile si je n'étais pas cette Cadence-là.

Elle s'interrompt, et si je ne comprends rien à ce qu'elle raconte, je reste bloqué sur un unique mot de sept lettres, que j'avais déjà entendu, mais complètement oublié.

Cadence.

Reconnaître son prénom me fait un drôle d'effet que je refoule presque aussitôt. Et je fixe machinalement mon attention sur ses lèvres qui viennent encore de se rapprocher des miennes.

– J'ai détesté ce que j'ai dû faire ce soir, Mas.

– Pourquoi t'es là, alors ?

– Chut, laisse-moi terminer, elle chuchote en posant son doigt sur mes lèvres. J'ai détesté parce que c'est une facette de moi que je ne maîtrise pas.

Elle ferme ses yeux, cherchant ses mots dans le brouillard qui encombre son esprit. J'ai conscience qu'elle est défoncée, mais je ne sais pas arrêter ce qui va irrémédiablement arriver si elle continue à se mouler si parfaitement à moi. Et ce sentiment qu'elle est en train de me dévoiler ce que je n'arrive pas à cerner chez elle me convainc de la laisser continuer.

– Je crois que j'étouffe d'être cette fille-là, elle confesse dans un murmure. Tout ça dure depuis bien trop longtemps, je ne supporte plus de me sentir prisonnière de mon passé. Libère-moi, Mas. Fais-moi oublier. Il n'y a que comme ça que j'y arriverai.

Oublier quoi ?

– Qu'est-ce que tu cherches, Virgin ?

– Qu'est-ce que je cherche… qui je cherche… Ce soir je sais plus trop qui je veux vraiment trouver.

Je suis suspendu à ses lèvres charnues qui brillent sous les lumières qui nous entourent. J'essaie de saisir le sens de ses paroles, mais je n'y arrive pas. Les filles qui entrent dans le Round le font toujours pour un tas de raisons auxquelles je ne me suis jamais intéressé. Mais ce soir, quelque chose en elle m'interpelle. Peut-être juste l'intuition que ce qu'elle cache risque de me coûter cher.

– Ce matin, j'ai aimé.

Je relève mes yeux vers les siens et malgré le voile qui les recouvre, ils me transpercent. Ce n'est pas qu'elle ait aimé qui me surprend, mais la façon qu'elle a de me l'avouer. Avec cette intensité déplacée.

– Recommence, elle me supplie tout bas. Apprends-moi encore à aimer ça.

La voir soudain si entreprenante enclenche mes réactions. Et quand elle fait passer sa robe par-dessus sa tête sans attendre ma réponse, ma queue est la première à réagir.

– Arrête… je grogne entre mes dents, plus pour moi que pour elle.

– Je te demande pas d'aimer ça, Mas… elle répète en utilisant mes propres mots contre moi.

Putain de merde ! J'aimerais vraiment détester cet instant, mais la réalité c'est que j'ai un mal fou à garder mes mains collées à ses épaules et mes yeux braqués aux siens. Pourtant je devrais, pour ne pas oublier que j'ai seulement le droit de l'effleurer.

Un petit vent s'engouffre dans ses cheveux et le frisson qui la traverse se propage à mon corps, pour une toute autre raison.

CHAPITRE 30

Mas

Sa bouche effleure doucement la mienne qui reste figée, comme pour retenir un dernier souffle de raison. Gin se recule et me regarde sous sa frange, pour vérifier si je suis prêt à aller là où elle est en train de me mener. Pour la première fois, c'est elle qui lance ce jeu dangereux. Ça devrait me rassurer sur sa progression, mais ça me fait flipper.

Elle ne me quitte pas des yeux et se met à balancer doucement son bassin en resserrant sa prise autour de mes épaules. Je prends une longue inspiration et quand ma braguette tendue rencontre ses replis, le soupir qu'elle libère brise définitivement mes dernières barrières.

Mes mains trouvent ses hanches sans hésitation et s'accaparent leurs mouvements, la pressant plus fort contre ma queue. Elle rapproche son visage, je la sens sourire sur mes lèvres et gémir à l'intérieur de ma bouche. *Merde, je suis déjà en train de perdre la tête.*

Je la fais aller plus vite pour l'entendre encore, pour sentir ses halètements buter contre ma langue qui vient de pénétrer sa bouche sans plus de retenue. Elle m'a déjà embrassé une fois, mais ça n'avait rien à voir. Elle n'est pas elle-même ce soir et ne retient plus rien. Elle se laisse aller et venir contre moi et sa langue devient un instrument de torture. Chaque fois qu'elle la retire, je l'aspire pour la rattraper. Sa respiration se fait plus vive et la morsure de ses dents dans ma lèvre incise quelque chose de plus profond.

Quand l'air commence à manquer, j'ouvre les yeux, pour chercher dans le minuscule espace qui sépare nos visages la raison de ce feu qui grandit. Mais ce que je vois fait resurgir l'animal en moi.

Elle pousse un cri de surprise quand je serre sa taille pour la faire basculer sur l'assise du canapé. Au-dessus d'elle, l'odeur de son excitation remonte jusqu'à moi et me donne un appétit que je n'avais plus ressenti depuis longtemps. Je serre les dents et les paupières aussi fort que je le peux, contractant mon corps pour le garder immobile. Pour l'empêcher de descendre contre elle jusqu'à me retrouver la tête entre ses cuisses. J'en meurs d'envie, mais je n'ai pas le droit de faire ça. Ça fait partie des choses que je peux vendre très cher et que je ne dois pas m'approprier.

– Mas…

Quand je l'entends prononcer mon prénom de cette façon, mon cœur frappe un premier coup violent contre ma cage thoracique et j'en perds le souffle. Je rouvre les yeux et la découvre longue et sublime, les bras tendus au-dessus de sa tête.

Je plonge sur sa bouche pour rattraper ce nom qui résonne différemment quand elle le dit de cette manière.

– Touche-moi… elle susurre en glissant ses doigts dans mes cheveux.

Elle attrape ma main qui est agrippée à ses mèches et force dessus pour la faire descendre en elle.

– Non, je grogne en résistant, je ne peux pas…

Sa langue interrompt la mienne et mon grognement se poursuit, se mélangeant à son petit cri quand mon bassin rejoint le sien. Elle écarte plus ses cuisses et diffuse à nouveau la fragrance si spéciale qui trempe déjà le tissu de mon jean.

Si je baisse ma garde juste un instant, je vais foncer sur cette partie d'elle qui m'appelle. Putain, il n'y a pas pire envie que celle qui est impossible à satisfaire. Ça me brûle la trachée à chaque inspiration et me fait trembler les jambes. C'est seulement dû à la frustration de ne pas pouvoir la baiser comme je l'ai toujours fait avec les autres. Cette force qui m'attire entre ses jambes n'est qu'un réflexe masculin malmené.

– Enlève-le, elle râle en tirant sur le bas de mon tee-shirt.

– Non, je rétorque en plaquant de nouveau son bras au-dessus de sa tête.

– T'es vraiment pas drôle, elle grommelle en passant ses doigts entre les miens. Je veux… plus…

Elle libère déjà sa main et la faufile entre nos ventres pour atteindre le cœur de son excitation. J'ai envie de me redresser sur mes bras et de la regarder faire, mais je m'en empêche. Je ne veux rien apercevoir de cette petite chatte qui cherche à m'attirer dans ses filets. Je préfère me concentrer sur ses joues qui viennent de rougir et sur le changement subtil de son rythme cardiaque.

Je sens les mouvements circulaires de ses doigts se répercuter contre mon bassin toujours collé au sien. J'entends mes propres grognements monter en intensité et plonge dans son cou pour la mordre et la sucer. Mon excitation et ma frustration sont en train de se loger dans mes mâchoires contractées et j'ai besoin de libérer une partie de mon envie. Sinon je vais faillir. Je sens déjà les premières vagues de désir emporter ce que je m'efforce de construire entre nous. J'ai envie d'elle comme jamais et je suis en train de sentir mon corps m'échapper.

Nos souffles deviennent plus bruyants, dans un écho similaire étonnant. Elle me regarde sous ses cils épais et j'ai envie de lui sourire. Mais mes dents fermement serrées retiennent cette réaction inappropriée. Je goûte à nouveau à sa bouche délicieuse et je ne sens pas son autre main redescendre. Avant que je puisse la rattraper, elle se glisse jusqu'à mon jean et le déboutonne.

– C'est toujours aussi doux ? elle chuchote en léchant ma lèvre qui vient de se figer.

Ma queue parfaitement prise en main, Gin est déjà en train de la caresser comme si tout ça était totalement familier.

– Est-ce que c'est mieux que la première fois ? elle gémit au moment où ma paume se referme sur son sein.

Incapable de lui répondre, je resserre ma prise autour de sa poitrine parfaite, pour empêcher mes doigts de foncer jusqu'à sa chatte humide. Elle vient de changer de main et ce sont des doigts trempés qui glissent et tirent sur ma queue d'une poigne dosée à la perfection. Tantôt douce, tantôt ferme, Virgin a bien retenu mes conseils.

Elle me branle plus vite et ma main recouvre la sienne pour étrangler mon érection avec plus de force. Je suis en train d'étouffer et il me tarde de vider mes couilles pour alléger une pression qui ne peut venir que de là.

Mes doigts sont humides et je ne peux pas me retenir d'en glisser un dans ma bouche juste une seconde, pour la déguster. Erreur monumentale. Comme un animal qui viendrait de goûter au sang pour la toute première fois, une frénésie se répand dans ma bouche et dans le reste de mon corps. Je jouis sur elle au moment où mes dents s'enfoncent dans son sein. Son orgasme se déclenche au même instant et son cri s'envole dans la nuit, emportant celui que je n'ai pas su retenir.

Je reste sur elle encore un moment, jusqu'à ce que le soulèvement de sa poitrine me fasse relever la tête. J'entoure alors son corps de mes bras, sa peau douce séparée de la mienne par la barrière que forment mes vêtements. J'ai refusé de la laisser me les retirer, maintenant ce mur entre nous.

Elle vient de s'endormir et son corps alangui a finalement cessé cette bataille inattendue. Je détaille son visage redevenu celui d'une petite fille sage et naïve. Mais elle semble plus vulnérable, comme si elle commençait enfin à s'abandonner à son destin.

Je ferme les yeux et repose ma tête sur elle, gêné par ce sentiment d'apaisement inconfortable.

CHAPITRE 31

Cadence

J'ai horreur des réveils où mon corps se met en marche avant mon esprit.

Je sens mes bras et mes jambes bouger, mais je suis incapable de traiter l'information. Et la traînée de bave qui me dégouline le long du menton continue sa route inexorablement. Je suis clouée dans un lit moelleux, nue, alors que je ne me souviens même pas m'être couchée et encore moins déshabillée…

J'entrouvre une paupière pour déterminer où je me trouve. J'y vois trop flou pour me repérer, mais au fond de moi je me sens rassurée, alors je replonge ma tête dans l'oreiller.

– Allez, Cad… je grommelle en guise d'encouragement.

Je suis une putain d'idiote presque sobre et, je l'espère, encore carrément vierge. Dès que j'aurai réussi à poser un pied par terre, j'aimerais n'être rien d'autre qu'une stupide pucelle éméchée. *Ou peut-être pas.*

J'inspire pour éloigner la voix sournoise qui tente de s'insinuer en moi. Celle qui revendique de plus en plus souvent qu'une Cadence déflorée serait une Cadence libérée.

J'enfonce la tête plus loin dans l'oreiller en grognant de frustration. Je respire l'odeur qui se dégage de la taie et, incapable de tourner la tête vers l'autre côté du lit, je tends un bras pour tâter. La place est vide, le drap housse froissé et glacé. Aucun doute, quelqu'un a dormi ici. Quelqu'un qui sent comme Mas, ce mélange de déodorant hypoallergénique, de tabac et de sexe.

C'est donc sa chambre. Il a dormi près de moi comme il l'a fait la veille, mais cette fois, j'ai l'étrange impression que quelque chose est un brin différent.

Mon cœur vient de s'emballer tout seul et je ne sais pas s'il s'agit d'une angoisse subite ou de tout autre chose. Le seul truc dont je sois sûre, c'est qu'entre le Bitchy et ce matin, j'ai passé huit bonnes heures déconnectée de mon cerveau. Et ça, ce n'est pas une bonne nouvelle.

Je pousse un soupir bruyant en réussissant enfin à m'extraire du matelas, pressée de me doucher pour me laver de mes éventuels péchés. Je n'ouvre pas les yeux et marche à tâtons jusqu'à la salle de bain.

Quand je décolle enfin mes paupières, je regrette immédiatement mon geste. Face au miroir, je grimace devant mes yeux cerclés de mascara, mon teint rougi d'excès manifestes et ma frange en mort capillaire absolue. À elle seule, elle résume mon état : difficile à discipliner et ne cachant plus tellement ma cicatrice. Presque dressée au-dessus de ma tête, la barrière qu'elle formait entre les autres et moi a quelque peu souffert.

Mais après tout, c'est ce que je voulais hier soir, hein ? Être moins coincée pour qu'on ne puisse pas m'atteindre si profondément. Reste juste à savoir jusqu'où je suis allée.

Je recule au fond de la douche, en espérant que l'eau qui me dégouline sur les tempes me débarrasse de mon amnésie. Mais au contraire, tout se mélange encore plus et je reste définitivement trop imbibée de ce foutu liquide violet pour réussir à faire le tri dans mes pensées.

Je me savonne en insistant tout particulièrement sur mon intimité et je ne sais pas si c'est l'endroit qui veut ça, mais des souvenirs de Mas et de ses mains remontent tout à coup jusqu'à ma poitrine.

– Rha ! je feule en éloignant mes doigts de là.

Je ne saisis toujours pas comment mon corps peut à ce point réagir à l'évocation de cet homme. Merde, je n'arrive pas à me le sortir de la tête alors que tout le reste n'est qu'un énorme bordel.

– Vade retro sataMas !

Mes seins pointent rien qu'à la mention de son prénom à voix haute, c'est un truc de dingue ! Jusqu'à ce que la douleur que je ressens sur l'un de mes seins attire mon attention.

– C'est quoi, ça ? je m'inquiète en remarquant une trace écarlate autour de mon mamelon.

Une paume contre le carrelage pour contenir mon tournis, je serre mes paupières pour essayer de faire resurgir un souvenir. Rien à faire, j'ai beau chercher dans les recoins obscurs de mon crâne, je ne me souviens de rien. Le black-out d'hier soir me renvoie ma monumentale erreur en pleine figure. J'ai picolé pour refouler tout ce que cette soirée m'inspirait, au risque de perdre beaucoup plus que ma santé mentale.

Zen, Mas ne laisserait personne poser un doigt sur moi. En dehors de lui. Mas… Je vois ses mains empoignant mon corps, sa bouche dévorant mon ventre et ses dents… Impossible. Ce qui me traverse l'esprit n'est que le fruit d'un fantasme que je peine à censurer. Il est attirant, et malgré mon autoflagellation permanente à son sujet, il est temps d'admettre que, dans ma tête, ça fait bien longtemps qu'il m'a dépucelée.

Je me sèche en vitesse, persuadée qu'il va se faire un plaisir de me rafraîchir la mémoire. J'ai beau être optimiste, j'ai du mal à m'imaginer saoule et bien élevée dans un endroit comme le Bitchy.

Je vais vite être fixée. Quand je pousse sa porte et avance péniblement dans le salon à cause de mes pieds toujours douloureux et du tambour qui martèle mes tempes, il est installé à table, un genou replié contre son torse nu, son regard noir braqué sur moi.

– Hey… je lance d'une voix éraillée.

Muet et flippant, il me dévisage comme si la Vierge Marie venait de lui apparaître.

– Bien dormi ?

Je tente la conversation amicale, mais vu l'angle de ses sourcils, je m'attends à tout instant à le voir cracher son feu sur moi. Et d'un autre côté, comme il est une contradiction incarnée, il m'a servi le petit déjeuner.

– Hum, tu vas peut-être pouvoir m'éclairer… je me décide finalement à demander. J'ai une marque… juste là, je dis en pointant un doigt vers mon sein.

Il reste silencieux, mais je vois clairement quelque chose passer dans ses yeux quand ils se posent sur ma poitrine.

– Une morsure, j'ajoute en croquant dans un beignet. Le souci c'est que je ne sais plus…

– T'as oublié ? il m'interrompt en reposant son pied au sol.

Impossible de savoir s'il est déçu ou soulagé.

– Eh bien je… je me rappelle certains trucs… Ok, j'admets face à son regard perçant. La dernière chose dont je me souviens, c'est d'avoir discuté avec Tara et les autres.

Je fais une pause, réalisant soudain ce que j'ai fait. Ou plutôt, ce que je n'ai pas fait. Je tenais une occasion en or pour questionner des filles du Round, et à la place, la seule chose que j'ai obtenue est une amnésie stupide. Je me suis laissée envahir par l'angoisse jusqu'à passer à côté du plus important.

– Pour le reste, je poursuis dégoûtée, je suis incapable de faire la part des choses entre mes souvenirs et mes fantasmes.

Cet ultime mot m'a échappé et je mords ma langue, priant pour qu'il ne relève pas.

– Quel genre de fantasmes ?

Raté.

– Laisse tomber, j'esquive en buvant une gorgée de café. Est-ce que tu sais qui m'a fait ça ?

– Moi, il lâche sans témoigner la moindre émotion.

J'essaie de ne pas lui montrer combien cette information me rassure et m'affecte à la fois.

– Dans quelles circonstances ?

– Tu te sentais mal, il poursuit en plaquant ses cheveux en arrière, j'ai cru que tu faisais un malaise.

– Un bouche-à-bouche cardiaque, hein ? C'est efficace, ce genre de procédé ? Je n'en ai jamais entendu parler.

– Ouais, tu t'es mise à bien mieux respirer… il raille en jouant avec sa lèvre.

Je continue à le fixer, cherchant à traduire l'expression étrange de son visage. Mes yeux le dépassent et remontent d'eux-mêmes jusqu'aux escaliers qui conduisent à la terrasse, me ramenant des images confuses. Mon cœur et mon souffle se donnent le mot pour faire la course et j'ai soudain plus chaud.

Aucun doute, quoi qu'il m'ait fait là-haut, mon corps se souvient qu'il a aimé.

CHAPITRE 32

Mas

Je suis cloîtré dans la cuisine depuis plusieurs heures, luttant pour ne pas reconnaître que je suis perturbé et épuisé.

Quand je l'ai redescendue dans mon lit au petit matin, je n'ai pas pu me rendormir. D'abord à cause de la sensation qui ne m'a pas quitté depuis la terrasse, celle de sentir encore son corps contre le mien. Ensuite parce que je l'ai observée pendant un long moment, fasciné par son agitation nocturne. Je ne sais pas de quoi sont composés ses rêves, mais cette fille a un sérieux problème. Ce n'est pas la première fois que je remarque combien elle semble perturbée à l'idée de s'endormir. Elle se réveille souvent, ouvre les yeux quelques secondes avant de sombrer à nouveau. Elle s'est même plusieurs fois accrochée à mon bras dans un réflexe angoissé, comme si elle avait peur de ne jamais se réveiller.

Quand mes yeux se sont mis à brûler et que j'ai eu épuisé le stock des insultes qui m'étaient destinées, je suis venu me réfugier dans la cuisine, pour arrêter de me sentir foireux. Sauf que le répit tant recherché tarde à venir.

J'en suis à mon troisième café quand elle me rejoint, et la voir grignoter son beignet en toute amnésie me fait sentir à la fois mieux et pire. Incapable de savoir si sa perte de mémoire me soulage ou me déçoit. La soirée d'hier lui a fait un putain d'électrochoc et j'espère que sa défonce n'a pas tout bousillé. En l'espace de quelques heures, j'ai eu accès à une Virgin différente, sans complexes et indéniablement attirante. J'aimerais qu'elle n'ait pas oublié combien il est temps pour elle de choisir une cadence plus adaptée. Mais dans le même temps, je suis carrément content qu'elle ne se rappelle pas la manière dont je l'ai touchée, ni l'envie qui m'a pris aux tripes et que je ne m'explique toujours pas.

Bref, mon esprit est un enfoiré de yo-yo qui oscille entre deux Virgin : celle d'hier et celle de maintenant. Et je ne peux pas m'empêcher de la dévisager, cherchant à lire dans ses yeux le même feu qui l'habitait quand elle allait et venait sur mes cuisses.

Heureusement, mon téléphone sonne au moment où ma trique devient trop dure à cacher.

– Bonjour, Master.

Quand je reconnais cette voix, mon poing se serre et Gin s'en aperçoit. Elle fronce les sourcils et secoue la tête d'incompréhension.

– Reda, je salue d'une voix froide.

Je la vois grimacer et reposer son beignet, comme si l'évocation de ce type lui coupait l'appétit.

– Vous avez des projets, ce soir, ta vierge et toi ?

– Ouais, des gars à rencontrer au Bitchy.

– Le Bitchy, il répète avec dédain. Décommande-les, j'ai un autre programme pour elle. Il est temps de relever un peu le niveau, tu stagnes beaucoup trop, Master.

– J'ai rien à te prouver Reda, je siffle entre mes dents serrées.

– Oh que si… il rétorque avec son intonation de reptile. T'as une sacrée dette à rembourser, j'imagine que tu n'as pas oublié.

Je fixe Virgin en entendant ça, conscient que sa position est la pire à avoir. Passer après Shana implique des choses qui la dépassent. Si elle savait la vérité, je suis certain qu'elle fuirait. C'est pour ça qu'elle ne doit pas apprendre ce qui est arrivé. Du moins pas avant que son premier contrat soit signé et consommé.

Je le laisse parler et finis par raccrocher, en enfonçant mon pouce si fort sur l'écran tactile qu'il se brouille un instant.

– Qu'est-ce qu'il voulait ?

– Nous inviter à une petite soirée.

Je reste délibérément évasif, elle comprendra bien assez tôt le genre d'endroit où nous sommes attendus. Si le Bitchy l'angoissait, le Devil Sucks va l'achever.

Le reste de la journée se passe dans un demi-silence. Je capte certains regards curieux de Virgin quand on se gare devant la façade sombre et je suis presque sûr qu'elle se prépare au pire. Elle fait bien, les hommes et les femmes là-bas sont pires que Harvey. Parce que l'argent a une place plus importante dans cette histoire de sexe. C'est tout le paradoxe du Round, à chaque étage gravi, on s'enfonce toujours un peu plus bas.

– Arrête de gesticuler comme ça… je gronde devant les grandes portes rouges de la boîte.

– Je croyais que ça ferait moins mal la deuxième fois.

Je garde les yeux sur la porte, pour éviter de jeter un œil vers sa chatte à nouveau épilée. Britney était ravie de la revoir et j'ai eu beau les écouter discrètement, je ne comprends toujours pas comment elles peuvent si bien s'entendre. Britney n'aime pas grand monde. Et en même temps, Gin n'est définitivement pas tout le monde… C'est peut-être ça qui fait la différence. *Merde, qu'est-ce que ce genre de connerie fout dans ma tête ?*

– Sur l'échelle des bordels de 1 à 10, si Le Bitchy est le niveau 1, celui-là se situe où ? m'interroge Gin en remettant ses seins en place.

– Numéro 4.

– Waouh ! elle fait mine de s'extasier. Je prends du galon, tu pourrais me féliciter.

– C'est quand tu te seras pris autre chose que du galon que je viendrai t'applaudir.

– Classe… elle grommelle en haussant les épaules.

Je présente rapidement Virgin au videur, sans m'éterniser, pour l'empêcher de lui rouler une pelle. Rix a dû parler à tous ses acolytes du baiser échangé avec Gin, parce que j'ai été contraint de balancer un regard meurtrier à Cody pour qu'il arrête de lorgner sur sa bouche. Je ne sais pas si c'est cette notion de virginité qui les excite tous autant, mais jamais je n'aurais imaginé qu'elle puisse avoir tant de succès. Et quelque chose me dit que ce n'est pas fini.

Avant de pénétrer dans l'antre du diable, je jette un regard circulaire et repère presque immédiatement Reda.

– Virgin ! il s'exclame en nous apercevant à son tour dans le sas enfumé.

Il nous rejoint en un rien de temps et, sans m'adresser le moindre regard, il passe un bras dans le bas du dos de Virgin. D'un mouvement brusque il la colle contre son torse et hume son parfum comme un psychopathe. Elle sursaute, se crispe, et mon corps subit le même mouvement qu'elle, parcouru par un réflexe inattendu. Exactement comme si Reda venait de frapper mon genou et que ma jambe mourait d'envie de lui broyer les couilles. Son autre main agrippe sa fesse pendant que sa bouche fond dans le cou de Gin. Elle détourne la tête et m'envoie un regard indéchiffrable.

– Ravissante, il susurre en l'éloignant pour mieux la détailler.

Pour une fois je ne peux pas le contredire. Elle porte une jupe minuscule et une brassière blanche qui couvre à peine plus que ses seins. Le reste de son ventre est nu et Reda n'en perd pas une miette. Je hais cet enfoiré plus encore maintenant que par le passé. Pourtant, c'est moi qui ai choisi ces fringues tout au début de notre collaboration, et à ce moment-là, je n'aurais pas cru qu'elle les porterait si bien. Peut-être même trop bien.

– Master, il se décide enfin à me saluer. Je la trouve déjà métamorphosée, il ajoute sans plus de cérémonie en désignant Gin du menton. T'es peut-être encore l'un des meilleurs, tout compte fait.

Il la maintient toujours contre lui et l'entraîne à l'intérieur sans attendre ma réponse. Dommage, mon doigt d'honneur était déjà armé.

Je déteste les suivre comme un putain de clebs, mais Reda n'est pas quelqu'un à défier. Si je m'aventure à lui arracher Virgin des mains, il m'arrachera les reins en retour.

– Vous permettez ? l'interpelle soudain Gin en l'obligeant à s'arrêter.

Il se fige et lui adresse un regard surpris. Il s'attend à l'entendre dire quelque chose, une connerie vide de sens comme la plupart des putes qui cherchent à s'attirer ses bonnes grâces.

Ce qu'il n'anticipe absolument pas, c'est de la voir lui adresser un sourire mielleux alors qu'elle s'extrait de ses griffes. Avec ce naturel auquel je suis en train de m'habituer malgré moi, elle lisse sa jupe sans prêter attention aux yeux de Reda qui s'emplissent déjà de colère. Il sent dès à présent l'emprise qu'il n'a pas sur cette nana. Ça devrait m'alarmer, mais j'en suis seulement ravi. J'ai envie que ce connard se fasse un peu piétiner ses petites couilles.

Virgin tire une dernière fois sur son tee-shirt, plaque sa frange dans un toc récurrent et relève finalement le menton en souriant. En me souriant à moi. Ignorant ouvertement notre hôte. Et quand elle fait quelques pas dans ma direction pour reprendre sa place à mes côtés, mon bras se pose tout seul sur ses épaules. Comme si notre binôme était acté.

Reda nous dévisage pendant de longues secondes avant de se parer d'un sourire monté de toutes pièces. Je connais ce rictus, qui cache bien des choses.

– Très bien, suivez-moi, il crache en se retournant pour fendre la foule d'un pas raide et rapide.

– T'es une grande malade, je souffle dans les cheveux de Gin. Reda n'est pas un type qu'il faut contrarier. Il est l'un des pions principaux du Round. C'est par lui que tu peux encaisser le pactole, tu ferais mieux de lui léchouiller le gland comme les autres.

– Je sais, mais je le hais, elle articule entre ses lèvres immobiles. Les complexés arrogants me donnent la gerbe. Alors à moins que tu veuilles me voir vomir sur son pénis, laisse-moi le tenir encore un peu à distance. Juste le temps qu'il comprenne que je ne suis pas une pute qu'il peut traîner à sa suite comme un vulgaire objet.

Je pouffe et resserre un peu ma prise autour d'elle sans vraiment le vouloir. On continue à traverser les dizaines de corps qui se balancent sur la musique ou sur d'autres trucs moins entraînants. Je croise des regards étonnés et essaie d'ignorer les autres. Tout le monde me connaît, ici, pour les bonnes raisons comme pour les mauvaises.

– Ah !

Des acclamations nous accueillent alors que Reda vient d'ouvrir un rideau en cuir. Derrière, je compte rapidement onze hommes et six femmes. Je reconnais la plupart des visages et deux ou trois paires de seins.

– La voilà !

Je serre plusieurs poignées de main et adresse des clins d'œil aux femmes qui me sourient, avant de me laisser tomber dans un petit sofa, emportant Virgin avec moi. Ses fesses moulées dans sa jupe rebondissent sur le canapé, ce qui a pour effet de la coller un peu plus contre moi.

– Qui sont-elles ? elle me demande en les détaillant discrètement.

– Celle de gauche est une tutrice, les autres sont des intermédiaires pour de gros clients, je murmure en faisant glisser mon bras jusqu'à entourer son cou.

Dans cette position, mes doigts effleurent la pointe de ses seins.

– Fais-nous voir ça de plus près, Master, s'impatiente déjà l'un des gars.

– Interdiction formelle de la toucher, prévient Reda en avalant son whisky.

Il a dit ça en me regardant droit dans les yeux, comme s'il jugeait nécessaire de me le rappeler.

– Virgin, il l'interpelle sans cesser de me fixer. Sois mignonne, fais le tour de la table pour montrer à ces messieurs-dames ce joli petit corps à vendre.

Je l'entends expirer et quand elle essaie de se lever, mon bras autour de sa nuque l'empêche de bouger.

– Mas, elle murmure en me donnant un coup d'épaule.

Mon bras est dur comme de la pierre et je ne sais pas pourquoi. Il me faut encore un paquet de secondes pour le sortir de sa tétanie et libérer Virgin, qui se redresse aussitôt. Je respire plus bruyamment que d'habitude alors que je l'observe tourner autour de la table rectangulaire. *Merde, c'est quoi mon putain de problème ?* Tout se passe comme d'habitude, il n'y a aucune raison pour que cette fois j'aie du mal à supporter de la voir s'exhiber comme un morceau de steak prêt à passer à la casserole.

– Harvey a eu le droit à un petit aperçu, j'veux voir moi aussi, gueule un Mexicain en attrapant le poignet de Virgin alors qu'elle passe devant lui.

Je me force à rester stoïque et la laisse se débrouiller. Je n'ai pas eu besoin de lui expliquer ce qu'elle devrait faire ici, elle en a eu un avant-goût hier soir. Je me prépare psychologiquement à la voir s'allonger sur cette table, mais certainement pas à venir s'asseoir sur mes genoux.

– Qu'est-ce que tu fais ? j'articule en serrant automatiquement sa taille entre mes doigts moites.

– Laisse-moi gérer, cette fois… elle murmure en enfonçant davantage ses fesses dans mon bassin. Pas question que ce soit ces types qui mènent la danse.

Elle dégage ses cheveux sur le côté et laisse aller son dos contre mon torse crispé. Elle remonte ses bras au-dessus de nos têtes, avant de les crocheter autour de mon cou. Du bout des doigts, elle masse l'arrière de mon crâne, emmêlant mes cheveux dans un geste agréable.

Une de ses mains se détache finalement pour venir chercher la mienne, qu'elle ramène contre son ventre nu. Et le soupir infime qui hoquète sur sa langue a raison de ma lucidité.

Mon inspiration se bloque contre ma glotte figée, ce qui n'empêche pas un grognement de s'échapper. Elle tourne son profil vers le mien, surprise par ma réaction, et nos regards s'aimantent. Avec une intensité identique à celle de la nuit dernière. Sauf que cette fois Gin est sobre, consciente du moindre de ses faits et gestes quand elle approche son visage du mien doucement.

Nous ne devrions pas faire ça, surtout pas ici, ni même où que ce soit, mais mes bonnes résolutions s'envolent au moment où sa bouche recouvre la mienne. Ses fesses se contractent, son dos se cambre. La seule maîtrise que je conserve est celle de mes mains. Sous mes doigts, sa peau vibre et m'appelle, mais j'ai encore un peu de bon sens pour retenir mes gestes qui ne demandent qu'à exploser.

Et comme si elle sentait toute ma retenue, elle éloigne ses lèvres et pivote complètement sur le côté pour se caler en travers de mes cuisses.

– Donne-moi ta main, elle chuchote en tirant sur mon poignet.

– Gin…

Ce qui devrait résonner comme un avertissement relève plus d'un râle animal. Un râle dont l'écho se répand tout autour de nous à l'instant où elle guide ma paume contre sa cuisse, pour la faire glisser jusqu'à son impasse.

CHAPITRE 33

Cadence

Mon cœur bat pour deux. Il cogne si fort que mon sein gauche doit sembler plus volumineux. Il essaie de me convaincre que ce que je fais est de la pure folie, mais il doit en être ainsi.

Dès que j'ai commencé à tourner autour de cette table, j'ai su que je ne laisserais pas ces hommes et ces femmes me mettre dans la même position qu'hier. Si j'ai oublié une grande partie de ma soirée, je me souviens clairement de la décision que j'ai prise en ingurgitant ces shots. Terminé, l'observation et la naïveté. Il est temps de passer la seconde.

Je n'ai jamais été du genre à ressentir spontanément du rejet pour qui que ce soit, mais je déteste ce Reda, il me rappelle certains types du foyer qui me terrifiaient. Un en particulier. Il me dégoûte, mais je dois reconnaître que, grâce à lui, je viens de grimper un échelon du Round. Et mon instinct me dit qu'Ingrid se trouve tout en haut. Plus vite je l'atteindrai, plus vite je sortirai de là. Probablement avec une main devant et une main derrière, mais ce sera toujours mieux qu'à l'intérieur.

Le deuxième constat qui s'impose à moi, c'est que la seule personne avec laquelle je me sens capable d'affronter tout ça, c'est Mas. J'ai presque envie d'en rire quand j'y pense, mais pourtant, la vérité est bien là. Il a beau être antipathique le plus clair du temps, et avoir une activité à tuer une nouvelle fois ma mère, je me sens en confiance quand il est près de moi. Et bien plus que ça quand il est vraiment très proche de moi.

J'essaie de faire taire les gloussements étrangers qui résonnent dans ma tête, mais j'ai de plus en plus de mal à ne pas l'imaginer en train de me toucher. Chaque fois que j'ai voulu dépasser mes blocages avec un homme, ça s'est soldé par un échec. Je suis donc fébrile en admettant à contrecœur que Mas éveille une envie que je ne pensais certainement pas trouver chez quelqu'un comme lui. Il n'est pas le prince charmant que j'attends depuis cette nuit qui a scellé ma virginité.

– Gin…

Sa voix rauque fait vibrer la serrure de mes verrous intérieurs et j'en oublierais presque notre public.

Si la respiration de Mas vient de se faire plus bruyante, elle ne recouvre pas tout à fait les inspirations excitées des spectateurs. Parfait, je suis en train de les mener en terrain maîtrisé. Pour un moment du moins, car quand la main de Mas se pose tout entière sur la dentelle qui irrite mon pubis épilé, la vague de chaleur qui remonte jusqu'à mes oreilles me fait vaciller.

Alors que je suis étendue en travers de ses cuisses, il a avancé son buste pour me dominer un peu plus. Je laisse tomber ma tête en arrière et ferme les yeux, laissant mon esprit apprécier des caresses déplacées. Il sait qu'il ne peut pas traverser la frontière de mon intimité, mais je perçois distinctement les tremblements qui fourmillent sous ses doigts. Il se retient, et ça amplifie les courants électriques qui traversent mon corps.

Il fait glisser sa paume jusqu'à mon aine, m'intimant d'écarter les cuisses. Il relève ma jupe qui ne couvrait de toute façon pas grand-chose, replie l'une de mes jambes contre son torse et trace le contour de ma lingerie.

– Personne n'est jamais venu jusqu'ici, il dit soudain d'un timbre chargé.

Il suit le triangle de mon string et un gémissement s'échappe de ma bouche quand il dessine une ligne brûlante depuis le bas de mes lèvres jusqu'à mon clitoris. Il est si dur et gonflé que je sens son doigt forcer pour le gravir. J'aimerais qu'il ne s'occupe que de lui, mais sa main remonte encore, jusqu'à mon ventre contracté.

– Totalement pure, il poursuit alors que son index s'engouffre entre mes seins pour finir sur ma bouche. Innocente, il souffle dans une expiration irrégulière alors que j'aspire son doigt entre mes lèvres.

Je ne me reconnais plus, mais son regard brillant surpasse tout. La honte est remplacée par le défi. La vulgarité par l'envie.

– Putain… grogne quelqu'un en bougeant sur son siège.

Mas est figé, hypnotisé par les mouvements de ma langue autour de son doigt râpeux. Il cligne des yeux quand je le mords, et la seconde suivante, je suis à nouveau assise. Ma jupe remonte complètement sur ma taille quand je m'installe à califourchon sur ses cuisses. Dans cette position, j'offre aux autres une vue imprenable sur mon fessier. Master devance ma pudeur en empoignant mes fesses avec force. Quand il réalise que son ardeur vient d'enfoncer mon bassin dans le sien, il tempère sa vigueur.

– Celui qui l'obtiendra jouira de privilèges rares… il déclare en massant mes courbes rebondies.

Il conclut sa tirade en suivant la ficelle de mon string, jusqu'à faire glisser son doigt plus bas, au-delà des limites morales que je pensais avoir. Ça ne dure que quelques secondes, mais c'est assez pour provoquer un raz-de-marée impossible à contrer. J'attrape son biceps d'une main et enfonce l'autre dans le dossier du canapé. Mes cuisses se contractent et mes hanches s'animent brusquement. Je sens son érection se tendre contre le tissu ultra fin qui couvre mes lèvres et je gémis. Pas pour les autres. Juste pour lui.

J'ai l'impression qu'un gouffre nous sépare et qu'on est sur le point de sauter pour se retrouver tout au fond, dans un lieu inconnu et obscur qui me repousse moins qu'il ne m'attire. Nos yeux s'agitent, se captent et reviennent sans cesse sur nos bouches.

Quand je crois qu'il va craquer, il ferme les paupières et attrape le verre qu'il a laissé près de lui. Il avale l'alcool sans respirer et s'apprête à reposer son gobelet, mais je l'intercepte et renverse dans le creux de ma main les glaçons qui commencent déjà à fondre contre ma peau bouillante. J'en saisis un et, en réponse à son regard interrogateur, je passe le cube glacé contre ma brassière, à l'endroit précis où mon téton a durci. Une auréole humide s'étend déjà et Mas me sourit en comprenant.

Il me repousse juste assez pour me refaire pivoter face aux autres. Leurs visages témoignent du calvaire que nous leur faisons vivre à les exciter ainsi. Tout fonctionne à merveille et j'espère les achever avec ce que Mas s'apprête à faire devant leurs yeux rougis de n'avoir que trop peu cligné.

J'appuie mon dos contre son torse quand il pose une main sur mon sein et j'exagère mon inspiration. Si peu, vu combien je suis excitée. Quand le glaçon touche une seconde fois mon téton, mes ongles s'enfoncent dans sa nuque trempée de sueur. Il poursuit ses ronds glacés pendant que son autre main vient soupeser mon second sein. Je tourne délibérément la tête vers Reda, pour l'allumer et, surtout, vérifier que ce petit jeu fonctionne aussi avec lui.

Je croise son regard fiévreux au moment où Mas enfonce ses dents dans mon cou.

– Réactive, il lâche juste après m'avoir fait glapir.

– Il faut que je baise, s'exclame soudain l'un des types.

Je ne le regarde pas partir, trop occupée à déchiffrer le rictus entendu que m'adresse Mas. Un petit sourire qui me prévient que cette mise en scène a trop bien fonctionné pour ne pas être recommencée.

Je termine mes manœuvres lascives en me disant que je me donnerai en spectacle comme ça autant de fois qu'il le faudra. Pour me permettre de me rapprocher d'Ingrid. Et peut-être pour autre chose que je refuse d'admettre.

CHAPITRE 34

Mas

Sa robe blanche est trempée du verre que je viens de vider sur elle. L'eau a dégouliné depuis sa clavicule, formant de longues lignes humides jusqu'à ses cuisses. Comme des failles en train de s'élargir sur son ventre, de la même manière que celles qui m'habitent depuis des semaines. Et qui grandissent, inexorablement, sans que je puisse les retenir.

Je pose mon menton sur son épaule, pour faire ralentir le tournis qui revient chaque fois que l'on fait ça, chaque fois que son corps se moule au mien et échauffe mon sang. Toutes ces fois où mon self-control s'écaille davantage.

Un mois.

Un putain de mois que, presque chaque nuit, on se donne en spectacle dans les clubs de la ville, du Nevada, et même des États voisins. Et à Sacramento, ce soir, pour la première fois depuis que j'ai commencé ce boulot. Les émissaires sont toujours venus jusqu'à moi avec mes anciennes prostituées, mais pour elle, pour Virgin, je vais plus loin. Je vais trop loin. Je me bourre le crâne avec des discours bien précis, me convaincs que si je multiplie nos exhibitions, c'est uniquement pour faire monter les enchères. Certainement pas pour attiser cette lave qui bout en mon for intérieur lorsqu'elle s'étend sur moi.

C'est un jeu auquel elle joue mieux que moi et bien mieux que ce que j'avais pu supposer.

Bordel, où est passé le boulet qui me pourrissait la vie il y a à peine deux mois ? Je l'aperçois parfois, quand son visage est tout près du mien. Lorsqu'elle s'apprête à glisser sa langue dans ma bouche affamée, je discerne pendant une seconde à peine la lueur de cette fille maladroite et étrange. Mais juste après, quand elle me remplit de ses baisers, de ses halètements aussi incontrôlés que les miens et de ses mouvements parfaitement calés, je ne vois plus que Virgin. Celle que je façonne doucement mais sûrement depuis des semaines. La pute vierge dont je n'aurais jamais cru avoir envie à ce point. Je comprends l'état d'excitation des types qui nous matent pendant que je la touche en contenant mes mains, l'embrasse en contrôlant mes dents, la dénude en retenant ma précipitation.

On leur offre juste assez pour leur laisser deviner ce qu'ils vont devoir payer très cher. Juste assez pour me faire basculer dans une attirance physique qui dépasse l'entendement.

Je ne l'aurai pas, mais je la veux. Pas vraiment elle, dans le fond, mais ce qu'elle exhibe devant mes yeux sans me laisser la moindre possibilité de l'attraper. De la baiser. C'est ce que je veux, putain. Avec les autres, je n'y arrive plus. Virgin occupe toutes mes pensées.

Le plus bizarre, c'est ce sentiment dont je n'arrive pas à me débarrasser : celui d'avoir une liaison avec elle. Une aventure interdite et secrète, pendant laquelle on se retrouverait chaque nuit pour consommer quelque chose qui ne devrait pas exister. Pas entre nous, ou du moins, pas maintenant. On pourrait s'arrêter là, on le devrait, les gens parlent déjà bien assez. Mais aucun de nous ne semble vouloir arrêter.

– Il faut le voir pour le croire.

Je lève les yeux, mettant un terme à la contemplation de mon verre vide. Au-dessus de moi, l'homme qui vient de parler m'est inconnu. La seule chose familière sur son visage, c'est ce rictus satisfait et excité que Gin et moi provoquons sur notre public. Son regard va au-delà de ma tête, je devine sans peine qu'il est en train d'observer Virgin, assise au comptoir avec Tara.

– Je n'ai pas l'habitude de traîner dans ce genre d'endroit, il poursuit sans jamais me regarder. Mais à force d'entendre parler d'elle, je me suis dit qu'il fallait venir jeter un œil.

Je détaille son costume hors de prix, sa montre massive et son parfum de fric. Qui qu'il soit, un mac, ça va sans dire, ce type est un habitué des gros contrats. Ça se repère facilement, rien que dans la lueur calculatrice qui brille dans ses iris.

– J'aimerais poser une option sur ta fille, il lâche en me regardant enfin.

Une pointe désagréable transperce ma poitrine et une sueur froide s'étend dans mon dos. J'ai l'habitude des négociations, même si elles démarrent rarement si vite. Je connais leurs techniques, ces mecs reniflent les bons coups depuis l'autre bout du pays. Les attirer, c'est exactement le but de tout ce cirque. Pourtant, j'ai juste envie de me barrer sans prendre la peine de lui répondre.

– Alors ? il s'impatiente face à mon silence.

– Je ne te connais pas, pour qui tu bosses ? j'entends ma voix de tuteur lui demander.

– Je m'appelle Marc. Tout ce que tu as à savoir, c'est que j'ai de quoi remplir ton compte généreusement.

Sa suffisance aiguise ma colère, et si je continue sur ma lancée, le verre que je tiens encore entre mes doigts crispés va se briser.

– J'ai déjà eu affaire à une vierge, par le passé, il articule en reportant à nouveau son œil perçant sur Virgin. Une Espagnole, très jolie.

Son inspiration dégoulinante de satisfaction me file la gerbe.

– Mais la tienne, il siffle en passant la pointe de sa langue sur ses dents blanches, elle a ce petit quelque chose que l'autre n'avait pas. Cette espèce de candeur sexuelle qui attirerait n'importe quel homme.

Il reprend son souffle, le mien refuse de dépasser mes lèvres. Il est bloqué, autant que mes yeux le sont sur la bosse déformant le pantalon de ce Marc de mes deux. Je réussis enfin à me détourner de lui, j'ai besoin de la regarder elle. Je trouve ses yeux aussitôt. Gin a beau être installée au bar à plusieurs mètres de moi, elle pivote instinctivement dans ma direction, comme si elle sentait le poids de mes appels silencieux. Elle fronce les sourcils, penche la tête sur le côté en m'interrogeant d'un signe du menton. Je ne sais pas l'air que j'affiche, mais vu la manière dont Virgin me regarde, je dois avoir une gueule singulière. Elle interrompt notre échange, pour observer celui qui se tient toujours à mes côtés.

– Dis-lui de venir, il gronde en remettant son col de chemise. J'aimerais discuter un peu avec elle. Tu crois qu'elle pourrait me refaire son petit numéro ? J'adorerais sentir ses fesses sur mes cuisses…

– Non.

Mon ton suffit à lui faire lâcher Gin de son regard pervers et il m'adresse une moue interrogative. Je me mets debout face à lui, obstruant son champ de vision. Il l'a suffisamment matée.

– Pardon ? il articule en faisant rouler son bouton de manchette entre ses doigts.

– Elle ne viendra pas se frotter à ta bite, mon pote, je crache tout bas, mon ton voilé par la perte de contrôle qui m'assaille. Elle ne t'adressera même pas un mot. Aucune option, nada. Virgin est encore à moi pour les semaines à venir, si tu la veux vraiment, il faudra attendre et prendre ton mal en patience. *Exactement comme moi*.

J'allume une cigarette juste sous son nez, il cligne des yeux devant le feu qui vacille dangereusement près de son visage.

– On se revoit très vite, il souffle en même temps que la flamme de mon briquet.

– C'est ça, ouais.

Il adresse un signe de la main à mon élève, me jette un dernier regard joueur et disparaît derrière une rangée de fauteuils. Je reste figé, pas certain de comprendre pourquoi j'ai réagi ainsi. Putain, je suis sur la défensive et ça craint.

Je balance un juron, claque des doigts à l'attention de Gin et marche jusqu'à la sortie. Mes pas sont si lourds que mes boots martèlent le sol avec humeur.

– Tu es fatiguée ?

Je lui lance un regard en biais. Elle vient de me rejoindre dans la voiture et à peine assise sur le siège passager, elle a déjà fermé les yeux et ne dit pas un mot. Je n'ai pas encore démarré et profite qu'elle ne me regarde pas pour faire descendre mes yeux sur sa robe, dont le tissu fin encore humide laisse voir jusqu'à la couleur de ses tétons. Je comprends trop bien ce que les autres lui trouvent.

– Non, elle répond soudain, me surprenant en train de la mater.

Nos yeux ne sont pas plus décidés que nous à se détacher et j'échange avec elle un regard qui s'éternise. Je lis dans ses prunelles une envie similaire à la mienne, cette espèce de besoin animal qui naît entre deux corps laissés trop longtemps en apnée.

– Qui était ce type avec toi ? elle m'interroge en haussant un sourcil.

– Un mac.

– Qu'est-ce qu'il voulait ? elle rétorque tendue. Tu fais une de ces têtes.

Je continue à la dévisager, je n'ai pas envie de lui parler de ce que ce Marc m'a proposé.

– Parler business, je lâche sur un ton abrupt.

Elle me regarde, mais son esprit est ailleurs. Elle finit par secouer la tête et m'offre un minuscule sourire qui n'a rien de joyeux. C'est plutôt un mélange de complicité et de fatalité.

– On devrait arrêter, elle murmure alors, en pinçant sa lèvre entre ses dents.

– Pourquoi ?

Sans avoir besoin qu'on lui explique ce dont il s'agit, mon double obsédé a craché ce mot, comme si on s'apprêtait à lui arracher les couilles. Pire, comme si on le condamnait à se trimballer des burnes aussi lourdes que de l'acier jusqu'à la fin de ses jours.

– Je crois qu'on a suffisamment attisé leur envie.

Elle n'a pas l'air convaincu par ce qu'elle dit et je ne sais pas quoi lui répondre. Alors je me contente de tourner les clefs dans le démarreur et d'enclencher la marche arrière. Elle a raison, dans le fond, cette soirée prouve que nos actes ont su attirer l'attention. Sauf que je n'ai pas envie de m'arrêter là. Je suis sûr que je peux gagner plus en poursuivant. *Ou perdre ?*

J'ignore cette petite voix dans ma tête et passe un coude par-dessus son siège pour faire ma manœuvre.

Si je pensais ne pas pouvoir débander avant l'année prochaine, ce que je vois par la vitre arrière a le don de me couper toute envie.

– Qu'est-ce que t'as ? s'inquiète Virgin quand je pile.

– Sors pas de là. Sous aucun prétexte, je gronde en détachant ma ceinture pour sortir.

Putain de merde. Pas lui. Qu'est-ce qu'il fabrique ici ?

– Sacré numéro… il démarre sans même me saluer, en désignant la silhouette de Virgin. Je n'ai rien loupé de votre petite affaire, ce soir, Reda m'avait prévenu que c'était un show d'enfer.

– Qu'est-ce que tu fous ici ? je crache, acerbe. Depuis quand tu viens jusqu'à Sacramento ?

– Le business, Master. Tu me connais, quand ça sent la chair fraîche, je ne suis jamais très loin. Alors la voilà, ta nouvelle traînée…

Une rage grouille en moi, je suis certain qu'il la sent de là où il se tient. Putain, je ne savais pas qu'il était là, je ne serais jamais venu ici si j'avais su que ce bâtard se cachait dans un recoin pour nous observer. Quoi qu'il ait vu, je vais devoir prendre garde à lui.

– Tu t'es caché sous une table pour nous mater ? je raille sans humour. Tu veux quoi, Tiago ?

– Tout doux, Maestro…

– Je t'ai rendu ton fric, on était d'accord pour ne plus se croiser.

– J'ai pas oublié, il rétorque en plissant ses yeux. Tu m'as rendu mon blé, c'est vrai, mais pour ce qui est de ne plus se croiser, il se pourrait que j'aie changé d'avis. Difficile de tirer un trait sur cette histoire. Il y a des choses qui se remboursent plus difficilement que d'autres.

– On avait un accord, bordel.

– C'est vrai, mais je paie encore le prix de tes conneries. Ma réputation a souffert de ce contrat rompu.

– La mienne aussi, je siffle amer. Mais je ne te dois plus rien. Je me suis débarrassé du problème, tu devrais me remercier. Cette fille aurait pu te faire perdre bien plus et tu le sais.

– Tu aurais dû me laisser m'en occuper. Ça m'aurait évité de devoir gérer un client frustré et rancunier.

Je serre les dents, les poings, et tout ce que je peux contracter pour retenir mes gestes. J'ai envie de le frapper, de le tuer. De tous, il est celui qui nous met le plus en danger.

– Je voulais juste que tu saches que je suis dans le coin. Ta pute m'intéresse, j'entends beaucoup parler d'elle. Elle est parfaite pour faire oublier à tous ce qu'il s'est passé. Tu as levé de gros poissons, Master, mais tu n'as pas les épaules pour les gérer.

Je devrais me sentir soulagé. J'avais besoin d'un coup de maître pour me refaire et rassoir ma crédibilité. Ce que vient de me dire Tiago devrait ressembler à une bénédiction tant c'était inespéré il n'y a pas si longtemps. Mais dans un recoin de mon esprit, la menace qu'il représente pour Gin prend soudain trop de place. *Putain, je n'ai pas le droit de penser comme ça.* Pas comme lui.

– Comment va Thor ?

Il suffit que je pense à mon frangin pour que cet enfoiré aborde le sujet.

– Bien.

– Je n'le vois plus, ni aux négociations, ni aux soirées. Et sur les listings, il n'a aucune fille en ce moment.

– Il fait affaire à San Francisco, avec des Français.

– C'est dommage que vous soyez brouillés, tous les deux, il répond en faisant mine d'être concerné. Mais je peux le comprendre. Il est comme moi, le business est important à ses yeux. Il n'a pas dû bien supporter le coup que tu as fait.

Si je n'avais rien fait, mon frère serait mort et enterré lui aussi. *Enfoiré !* J'en peux plus de porter sur mes épaules ses putains de conneries. Tout ça pour quoi ?

– Virgin est à moi, je reprends après un silence pesant. Désolé mon vieux, tu te plantes en pensant que Shana m'a rendu faible.

Je m'approche tout prêt de lui, mon visage fermé presque collé au sien.

– Elle m'a rendu pire.

CHAPITRE 35

Cadence

Mas est silencieux depuis que nous avons quitté le parking et je ne m'en plains pas. D'abord parce que j'avais peur en entrant dans la voiture. Peur de faire une connerie. Ce que nous partageons depuis un mois, ces soirées incessantes où lui comme moi semblons alimenter une relation étrange, est en train de me changer. Et ce soir, j'ai bien cru déraper. Il aurait suffi qu'il me touche encore une fois pour que je flanche. Poussée par un désir que je n'ai jamais ressenti jusqu'ici et que Mas fait trop facilement naître. Malgré les barrières qu'il dresse entre nous pour préserver ma virginité – Monsieur est trop bon –, j'ai le sentiment qu'il suffirait de peu pour qu'il trébuche en moi. Et ça me plairait, je crois. Juste une fois. Pour arrêter d'y penser jour et nuit. *Merde, qu'est-ce qui ne va pas chez moi ?*

J'y ai pas mal réfléchi pendant toutes ces nuits où j'ai partagé son lit. J'ai essayé de comprendre d'où viennent les palpitations que sa proximité provoque dans mon ventre. J'ai découvert une adrénaline différente, qui fuse jusqu'à ma poitrine en vagues de plus en plus fortes. Pire, je n'ai jamais autant fantasmé de toute ma vie. S'il savait toutes les choses qu'il me fait dans mon esprit, je ne vaudrais pas plus cher que les autres putes.

Tout ça, mon comportement, mes idées déplacées… c'est à des années-lumière de la Cadence sage et posée. Je ne devrais pas accepter d'avoir de telles pensées, mais je n'ai jamais été du genre à me voiler la face bien longtemps. Dans un sens, j'aime celle que je deviens. Ça ne durera pas, mais le rôle que je joue entre ses bras chaque soir m'allège de bien plus de poids que celui de mes vêtements. Pour la première fois, je peux agir librement, oser des choses que je n'aurais jamais cru pouvoir faire avant. Je suis libre de contrôler, d'inventer ou d'imiter des émotions. Je laisse ma réserve de côté, mes remords, ma timidité. J'ai le sentiment que rien ne m'appartient, comme si j'avais offert à Mas toute ma matière. Pour qu'il me transforme, qu'il me crée. Et c'est grisant.

Mais au-delà de ça, si je garde mes lèvres pressées l'une contre l'autre, c'est surtout pour retenir le rire victorieux qui cherche à en jaillir. Si j'ouvre la bouche, je ne suis pas sûre de pouvoir cacher ma joie et mon espoir.

Par la vitre de la voiture restée ouverte, j'ai pu suivre la conversation de Mas avec ce type louche. Et une phrase a envahi tout mon esprit :

« Sur les listings, il n'a aucune fille… »

Un listing ! Trouver Ingrid se révèle être bien plus compliqué que ce que j'avais imaginé. Mais pour la première fois, voilà enfin du concret à creuser. Il faut que j'en sache plus sur ce fameux listing et, surtout, à quel endroit le trouver. S'il existe quelque part un fichier qui répertorie les filles du Round, je dois absolument mettre la main dessus, et vite. Plus question de m'éparpiller.

– C'était qui ce type ? je me décide enfin à demander en tâchant de ne rien laisser paraître de mon excitation.

Excitation qui, pour une fois, n'a rien à voir avec Master.

– Un gars du Round, il grogne entre ses dents.

– Encore un tuteur comme toi ? Y en a plus que ce que je croyais.

– Tiago n'est pas comme moi, il gronde en serrant le volant.

– Tu veux dire qu'il n'est pas désagréable ? Ni lunatique ? Même pas un peu sexy ?

Il m'adresse un regard de biais à ce dernier mot avant de retourner ses sourcils froncés vers la route. Je ne sais pourquoi j'ai fini ma phrase de cette façon, mais après des heures à me frotter contre lui sans avoir à simuler – et je suis sûre qu'il le sait –, je n'ai pas besoin de lui cacher cet état de fait. Une part de moi que je ne connais pas a même très envie d'en dire plus à ce sujet. *Foutue langue de pute !*

– Ça ne te concerne pas, Virgin, il rétorque avec humeur. Je n'ai pas l'intention de faire affaire avec Tiago te concernant, alors tu n'as pas besoin d'en savoir plus sur lui.

– Comme tu voudras, je réplique en haussant les épaules avant de m'enfoncer dans mon siège.

Je ne sais pas qui est ce type mais je devrais peut-être le remercier. Grâce à lui, la tension sexuelle qui crépitait entre Mas et moi a été réduite à néant. Mieux encore, il m'a aidée à remettre mes idées en place, à me rappeler les raisons de tout ce que je fais. J'ai tendance à oublier que me laisser caresser par Mas a pour seul but de me faire monter les échelons.

– Demain tu resteras seule toute la journée, il balance après plus d'une heure de silence, en faisant coulisser la grille du monte-charge.

– Sérieux ?

– À la maison, enfermée, il précise d'un ton sans appel.

– Génial, si y a le feu, je suis sûre d'y passer ! Être léchée par les flammes n'est pas tout à fait ce que j'avais imaginé…

– Arrête ça, Virgin. Et n'essaie pas de négocier, c'est non, il ajoute, toujours sur ce ton de con. Je suis vraiment pas d'humeur.

– Sans blague ? je grommelle en traçant le contour d'un pénis tagué devenu bien trop familier.

Il y a peu, je n'aurais même pas réussi à le fixer plus de deux secondes sans rougir, ou sans vomir après avoir rencontré Harvey. *Sacrés progrès, Cad !*

– Tu vas faire quoi ? je tente en croisant son regard qui vient de remonter depuis mes doigts. Enfin, si j'ai le droit de savoir !

– Des émissaires internationaux se réunissent à… pas loin d'ici. C'est un événement important pour les transactions.

– Pourquoi est-ce que je ne viens pas avec toi ? je demande alors qu'il ouvre la porte d'entrée.

– Je n'ai pas besoin de toi là-bas.

– T'es sûr ? On pourrait leur jouer notre petit numéro et pour le coup ce serait…

Je me heurte à son dos avant d'avoir pu terminer ma phrase. Ou plutôt son torse. Tête baissée, je ne l'avais même pas vu se retourner.

– Je croyais que tu voulais arrêter ? il souffle d'un timbre grave, sans s'éloigner de mon corps qui est quasi emboîté dans le sien.

– C'est ce que j'ai dit, mais…

Je baisse la tête et mon front frôle son menton. Il a raison, pourquoi est-ce que je veux recommencer, d'abord ? Je viens de me rappeler mon objectif premier, ce n'est pas pour rechuter si vite.

– Tous les émissaires seront présents demain, ça me semble opportun, je réponds en me forçant à reculer.

Mais il attrape ma main et m'oblige à rester près, trop près de lui.

– T'aimes ça, pas vrai ? il me provoque en empoignant l'arrière de ma cuisse.

– Pas toi ? je m'étrangle en relevant mes yeux vers son visage.

– Je suis un mec, Gin. Quand une fille mouille sur moi en gémissant comme tu le fais, je suis obligé d'aimer.

En écho à ses mots, un gémissement idiot franchit mes lèvres alors qu'il soulève mon corps de quelques centimètres. Juste assez pour que son sexe boive un coup avec le mien.

Il affiche un rictus entendu, et au lieu de me reposer il avance jusqu'à me coller à la porte qui vient de claquer. Il est en colère, et quand il est comme ça, impossible de deviner ce qui me pend au nez.

CHAPITRE 36

Mas

Je ne contrôle pas ce que je fais. Je suis en rogne à cause de ce connard de Tiago, de mon frère, de Shana… Dans ces moments-là, il ne vaut mieux pas m'avoir dans les parages.

Mais Virgin est là, à deux pas de moi. À deux doigts, même. Deux doigts que je meurs d'envie d'enfouir en elle pour évacuer ma rage. Elle me regarde avec cette lueur de défi qui m'énervait autrefois mais qui m'excite aujourd'hui. Mes ongles enfoncés dans ses cuisses, je me nourris de ma colère pour rester figé, cherchant mon souffle derrière ma langue gonflée d'envie.

Elle remue ses lèvres en silence, comme si elle me suppliait de le faire. De la prendre ici, pour mettre un terme à cette attirance qui prend trop de place entre nous. Cette putain d'attraction qui va me rendre fou.

J'ai dit à Tiago que Shana ne m'avait pas rendu faible et c'est vrai. J'ai même endurci la carapace du *Master* pour pouvoir continuer à faire ce sale boulot. Amasser plus de fric. Ne pas abandonner Abby.

Mais ce qu'il ne sait pas, c'est que depuis peu, mon contrôle et ma volonté sont en train de doucement s'effriter. À cause de cette fille que je maintiens plaquée contre ma porte d'entrée. Comme pour l'empêcher d'entrer. Ou pour la retenir de partir. J'en sais foutre rien.

Bordel, ce n'est pas Shana qui m'affaiblit, c'est Virgin ! Cette vérité m'éclate en pleine gueule comme un ballon que j'aurais trop gonflé. Et ma queue ne va pas tarder à subir le même sort si je la laisse imaginer des scénarios interdits. Pour l'instant.

Je prends une grande inspiration. Dès que sa virginité aura été vendue au plus offrant, dans à peine quelques semaines, je récupérerai les restes comme le chien que je suis devenu.

J'essaie de faire taire la petite voix qui repousse cette idée avec hargne quand le sang me monte soudain à la tête, stoppant net mes pensées. Électrocutant mon cerveau. Virgin vient de coller sa bouche à mes lèvres sèches sans me laisser le temps de la réflexion et sa langue délicate s'approprie la mienne comme si rien d'autre ne comptait. Toutes les images explicites qui ont pu défiler en moi la concernant suffisent à mon corps pour prendre les commandes. Mon cerveau, lui, vient de se crasher, s'empalant sur la partie de mon anatomie qui s'impatientait de le détruire.

Je retrouve les sensations ressenties à chacune de nos étreintes, mais ce baiser-là n'a rien à voir avec ceux que nous échangeons en public. Ici, nous n'avons rien à prouver au Round, aucun spectateur à divertir. Et sans ce garde-fou qui contenait mes désirs, la situation devient hors de contrôle.

Il me faut moins d'une seconde pour tirer sur mon jean et en détacher tous les boutons. Il s'écroule à mes pieds et je le laisse m'entraver les chevilles, espérant sans doute qu'il m'empêche de commettre un faux pas.

J'essaie de combattre la frénésie qui se dresse entre elle et moi, comme un mur impossible à détruire. Alors je raffermis ma prise autour de ses cuisses et la hisse à bonne hauteur. Et dans une volonté de fracasser ce mur qui semble se refermer sur moi, je la plaque avec force contre le bois usé. Elle pousse un premier cri quand son dos percute la porte et à chaque secousse que je provoque, je cherche la brèche que j'espère créer. La fissure salvatrice qui me permettra de faire redescendre cette putain d'envie qui enroule ses tentacules autour de moi et s'insinue dans les profondeurs inconnues de mon traître de corps.

Mais chaque choc enfonce ma queue un peu plus sur sa culotte, chaque claquement de porte me rapproche doucement d'une libération qui n'en porte que le nom.

– Je ne sais pas à quoi tu joues… je halète contre sa bouche.

Je ne suis pas certain de savoir à qui je m'adresse en disant ça.

– Je ne suis pas fou, Gin. Je ne baiserai pas ta virginité.

Ça n'a rien d'une promesse. C'est un souhait, formulé par mon cerveau qui essaie de gravir misérablement mon érection pour retrouver sa place.

– Je sais, elle souffle entre deux baisers avides. Mais tu peux prendre tout le reste…

Elle a murmuré si bas que je ne suis pas sûr d'avoir bien compris. Mais ma queue se dresse un peu plus, mettant un terme à cette ultime tentative de retrouver la raison.

Ma langue s'exile plus profondément en elle, jouissant d'une faveur qu'elle est la seule à pouvoir obtenir. Son corps bloqué entre la porte et mon torse, mes mains vont et viennent sur ses jambes douces, puis remontent à sa taille, jusqu'à la débarrasser de son top qui colle à sa peau humide. Jamais je ne me détache de ses lèvres, dévorant la seule chose à ma portée, sans me soucier de leur nocivité.

– Mas…

Son cri étouffé résonne contre mes amygdales, s'engouffre dans ma poitrine et atteint ma queue comme une boule de feu. Ses seins s'agitent entre mes mains et quand je reprends possession de ses hanches, nos langues sont trop endolories pour pouvoir continuer leur étreinte sauvage. Ses lèvres entrouvertes restent sur les miennes qui soupirent. Mes gestes se font moins violents, mais ça ne change rien à mon état. Je vais plus lentement, mais plus loin, happé par ce plaisir partagé qui est sur le point d'exploser. Je la fais monter et descendre encore et encore, calant ma queue dressée entre ses lèvres que je sens comme s'il n'y avait aucun tissu entre nous deux. Je ne fais qu'imaginer ce qu'il se produirait si je laissais tout tomber pour la pénétrer.

Un mélange d'excitation et de frustration ricoche contre mon ventre. Les doigts de Gin griffent ma nuque, s'enroulent dans mes cheveux à mesure que son orgasme se rapproche du mien. Elle est la première à jouir et ce que je vois dans ses yeux m'embarque dans la même folie. Les simples frottements de sa lingerie sur ma queue n'auraient jamais dû suffire à me faire jouir de cette manière. Mais je ne veux pas y penser. Mon sperme se répand dans mon caleçon – encore –, mais il est déjà si trempé que je ne sens aucune différence.

– Ne recommence jamais ça, V…

Trois coups contre la porte nous font sursauter et j'en profite pour la lâcher. Je remonte mon jean pour cacher ce que nous avons fait, balance son débardeur à Virgin et la repousse sur le côté.

Je prends une seconde pour respirer, le front contre le mur de l'entrée.

– Tu veux quoi, Garett ? je crache, encore à bout de souffle, après avoir ouvert la porte d'un mouvement brusque.

Ses sourcils se froncent tandis qu'il détaille ma tronche, avant de descendre sur ma poitrine essoufflée, mes poings crispés et mon jean pas tout à fait fermé.

– J'ai les dossiers des émissaires. Il faut qu'on y jette un œil ensemble avant demain, tu te souviens ? il m'interroge en laissant son regard partir derrière moi.

Je sais que Gin est encore là, je sens toujours sa chaleur irradier mon dos crispé.

– Va m'attendre sur la terrasse, je souffle en le laissant entrer.

J'entends Garett grimper les marches en rigolant, conscient d'avoir interrompu quelque chose de particulier.

Sans jeter un œil vers Virgin qui est toujours immobile près de moi, je rejoins ma salle de bain, histoire d'effacer les traces laissées par ce moment de perdition. Les traces visibles, du moins.

CHAPITRE 37

Cadence

Je regarde le plafond de ma chambre depuis 47 minutes.

2 820 secondes.

1 375 pulsations de clitoris.

Étendue en étoile au milieu de mon lit, je suis obsédée par les battements irréguliers de mon intimité. Celle-ci pulse au rythme du tempo que Mas m'a déjà donné et qui est en train de devenir mon préféré.

Dieu merci, j'ai eu la bonne idée de regagner ma chambre, cette fois. Et je suis quasi sûre que Mas ne viendra pas me chercher ce soir pour me mettre dans son lit. Dans tous les sens du terme. Avant que Garett ne nous interrompe, j'ai vu dans ses yeux à quel point ce que j'ai fait l'a mis hors de lui.

Je ne sais toujours pas ce qui m'a pris. Il était pressé contre moi, réveillant chacune de mes terminaisons nerveuses comme un putain d'acupuncteur sexuel. Et quand j'ai lu sur son visage à quel point il se contrôlait, j'ai eu l'envie irrépressible qu'il cède. Je n'ai pas pu résister, il fallait que je l'embrasse.

Je me sens à la fois honteuse et frustrée. Pire, je sens encore sa bouche sur la mienne et je l'imagine descendre sur mes seins, traverser mon ventre, jusqu'à atteindre le cœur de tous mes problèmes. *Mais où est passée la vierge coincée, sans déconner ?*

***

Je sursaute en entendant une porte claquer. Je ne dormais pas vraiment, mais je remarque que plus de quatre heures se sont écoulées. Quatre heures à somnoler dans un rêve où il n'y a définitivement plus cette stupide virginité entre nous.

Je me retourne vers ma porte quand je l'entends grincer. La chambre est plongée dans le noir, mais les lattes des volets laissent entrer des raies de lumière diffusées par les lampadaires. Le corps de Mas m'apparaît une seconde, avant qu'il ne se recule dans l'obscurité du couloir.

Très bien, son éloignement me permettra au moins de réfléchir à ce que je vais faire demain. Il sera absent toute la journée et je n'ai aucune intention de l'attendre ici bien sagement, comme une pupute domestiquée.

***

Le lendemain matin, son attitude conforte mes envies d'escapade.

– Umar va tourner dans le quartier, il m'informe en vidant sa tasse d'une traite.

– Il va monter ?

– Non, il n'a pas les clefs.

– T'as vraiment confiance en personne, hein ? je soupire en trempant le bout de mon ongle dans mon café. Franchement, me laisser seule ici toute la journée, c'est vraiment abusé.

En fait, c'est l'opportunité rêvée, mais je l'ai tellement habitué à râler et à remettre en cause tout ce qu'il m'impose qu'il trouverait louche que je me laisse faire sans riposter. Maintenant que je sais qu'un listing existe quelque part, je ne vais pas laisser mon unique porte de sortie se dérober.

– Je te laisse un téléphone, il reprend en faisant glisser l'appareil jusqu'à moi. Il est programmé pour joindre un unique numéro.

– Celui du livreur de pizza ?

– Le mien, il rétorque en évitant volontairement mon regard. Je serai de retour dans la soirée.

– Ça se passe où ton truc ? je tente en espérant pouvoir estimer le temps qui s'offre à moi.

– Ça ne te regarde pas.

Je secoue la tête, me lève et contourne la table. Arrivée à sa hauteur, je le toise jusqu'à ce qu'il daigne me regarder. Depuis que je suis réveillée, il n'a pas une seule fois croisé mon regard. Et ça me fait chier. Sentant le poids de mes yeux, il finit par relever son visage crispé vers moi.

Pendant de longues secondes on reste comme ça, à se dire mille choses interdites, dans un langage étranger que nous ne devrions pas utiliser. La noirceur de ses prunelles reflète bien plus que sa colère habituelle. En le voyant ainsi, une petite partie de moi se met à hésiter. Je ne suis plus si sûre de vouloir faire ce que j'ai prévu aujourd'hui. Dans le fond, je souhaite un peu trop obtenir sa confiance, à défaut d'autre chose. Et si Mas me chipe à faire le mur, je ne donne pas cher de moi, ni de notre relation. Enfin, si on peut appeler ça comme ça.

– On se voit ce soir, il balance d'une voix rauque en reculant sa chaise dans un crissement désagréable. Ne fais pas de conneries, Virgin.

Je cligne des yeux et hoche la tête, remuant un peu plus mes idées déjà si peu ordonnées. Je le détaille encore un instant, troublée par sa tenue si différente de celle des autres jours. Il porte un costume parfaitement coupé, qui suit chaque angle de son corps. Merde, habillé comme ça, il a tout du gendre parfait et de l'amant fantasmé. *Connard !*

Je fulmine sans me cacher et le contourne finalement.

– Passe une bonne journée, « chéri », j'ironise en rejoignant ma chambre. N'oublie pas le vin et la salade en rentrant, ça se mariera parfaitement avec les lasagnes que je vais te cuisiner toute cette putain de journée.

Je claque ma porte sur son expiration bruyante et quand j'entends enfin les verrous de l'entrée se fermer, je ressors aussitôt. *Ok, c'est le moment de trouver un moyen de sortir d'ici.*

Je file à la fenêtre qui donne sur la coursive pour vérifier si, par un heureux hasard, Mas ne l'aurait pas laissée ouverte, comme la première fois. Malheureusement elle est fermée, et la serrure est trop étroite pour être forcée. Je cherche dans tous les recoins du salon, mais impossible de mettre la main sur la petite clef cuivrée.

– Fait chier, je peste en me relevant après avoir vérifié sous le canapé.

Je me retrouve finalement devant la chambre de Mas qui, bien sûr, est aussi fermée à double tour. Sauf que cette fois, le mécanisme est à ma portée. Une enfance entière dans un foyer m'a inculqué des choses dont je me serais bien passé, mais en cet instant, l'art du crochetage me semble être le plus bel apprentissage de tous. Le temps de récupérer de quoi œuvrer et après dix minutes à retrouver mes vilaines habitudes, la porte s'ouvre enfin.

– Victoire ! je souffle en repoussant ma frange humide.

J'appuie sur l'interrupteur pour allumer et j'entre dans cet endroit que je connais trop bien. Du moins le lit et la salle de bain. L'odeur de Mas est partout autour de moi et je suis saisie par une vilaine réalité. Ne pas dormir ici cette nuit m'a manqué. *Sombre tarée…*

Je reste sur le pas de la porte, à détailler une fois encore les tableaux qui ornent le mur du fond. Je ne sais pas ce qui me perturbe le plus, le fait qu'ils soient à l'opposé de la personnalité apparente de Mas ou juste parce que cette fille dessinée m'inspire une tonne de questions. J'avance vers elle, happée par ses traits gais et souriants qui tranchent avec l'austérité de la pièce, oubliant un instant que je suis censée me dépêcher.

Le nez à quelques centimètres de la toile, je remarque un détail microscopique, invisible si on n'y fait pas attention. Quelques lettres manuscrites, ornant un bracelet doré.

« Abby »

Je fixe l'œuvre plus intensément, comme pour deviner un sens caché derrière ces coups de crayon parfaits. Mais je me rappelle soudain pourquoi je suis ici et finis par me détourner d'elle.

Je commence à fouiller du bout des doigts ce qui traîne autour de moi, mal à l'aise de violer l'intimité de mon tuteur. Les chambres du foyer n'étaient jamais fermées à clef et s'il y a une chose dont j'avais horreur à l'époque, c'était des petits fouineurs. Mais je dois le faire, qui sait, en plus de trouver une clef, je pourrais très bien découvrir quelque chose au sujet de la liste. Une adresse, un indice, quel qu'il soit.

Le bureau toujours recouvert d'habits ne me livre aucun secret. La commode et la table de nuit non plus. Je m'attaque alors à la penderie, légèrement frustrée. Et une fois de plus, je ne trouve rien. *Strictement que dalle, c'est pas vrai !*

Je crois toucher au but quand je sens sous mes doigts une boîte cachée derrière des tee-shirts pliés. Mais quand je l'ouvre, l'excitation qui me gagne n'a rien à voir avec ce que j'espérais trouver. Sous des dizaines de capotes, Mas cache quelque chose qui m'envoie des images dont je me serais bien passée.

– Sans déconner… je murmure en attrapant du bout des doigts des liens en cuir, grossièrement enroulés autour d'une paire de menottes.

Je m'assois sur son lit, cette boîte de Pandore calée sur mes genoux, et je sors petit à petit tout ce qu'elle contient. Je comprends vite à quoi peuvent bien lui servir tous ces « ustensiles ». Et je me félicite de devoir rester vierge jusqu'au bout de notre cohabitation. Pas la peine de réfléchir bien longtemps pour comprendre que tout ce qui se trouve là-dedans, ce sont les outils que Master utilise pour former ses prostituées. Et sûrement aussi pour s'amuser avec elles pendant leurs jours de congés.

Et même si j'ai déjà imaginé plus d'une fois son corps sur le mien, ce que je trouve là me coupe toute envie.

– Beurk, mais qu'est-ce que c'est que ça ? je grimace en relâchant d'un geste brusque un objet que je ne saurais même pas décrire.

Je m'empresse de tout remettre en place, retenant un signe de croix devant cette boîte aussi bouillante que l'enfer et, après un dernier tour sur moi-même, je prends le temps de verrouiller de nouveau la porte dans un soupir de déception.

– Putain mais c'est pas vrai, je grommelle en retraversant le salon jusqu'à l'entrée.

Je m'excite sur la serrure sans succès, c'est une foutue porte blindée qui doit pouvoir résister à une attaque nucléaire.

– Super ! Je suis coincée, je râle en laissant mon dos glisser contre le mur.

Les mains enfoncées dans mes cheveux, je serre mon crâne entre mes doigts énervés. C'est l'occasion rêvée, je suis certaine que ce genre de quartier libre ne se représentera plus de sitôt.

Je laisse mon regard embué survoler le salon et quand mes yeux se posent sur l'escalier du fond, je bondis sur mes pieds.

– Pitié, pitié, je prie en grimpant les marches quatre à quatre jusqu'au toit-terrasse.

J'agrippe la poignée dans un mouvement désespéré et la porte s'ouvre sans un bruit, pendant que mon cri de joie muet retentit dans ma tête. J'avance doucement dans cette partie inconnue de la maison. Quoique, pas tout à fait. Un mélange d'images floues défile dans mon esprit et j'ai le sentiment étrange qu'ici même, sur ce canapé que je fixe sans pouvoir m'en détourner, quelque chose s'est passé. Je suis incapable de m'en souvenir, mais mon corps, lui – cet enfoiré qui ne semble plus m'appartenir –, se le rappelle très bien. Parce que je sens que mon sang vient de se mettre à bouillir sous mon nombril et que mes joues rougissent.

Je secoue la tête brusquement et accueille avec soulagement le petit vent frais qui s'est mis à souffler. J'avance d'un pas raide jusqu'au rebord et me penche discrètement pour évaluer mes chances de descendre par là sans perdre une jambe ou un bras. Et pour m'assurer que Mas ou Umar ne sont pas en train de me tendre un piège. *Tout ça est trop beau pour être vrai.*

Mais il n'y a personne dans la ruelle et, mieux encore, je repère immédiatement une échelle rutilante qui brille sous les rayons du soleil, comme pour m'inviter à l'utiliser. En quelques secondes, je sais que je peux y arriver.

Je redescends à toute vitesse jusqu'à ma chambre, pour enfiler une tenue de demi-prostituée. Là où je vais, je ne veux pas trop me faire remarquer, mais il faut quand même que je tienne mon rôle. Je tremble en enfilant une robe étroite, mais l'opportunité de me rapprocher d'Ingrid me donne assez de courage pour fermer la boucle de mes chaussures à talons sans y passer deux heures. J'attrape un petit sac argenté dans ma penderie et y fourre une poignée de pièces piochées dans un bol sur le comptoir de l'entrée. J'y ajoute le téléphone gracieusement offert par Mas et remonte aussitôt sur le toit. Je n'ai plus une minute à perdre, j'ai déjà laissé filer plus d'une heure et demie et chaque seconde qui s'écoule augmente le risque de me faire choper.

J'enjambe la rambarde sans grâce. *Quelle idée d'avoir mis une fichue robe, sans déconner !* Mes talons tintent contre l'acier trempé de l'échelle et quand je touche enfin le bitume, je me retiens de me féliciter à coup de cris de joie. Je dois rester concentrée.

Chaque fois que nous sommes sortis, Mas et moi, j'ai repéré l'air de rien les arrêts de bus et le nom des rues. Je monte donc sans problème dans le bus 11, avant d'en prendre un second qui doit me mener pile au bon endroit pour commencer mes recherches sur le listing, du moins si je ne me trompe pas.

Je profite du trajet pour apprécier ce moment de liberté. Je détaille les passants qui marchent tranquillement, espérant réussir à retrouver une vie normale après cette parenthèse complètement inattendue.

Vingt-cinq minutes plus tard, je repose un pied dans la réalité en descendant du bus sur un trottoir familier. Je jette des regards tout autour de moi pour m'assurer qu'un Mas enragé n'est pas sur le point de me sauter à la gorge.

Quand je suis certaine que la voie est libre, je reste une minute à observer la devanture, sans trop savoir si j'ai choisi le bon endroit pour enquêter.

– Gin ?

Je sursaute et baisse les yeux sur la porte qui vient de s'ouvrir, puis sur celle qui me regarde avec surprise. Je lui souris maladroitement, priant pour qu'elle ne prévienne pas Mas immédiatement.

C'est trop tard pour reculer, de toute façon. J'ai déjà pris beaucoup de risques en entrant dans cette organisation pourrie, il est trop tard pour regretter.

– Salut, Britney.

CHAPITRE 38

Mas

Les fesses à peine posées dans la voiture, je regrette déjà à moitié d'avoir laissé Virgin seule à l'appartement. Je ne pouvais pas l'emmener avec moi, mais la savoir sans surveillance me tord le bide. Ce foutu problème de confiance me colle à la peau depuis Shana et s'amplifie avec Gin. Elle a cette facette insaisissable qui me fout une angoisse plus profonde que d'habitude. J'essaie de me raisonner, de me convaincre que Shana n'est qu'une malheureuse exception. Après tout, depuis que je fais ce métier de merde, j'ai eu entre les mains un tas de nanas qui n'ont jamais cherché à s'échapper. J'ai toujours su les rendre parfaitement inoffensives. Mais Virgin a cette part trouble en elle qui me pousse à me méfier davantage.

– Arrête de cogiter comme ça, mec, m'interpelle Garett en me lançant son paquet de clopes en pleine gueule.

– Fous-moi la paix, je grogne en attrapant une cigarette du bout des lèvres.

– Tu t'es fait baiser une seule fois en cinq ans, il balance sans le moindre doute sur mes pensées. La probabilité que ça recommence déjà est carrément nulle.

Je tire une longue latte que je ne recrache pas. Je laisse la fumée s'insinuer dans ma gorge et dans ma poitrine, ne rejetant qu'un léger voile opaque par mes narines. Ça fait bien longtemps que j'ai laissé tomber les probabilités. Quelles étaient celles que je finisse dans un endroit comme le Round ? Inexistantes. Et pourtant…

– Et sinon, il poursuit, malgré mon envie flagrante qu'il la ferme, ça se passe comment avec Virgin ?

– Ça se passe.

– Allez, mec, hier soir déjà, t'as rien voulu me raconter, alors qu'on a toujours parlé de nos putes, toi et moi !

– Elle est différente de ce que j'avais imaginé, je lâche finalement dans un souffle crispé.

– En bon ou en mauvais ?

– Les deux mélangés…

C'est vrai, elle se transforme moins vite que les autres, mais plus en profondeur. Elle est à la fois plus insolente, mais plus excitante. Elle ne ressemble en rien à celles qui l'ont précédée. Elle me fait ressentir tant de choses contradictoires que je n'arrive pas à modérer mes humeurs avec elle. Ni mes ardeurs.

– Elle fait beaucoup parler d'elle, en tout cas, il ajoute sans se douter des images qui se sont mises à défiler dans mon crâne. Ça fait longtemps qu'une prostituée n'a pas autant attiré l'attention. J'ai eu un collègue au téléphone ce matin, la rencontre d'aujourd'hui avec les émissaires va pas mal tourner autour d'elle, d'après lui. Tu t'es vraiment bien démerdé.

Je n'ai pourtant pas le sentiment d'avoir orchestré quoi que ce soit. Comme si c'était elle qui, depuis le début, menait le jeu…

J'essaie d'avaler ma salive, mais ma gorge reste désespérément sèche. *Pourquoi est-ce que je suis à ce point tendu, bordel ?* Ce qu'il s'est passé hier soir contre cette porte ne m'aide pas à avoir les idées claires. J'ai mis un temps fou à trouver le sommeil, j'ai même failli débouler dans sa chambre pour la ramener dans la mienne. Mais j'ai renoncé. *Dieu merci !* J'ai réussi à étouffer l'envie de finir ce qu'on avait commencé. C'était dur. Ça l'est de plus en plus.

– Une pute vierge, merde, il enchaîne en secouant la tête. J'aurai tout vu dans ce milieu. Je regrette presque de pas l'avoir choisie, cette nuit-là, tu vas te faire un blé d'enfoiré !

Un sourire se perd dans mon soupir et je rallume une autre cigarette.

Garett n'arrête pas de parler pendant tout le trajet jusqu'à San Francisco, et malgré ses efforts pour me changer les idées, je n'arrive pas à sortir Gin de mes pensées. Après des semaines à l'avoir H24 près de moi, je me sens bizarrement seul, aujourd'hui.

Ça ne me ressemble pas. J'ai toujours aimé ces journées hors de la ville, autant que les jours de congés que je ne lui octroie pourtant jamais. Et je refuse d'analyser ce qui me pousse à la garder systématiquement à ma portée.

Un coup contre ma vitre m'extrait de mes pensées.

– Y a un monde de dingue, commente Garett en ouvrant ma portière. Essaie de ne pas les cogner, il ajoute avec un regard appuyé.

La dernière fois que je suis venu ici, ma réputation était intacte. Mais depuis, je ne sais pas ce qui a pu se dire à mon sujet et les réactions des émissaires risquent – comme le craint mon ami – de me faire vriller. Parce que je ne suis plus seulement le tuteur qui s'est fait enfler. À leurs yeux, je suis bien pire que ça. Et aux miens aussi.

– Bienvenue messieurs, nous accueille une grande brune aux jambes nues interminables.

– Ravissante, répond Garett en lui embrassant la main, avant de laisser courir ses lèvres jusqu'à son cou.

Elle glousse mais son regard est accaparé par mon visage. Je lui adresse un rictus forcé et je sais déjà, rien qu'à son air concentré et presque effrayé, que tout le monde est au courant de ce que j'ai fait.

– Je vais vous conduire à la grande salle.

Nous la suivons en silence jusqu'à l'entrée d'un building vitré qui domine le quartier financier de San Francisco. Les fringues que j'ai mises pour me fondre dans la masse me donnent chaud et le mélange de nerf et de stress ne m'aide pas. Même si les lieux de rencontre changent chaque fois, je suis habitué à ces réunions, depuis toutes ces années. Pourtant, aujourd'hui, quelque chose en moi semble différent. Putain de merde, je ne supporte plus ce sentiment de ne pas maîtriser mon personnage comme avant.

– Souris un peu, Mas, chuchote Garett en me fichant un coup d'épaule. L'odeur du blé à venir devrait te dérider !

L'argent. Abby. C'est tout ce qui compte, je ne dois pas l'oublier.

Je serre des mains un bon moment avant de pénétrer dans la grande salle du dernier étage. Je repère plusieurs regards lourds de sens dans l'assistance, mais je les ignore et m'installe dans une rangée du fond.

– On passe presque en dernier, m'informe Garett en me tendant le programme. Tu sais ce que ça veut dire, il sourit en se frottant les mains.

Ouais, les plus gros dossiers pour la fin. Tous les tuteurs vont se succéder sur scène pour présenter leurs pouliches en espérant remporter un contrat doré. Pendant des heures, le vrai business va remplacer tout le reste. Après tout, c'est l'argent qui nous pousse à faire ça. Je laisse mon regard descendre rangée par rangée, détaillant chacun des types et des nanas qui se trouvent là. Je ne les juge pas, je sais mieux que quiconque qu'un élément imprévu peut pousser quelqu'un à faire un choix de vie merdique. Jusqu'à maintenant, j'étais à l'aise avec tout ça, mais là, perdu au milieu de ces tuteurs et tutrices, je me sens en décalage complet. Je suis en colère et blasé.

– Alors, Maestro, tu vas encore nous vendre du vent, aujourd'hui ?

Je serre les dents sans me retourner. Merde, il ne manquait plus que lui pour me rappeler combien le Round n'est pas près de me lâcher.

– Tiago, j'articule avec mépris en prenant une inspiration bruyante.

– T'aurais dû l'amener avec toi, vos petits numéros sont délicieux.

– On n'amène pas nos filles ici et tu le sais.

– C'est vrai, mais j'avais vraiment envie de la voir de plus près. Depuis que je l'ai aperçue au Devil Sucks, j'arrête pas de me branler en repensant à ses petites fesses serrées.

J'ai promis à Garett de ne cogner personne aujourd'hui et Tiago est bien le dernier à amocher. Mais putain, il suffirait qu'il continue à ouvrir sa sale gueule d'enfoiré pour me faire dérailler.

– Je serais vachement moins rancunier si tu me laissais m'occuper de son joli cul, il poursuit en se penchant davantage pour que je sois seul à l'entendre. Ça ira vite et elle aura toujours l'air vierge…

Je suis sur mes pieds si vite qu'il se recule dans un sursaut qui se répercute jusqu'à Garett. Je ne sais pas ce qui me pousse à faire un pas rageur dans sa direction. C'est une putain de mauvaise idée, mais mes réactions sont directement connectées à une partie de mon cerveau incontrôlable.

Heureusement, mon nom retentit au même moment dans les enceintes, me ramenant à la réalité, celle dans laquelle je dois me retenir de briser la colonne vertébrale de ce connard.

– On en reparlera, Master, je l'entends m'avertir alors que je descends les escaliers d'un pas lourd. T'as trop faim d'argent pour pouvoir refuser des valises entières de billets. Je te laisse affronter tous ces émissaires, ils sont pressés de voir le fameux tuteur qui a plus que de la mouille sur les mains.

Je rejoins la scène et m'installe derrière le pupitre, le corps parcouru de tremblements de colère. Je m'y agrippe avec force, j'essaie d'éloigner les mots de Tiago et tout ce qui va avec. Son comportement insistant me fait me poser un tas de questions. Tant qu'il rôdera autour de moi avec sa rancœur dangereuse, je n'aurai pas la paix. En lui laissant Virgin, il oublierait peut-être ce qu'il s'est passé avec Shana. Et je suis obligé d'admettre que c'est un élément de poids dans tout ce merdier. Ça devrait compter. Pourtant, imaginer Gin à sa merci m'empêche de réfléchir. Les courbes de son cul me reviennent en mémoire et ma poitrine se gorge d'acide quand les images de son corps soumis à celui de Tiago me traversent l'esprit. Ce que veut ce malade est pourtant exactement ce qu'il finira par arriver à mon élève, ça ne devrait pas à ce point me révulser. Chaque partie d'elle va être achetée, c'est ce qu'elle veut, et c'est ce que je veux aussi. Dans l'absolu. Pourquoi j'ai autant de mal à m'en souvenir ? Surtout un jour comme aujourd'hui, où je dois penser profit.

– Master ? s'impatiente une voix dans le micro.

Je réalise que mes yeux étaient fermés au moment où je les rouvre devant une foule d'émissaires silencieux. *Quel con, putain !* Ils doivent me prendre pour un plus gros cinglé que ce qu'ils imaginaient déjà.

Je me racle la gorge, pour essayer d'avaler le parpaing qui obstrue ma trachée. *Relax, mec. Tout ça ne veut rien dire. C'est Tiago, c'est lui qui te fait ressentir cette putain de possessivité pour Virgin. Elle n'est rien de plus que la pute que tu es en train de vendre au plus offrant en ce moment même.*

Je me répète ça encore et encore à mesure que je commence mon speech. Je n'ai rien préparé, je ne savais pas quoi dire jusqu'à ce matin. Et depuis, je suis dans un sale trip qui m'empêche d'avoir les idées claires.

J'essaie de me concentrer sur les visages de l'assemblée, pour me rappeler le rôle que j'ai choisi d'endosser. Je connais pourtant mon texte sur le bout des doigts, depuis toutes ces années, mais aujourd'hui, à chaque mot que je prononce sur cette scène, devant cet écran qui diffuse des dizaines de photos d'elle, ma mâchoire se serre.

J'hésite, je bafouille et souffle comme un putain d'amateur.

Je finis par quitter la scène, pressé de m'éloigner du bourdonnement des conversations. Comme prévu, Virgin est sur toutes les lèvres, dans tous les esprits, et j'empoche un nombre incalculable de cartes de visite alors que je me rue vers la sortie. Il me faut de l'air, bordel, vite.

– Ta pute, je la veux. J'ai quelqu'un prêt à aligner les zéros pour goûter à ta vierge.

Je croise le regard glacial de Tiago qui m'attend sur le parking. *Putain mais il lâche rien !*

– Va te faire foutre.

– Tu devrais te méfier, Master, il articule un brin calculateur. Tu ne te rends pas compte à quel point tout ça te dépasse. Tu bosses bien depuis que t'es parmi nous, tu fais même partie des meilleurs tuteurs et c'est tout à ton honneur.

– T'essaies de me faire bander ? je grogne sans cesser d'avancer jusqu'à ma voiture.

– Je te mets en garde. Tu vois, je sais être fair-play. T'as jamais su voir plus loin que les quelques billets qu'on te balance comme un os à un chien. Tu ne vaux pas mieux que tes putes, dans le fond, c'est con. Je croyais que l'histoire avec Shana t'avait fait changer, mais même pas. Tout ça pour ça… Tu devrais ouvrir un peu les yeux et regarder plus loin. Tu te rendrais compte de la réalité.

– T'es en train de me prévenir ou de me menacer ? je crache en faisant volte-face pour le défier du regard.

– Ce qui est précieux est éphémère, Master. T'as pas les épaules pour elle, il argue en me scrutant. Laisse-la-moi.

J'éclate d'un rire si fort que plusieurs émissaires se retournent vers moi au moment où je m'engouffre à l'arrière de la voiture.

Tiago m'a encore suivi et se penche par la fenêtre ouverte.

– Tu sais que j'obtiens toujours ce que je convoite, Master. C'est l'avantage d'avoir des relations que tu n'as pas.

– Lécher les couilles du Grand Patron, hein ? je crache en le menaçant mentalement de le traîner sur trois kilomètres s'il ne lâche pas ma portière.

– Je t'aurai prévenu, il lâche en reculant.

Il a l'air si sûr de lui que je fronce les sourcils et continue à le fixer jusqu'à ce qu'il sorte de mon champ de vision. *Merde, quoi qu'il soit en train de préparer, j'ai intérêt à me méfier.*

CHAPITRE 39

Cadence

– Tu es seule ? elle m'interroge, visiblement surprise.

– Euh… oui, je lâche, soudain angoissée d'avoir fait une belle connerie.

En même temps, elle n'est pas obligée de savoir que je me suis sauvée, comme une ado rebelle trop couvée.

– Allez rentre, avant qu'un collègue à lui te remarque ici et que ce tordu de Mas vienne te chercher par la peau du cul.

Ok. Elle a vu clair dans mon jeu.

– Tu peux compter sur ma discrétion, Gin, elle ajoute en souriant. Je suis contente de te revoir.

Je la suis dans son salon désert, jusqu'à une pièce à l'abri des regards.

– Tu veux un petit rafraîchissement ? elle me demande en mettant de l'ordre dans son matériel de torture.

Je regarde l'appareil à cire d'un œil angoissé et recule d'un pas.

– Je parle d'un truc à boire, détends-toi ! On peut se voir sans que je touche à ta chatte.

– Cool, je souffle en me détendant.

– Alors, t'as osé défier ton tuteur et faire le mur ?

– Il est… étouffant. Et chiant. Et antipathique, j'ajoute en comptant sur mes doigts.

– Je me doutais que tu finirais par craquer. Mas est vraiment devenu trop con !

– Il était pas comme ça avant ? je l'interroge curieuse.

– Non. Il a toujours été hyper sérieux, comme tuteur, mais pas rigide comme il l'est maintenant.

– Qu'est-ce qui s'est passé ? Ça a un rapport avec son ancienne prostituée ?

Ça fait un moment que je me pose des questions sur cette fameuse fille dont tout le monde semble parler à demi-mot.

– Il t'a parlé de Shana ? elle demande en levant les yeux vers moi.

– Un peu, je mens en espérant qu'elle continue à m'en parler.

– Menteuse, elle raille en se mettant à me limer les ongles.

– Pfff, on te la fait jamais à toi, hein ?

– Eh non ! Je côtoie tellement de monde tous les jours, j'ai appris à voir clair dans leurs jeux. Même si pour toi, je galère plus qu'avec les autres, elle s'étonne en se concentrant sur mon index.

– Moi ? Je suis comme tout le monde.

– Sûrement pas !

Je lui adresse un sourire un peu niais, qui ne semble pas l'abuser. *Grrr, cette fille est forte !* Je n'ai peut-être pas choisi la meilleure cible pour avancer dans mon enquête.

– Alors, Gin, raconte-moi un peu ce qui t'amène chez moi ?

– J'ai confiance en toi, j'assène d'une voix posée.

– Et…

– Et je me pose des questions sur mon avenir dans le Round, j'embraie spontanément en trouvant le filon sous lequel cacher mes réelles intentions.

– Ah bon ? Pourtant à ce que j'entends tu te débrouilles carrément bien.

– Oui, mais au final, je me demande si avoir Mas comme tuteur est le meilleur moyen pour moi d'aller loin. Il a l'air si… buté ! J'ai l'impression qu'il me cache des choses importantes. Et ça me fait peur. Je mise beaucoup sur le Round, je souffle en la regardant droit dans les yeux.

– Je te l'accorde, Mas n'est pas le plus sympa d'entre eux. Mais Gin, crois-moi, il n'est définitivement pas le plus dangereux. Et il est bon, même s'il agit comme un gros con.

– J'avais compris, je grommelle en lui tendant ma main droite. Mais certains tuteurs me semblent plus ancrés dans le haut du panier.

– Comme qui ?

– J'en sais rien, Reda, Tiago…

Elle grimace en m'entendant prononcer ces noms et essuie le vernis qu'elle a fait déborder.

– Tu sais, Tiago est vraiment mauvais, elle réplique en pesant ses mots. Je l'ai vu faire des choses dont tu ne voudrais même pas entendre parler. Et ça n'a rien à voir avec ta virginité. Ce type est malade, il a un vrai souci avec les femmes.

– Je n'ai jamais dit que je le voulais lui, je rétorque en agitant mes doigts pour faire sécher le vernis. J'aimerais seulement discuter avec quelqu'un… disons de haut placé.

– T'es vraiment décidée à lâcher Mas ?

– Non… enfin, pas vraiment, je rétorque en sentant mon cœur s'emballer dans ma poitrine. Je veux être sûre de pouvoir rafler le maximum d'argent, Britney. Et parfois, j'ai le sentiment que ce n'est pas avec Mas que j'y arriverai.

En m'entendant prononcer ces mots, je sens ma gorge se serrer. Je ne pense pas un fichu mot de ce que je suis en train de dire et j'ai l'impression d'être une traîtresse sans nom en parlant ainsi de lui.

– On ne change pas de tuteur comme ça, Gin. C'est hyper mal vu et je t'assure que tu n'as vraiment pas envie de te mettre Master à dos.

– Il peut déjà pas me blairer, tu sais…

– Je ne suis pas d'accord, elle répond dans un demi-sourire.

– Bref, je ne veux pas forcément le virer, juste m'assurer que les cartes sont correctement distribuées. Il ne me laisse jamais sortir, il est constamment énervé et tellement borné ! Y a un truc qui cloche chez lui…

J'ai déblatéré sur un ton parfait, je suis agréablement surprise par la facilité avec laquelle je mens à Britney. Même si c'est très vilain.

– Master est l'un des meilleurs, Virgin. Il a eu quelques soucis dernièrement, mais j'en ai vu passer des tuteurs et Mas a une volonté de fer. Je n'ai jamais compris quelles étaient ses motivations, mais s'il y a bien une chose que je sais reconnaître, c'est un type qui sait pourquoi il fait ce qu'il fait.

– Quand tu parles de soucis, tu fais encore référence à celle qu'il a eue avant moi ?

– C'est à lui de t'en parler, Gin, désolée… Je suis pas du genre à balancer.

Elle ajoute un clin d'œil entendu, histoire de me rappeler que je suis ici au nez et à la barbe de Mas. Et que si elle n'était pas quelqu'un de confiance, je serais déjà enfermée dans le coffre d'un Master fou furieux.

– On ne se parle pas vraiment, je reprends en faisant la moue. Nos discussions dépassent rarement le cadre de ma formation.

– T'as l'air dégoûté, elle se marre en me regardant sous ses cils.

– Je suis curieuse, c'est tout. Et comme je te l'ai dit, c'est par lui que je vais amasser du blé. Hors de question de faire tout ça pour des clopinettes. Je sais pas, je pourrais peut-être rencontrer quelqu'un disons… de très haut dans la hiérarchie.

Putain, je galère sévère à la mener sur le chemin des listings. Je ne sais même plus comment m'en sortir sans éveiller ses soupçons. Colombo m'enfoncerait son chapeau dans la bouche s'il m'entendait.

– Je t'aime bien, Virgin, et tu vas sûrement t'énerver, mais dans tes yeux, je lis exactement la même détermination que dans ceux de Mas. Vous êtes pareils, tous les deux !

– Certainement pas !

– Le prends pas mal, c'est marrant dans le fond !

– Y a que toi que ça fait rire… je grogne en secouant la tête.

– Laisse-le gérer, Gin. T'es pas prête à rencontrer Oncle Bobby.

– Qui ?

– Le grand manitou, le Dieu de la pute.

– C'est lui le big boss ? je demande étonnée. « Oncle Bobby », sérieusement ? Ça fait petite maison dans la prairie ! Tu te fous de moi, c'est ça ?

– Ma chérie, tu repenseras à ce moment quand tu seras entre ses mains, elle se contente de me répondre en m'adressant une moue indéchiffrable.

Elle se lève et je comprends à son comportement que la discussion sur le sujet est close. *C'est pas si mal, j'ai réussi à choper un nom. Ce qui en soi est déjà un exploit.*

On continue à parler de tout et de rien et je découvre une fille sincèrement agréable, qui rêve de quitter Reno pour les plateaux de cinéma. On grignote des tapas, je l'écoute me raconter des anecdotes sur les filles qui sont passées dans son salon.

– Toutes les nouvelles viennent chez toi ? je demande en pensant à Ingrid.

– Une grande partie, mais il y a d'autres salons comme le mien en ville.

– Je croise très peu de filles du Round, c'est pas très rassurant ! Elles sont toutes séquestrées comme moi ou quoi ?

– Elle sont surtout toutes très occupées, elle réplique en me lançant un regard sous ses faux cils.

– Certes. Quoi qu'il en soit, j'aimerais bien les connaître… je lâche sur un ton léger.

– Ça t'avancerait à quoi ?

Merde ! Je la sens un peu suspicieuse sur ce coup. Je ferais mieux de la fermer. Si je pose encore des questions, elle va se douter de quelque chose.

– Tu devrais peut-être rentrer, non ? elle s'inquiète soudain en regardant l'heure sur son téléphone.

Re-merde ! Je n'ai pas surveillé l'heure !

– T'as raison, je vais filer. Merci pour tout, Britney, c'était une super journée.

– Ne fais pas de conneries, Gin. Tu ne devrais plus sortir seule comme tu l'as fait. Il y a des gens qui sont prêts à payer cher pour toi et, sans Mas pour surveiller tes arrières, t'es une proie facile.

– Une proie ? je répète sans comprendre.

– Je t'aime vraiment bien et t'as pas l'air de mesurer les risques qui gravitent autour de toi.

– T'inquiète, je sais ce que je fais.

Quelle mytho, sérieux ! Ça fait un moment que j'ai compris, sans me l'avouer, que toute cette histoire était une vaste erreur de ma part. Même si je continue à me convaincre que tout ira bien, j'ai de plus en plus de mal à repousser l'ombre menaçante qui s'étend à mes pieds.

– Fais attention à ce que tu essaies de trouver et prends garde à ceux qui te cherchent, elle ajoute alors qu'elle est sur le point de refermer derrière moi.

– Comment ça ? je m'inquiète devant son air sombre.

– Rentre bien, elle se contente de répondre en fermant la porte vitrée dans un bruit de clochette.

C'était quoi, ça ? Je hais les gens qui commencent à aborder un sujet, avant de s'arrêter. Et pour le coup, Britney vient de me filer une angoisse que je ne peux même pas visualiser.

Je rabats ma capuche et m'éloigne d'une démarche rapide. J'ai subitement le sentiment que tout le monde me regarde et qu'on va se jeter sur moi sans crier gare. *Merci Britney !*

Je décide de prendre le bus plus loin, pour ne pas patienter devant ce salon qui risque de mettre trop de tuteurs sur ma route. Le premier est bondé et passe sans s'arrêter. *Idem* pour le suivant. *Fait chier !* Si je ne monte pas très vite dans le prochain, je suis bonne pour finir séquestrée à vie.

Je m'incruste de force dans le car qui arrive enfin et, collée entre une aisselle humide et des dents jaunies, je retiens ma respiration, espérant par la même occasion retenir l'angoisse qui est en train de me monter. Cette fois, pas la peine de me creuser la cervelle pour savoir à quoi elle ressemble. Elle plane au-dessus de ma tête en une silhouette imposante, brune et flippante. J'ai vraiment déconné !

Je saute du bus et réussis à choper presque tout de suite celui qui va me ramener au bercail. Quand j'atterris enfin sur le trottoir au coin de la rue derrière chez Mas, je me sens soulagée. Sa voiture n'est pas garée devant, alors qu'il la laisse toujours là. Je me libère de mon stress. Mais ça dure seulement moins d'une minute. *Putain de merde.*

C'est au moment où je me mets à piquer un sprint que je réalise combien j'ai progressé avec mes talons. Ils ne cherchent plus à me rompre le cou et je m'en réjouirais comme il se doit, si j'arrive à temps à l'appartement. Mais ça s'annonce mal.

Je suis presque sûre d'avoir aperçu la voiture de Mas tourner dans la rue qui me fait face et si je ne me bouge pas très vite les fesses, il va à coup sûr me rejeter par le toit que je viendrai à peine de gravir.

J'accélère encore, ignorant la brûlure qui se diffuse sous mes plantes de pied. Vu le sens de circulation, il est obligé de faire le tour du pâté de maisons pour pouvoir atteindre la rue. Je me retourne sans cesse, pour vérifier qu'il n'est pas en train de rouler dans mon dos. S'il m'aperçoit là, il me foncera dessus sans pouvoir se retenir.

Je saute sur la marche en fer et attrape le barreau de l'échelle.

Loupé. J'ai les mains tellement moites que mes doigts glissent chaque fois. Je les essuie d'un geste pressé contre ma robe trempée de sueur.

– Bordel, Cadence, bouge-toi !

J'agrippe finalement la barre en acier et me hisse à bonne hauteur. Je me précipite tellement que ma semelle glisse plus d'une fois et quand j'entends un moteur se rapprocher, mon esprit se met à hurler. Comme dans ces jeux télévisés merdiques où les équipiers hurlent au candidat de se dépêcher, j'entends ma propre voix s'exciter dans ma tête. *Il va te tuer, il va te tuer* !

Au moment où la voiture s'apprête à passer juste en dessous de moi, je pivote derrière l'échelle et me cache dans un renfoncement du mur absolument dégueulasse. Mais qui tombe à pic.

Je reprends mon souffle comme je peux, c'est-à-dire en inspirant par le nez beaucoup trop vite. Et les toiles d'araignées qui volettent autour de moi s'infiltrent dans mes narines. Avant que l'araignée vienne y faire son nid, je remonte à toute vitesse les derniers barreaux. La portière vient de claquer, mais j'y suis presque.

– Allez ma vieille, donne tout ! je m'encourage en balançant mon corps endolori et humide par-dessus la rambarde du toit.

J'hésite un instant à rester là, sur le canapé, mais il verrait immédiatement à ma tête et à mon souffle de cinglée que j'ai fauté. Alors j'arrache mes chaussures et cours jusqu'aux escaliers. Je les dévale comme si ma vie en dépendait et atteins ma chambre au moment où j'entends des clefs s'insérer dans la serrure.

Je rattrape ma porte qui allait claquer, la ferme sans bruit et arrache mes habits. Du moins, j'essaie de me débarrasser de ma robe imbibée de sueur et d'angoisse. Je la lance vers mon lit, mais au lieu de glisser dessous comme je le voulais, elle atterrit juste à côté, dans un ploc révélateur. Je termine d'enlever mon string et me jette sur mon lit au moment où la porte d'entrée claque.

– Gin ?

Sa voix rauque résonne dans le salon et s'infiltre dans ma poitrine comme une menace collante. Mon cœur bat à cent mille à la minute, mais j'ai encore le réflexe de me pencher sur le côté du matelas pour tirer mes fringues sous le sommier.

Sans prendre le temps de respirer, je me relève en position assise sur mon lit, prévoyant de bondir jusqu'à la cabine de douche, pour effacer les dernières traces de mon escapade interdite. Mais c'est trop tard.

La porte s'ouvre et je n'ai même pas le temps de couvrir mon corps nu et transpirant de mon drap.

– Qu'est-ce que tu fous ? il articule en détaillant mon corps avec beaucoup trop d'attention.

– Hum ?

Magnifique, une répartie extraordinaire, Cadence, bravo !

– Qu'est-ce que tu fous ? il répète en serrant sa main autour de la poignée.

– Qu'est-ce que je fous ?

De mieux en mieux. Si je continue à lui répondre avec tant d'intelligence, je suis foutue.

J'ai l'impression qu'il se retient d'approcher davantage, mais en même temps, il ne recule pas d'un millimètre. Je devrais être gênée qu'il inspecte ainsi mon corps nu, mais rien. Au contraire, même dans un moment comme celui-ci, j'aime apercevoir dans ses yeux cette petite lueur vicieuse. *Tu es une grande malade, Cad !*

Il est immobile, je vois juste sa mâchoire se contracter tandis que ses yeux scannent ma peau découverte. Je le laisse me détailler sans me recouvrir du drap, dépourvue d'une pudeur que Mas a écrabouillée depuis un moment.

Bon sang, avec ce costume il est sublime. Ce n'est certainement pas le moment d'avoir de telles pensées, mais mon cerveau a déraillé et je ne sais même plus depuis quand.

– T'es toute seule ?

Je quitte sa silhouette des yeux et fronce les sourcils en le voyant déporter ses prunelles brillantes sur le reste de la chambre. Mais qu'est-ce qu'il fout ? Il vient d'entrer dans la salle de bain, comme si quelqu'un y était caché.

– Euh, tu fais quoi au juste ? j'articule alors qu'il s'agenouille devant mon lit pour regarder en dessous.

Putain, s'il chope mes fringues, je suis perdue.

Sauf que ce n'est pas ce qu'il cherche. Et je comprends soudain ce que son esprit de mac tordu est en train d'imaginer.

– Attends, tu crois qu'un mec est ici ? je le questionne en saisissant enfin le drap pour m'en couvrir.

– T'as vu ta tronche, Gin ? il rétorque en approchant du lit. Regarde-toi !

Pour une fois, mes cuisses se resserrent à proximité de Mas et je lui adresse un regard empli d'incompréhension.

– T'es nue, écarlate, et des gouttes de sueur dégoulinent entre tes seins.

Je l'entends déglutir et secouer sa tête. Et moi, j'éclate d'un rire beaucoup trop aigu, qui évacue une petite partie de mon stress.

– Évidemment que je suis seule ! j'assène en prenant une grande inspiration. Comment veux-tu que quelqu'un soit rentré ici, tu avais tout barricadé !

Je fais glisser mes fesses sur le matelas jusqu'à poser mes pieds par terre. J'enroule le drap autour de mon corps qui frissonne du contrecoup et me redresse. Je me retrouve face à lui, chancelante, et il ne bouge pas d'un millimètre. Ses yeux ne reflètent ni colère, ni arrogance. Ou peut-être un étrange mélange de sentiments trop contradictoires pour être déchiffrés. Je fais deux pas en avant. Il reste au milieu de mon chemin et ne semble pas vouloir bouger. Son attention est complètement accaparée par mon visage qui vient de se fendre d'un sourire moqueur.

– Toute seule, je murmure en me décalant sur le côté pour le dépasser.

Une étincelle s'embrase dans son regard en comprenant ce que j'avoue à demi-mot.

– Je vois que tu as su occuper ta journée, il répond en me suivant des yeux.

– J'applique ce que mon maître m'a inculqué, je souffle en m'engouffrant dans la salle de bain à reculons, tirant sur mon drap comme une princesse de contes de fesses.

Je souris, fière du retournement de situation que je n'avais pas anticipé. Je souris, soulagée d'avoir su si bien cacher ma traîtrise. Je souris. Mais pas lui.

Quand je referme la porte sans le quitter des yeux, il est aussi tendu qu'une arbalète, à deux doigts de lâcher un carreau pour me transpercer.

CHAPITRE 40

Mas

Je suis immobile, déphasé, seules les gouttes de sueur qui dégringolent le long de ma colonne vertébrale me rappellent l'endroit où je me trouve et pourquoi : dans sa chambre, derrière la porte de la salle de bain qui accueille son corps nu et rougi. Ce corps à qui elle a donné du plaisir pendant que j'étais à cette foutue réunion d'affaires.

Merde, pourquoi est-ce que je me sens si jaloux de ses propres doigts qui ont joué avec sa virginité ? Je devrais seulement être satisfait de sa transformation. Pas troublé. Encore moins obsédé par… Il faut que j'arrête d'y penser. Je deviens dingue à force de visualiser encore et encore tout ce que je pourrais lui faire si elle m'était autorisée.

J'ai pensé à elle toute la journée et quand je l'ai trouvée nue et essoufflée sur son lit défait, j'ai dû me retenir pour ne pas la plaquer sur le matelas. Je suis trop frustré pour réfléchir correctement. La seule chose à laquelle je pense est totalement proscrite. Et ça me bousille de l'intérieur.

J'entends l'eau se couper et je trouve la force de sortir de cette pièce maudite. Je marche comme un robot jusqu'à l'évier et mouille mon visage crispé.

– Putain… je grogne en enfonçant ma tête dans un torchon.

Mon cœur ne s'est pas encore calmé quand je fais le tour de la pièce, cherchant une explication à ce sentiment angoissant qui m'étreint la poitrine. Gin est là, elle n'a pas bougé de la journée, exactement comme je le lui avais demandé. Pourtant, j'ai l'étrange sensation que quelque chose cloche. Encore ce foutu problème de confiance ! Rien n'a bougé, les fenêtres sont toujours fermées et quand j'ouvre la porte de ma chambre que j'avais verrouillée, j'expire de soulagement. *Détends-toi, mec, elles ne sont pas toutes comme Shana*.

Je prends une douche rapide qui ne détend pas mon corps, mis à part une unique partie qui ramollit enfin entre mes doigts. J'ai forcé mon esprit à se concentrer sur les jolis petits culs aperçus aujourd'hui, mais au moment de jouir, c'est une fille bien précise qui a mis les autres K.-O.

Quand elle aura comblé assez de clients, viendra mon tour de l'avoir. Rien qu'à moi, après des mois de souffrance phallique. Est-ce qu'elle sera toujours aussi attirante après avoir été baisée sans relâche ? Est-ce qu'elle aura cette même lueur de défi et de vie dans les prunelles ? Je suis certain que non, mais d'ici là, j'aurai retrouvé la raison.

***

– Ta journée était bien ?

– À chier, je réplique en m'asseyant à l'autre bout du canapé qu'elle occupe sereinement.

– Tant mieux, y a pas de raison que je sois la seule à avoir passé une journée de merde.

– T'avais l'air plutôt satisfait quand je suis rentré, je siffle en la regardant rougir.

Elle s'apprête à dire quelque chose, mais se rétracte et hausse les épaules.

– Toi aussi tu m'as manqué, bébé, elle lâche finalement.

Je vois qu'elle plaisante, mais l'entendre s'adresser à moi ainsi entaille les rebords de mon armure. Et sans pouvoir les retenir, je laisse des images affluer dans mon esprit.

– À quoi tu penses ? elle m'interroge soudain.

Je me reconnecte à l'instant et remarque son regard curieux sur mon visage. Merde, j'étais en train de la fixer avec beaucoup trop d'intensité.

– Aux lasagnes que tu m'avais promises…

– Ton frigo est aussi vide que mon tableau de chasse, Master. Et il est hors de question que je touche à tes boîtes de flageolets ! Qui mange encore ça de nos jours, hormis les détenus en cavale ?

Je ris doucement et elle me sourit en retour. Cet instant est le plus étrange de tous ceux que j'ai passés en sa compagnie.

– Waouh, un Mas qui rit vaut bien une journée d'ennui !

– Tu veux commander un truc ? je lance sans réfléchir.

– Sérieux ?

Ses grands yeux s'illuminent d'un éclat argenté et je me retiens de rire à nouveau devant sa mine réjouie.

– C'est moi qui choisis ?

– Soyons fous, je rétorque en attrapant des prospectus qui traînent dans le tiroir de la table basse. Mais pas de sushis, ni d'indien.

– Mouais, c'est un demi-choix, ça. Mais je m'en contenterai pour aujourd'hui. C'est déjà assez incroyable d'avoir devant moi un tuteur enfin débarrassé de ses problèmes de constipation.

Mais pas d'érection, je grince en l'observant s'allonger sur le canapé.

– Mexicain ? elle propose en me regardant pardessus le prospectus qu'elle tient devant son visage.

J'acquiesce et la vois disparaître derrière son mur de papier. C'est la première fois que j'ai ce type de relation avec l'une d'entre elles. Avec toutes les putes que j'ai eues avant, j'ai eu un autre genre d'échange. Un truc subtil de boss tantôt rigide, tantôt relax, avec un bon soupçon de sexe pour lier le tout. Avec Virgin, je ne sais pas définir celui que je suis. Ce n'est pas toujours moi qui suis aux commandes de mes réactions. Elle me fait passer si vite d'un sentiment à un autre que je n'ai pas le temps d'y voir clair. On dirait que sa virginité est en train de contaminer mon expérience.

Quoi qu'il en soit, ça fait du bien de retrouver ce genre de soirées tranquilles, comme j'ai pu en partager avec les autres quand je cherchais à les amadouer suffisamment pour mieux les retourner. Même si elles finissaient toutes en baises intenses.

Sans que je m'en rende compte, une discussion légère s'est enclenchée et quand les boîtes de notre repas s'étalent sur la table basse, vidées, je viens m'asseoir près d'elle.

– C'était bon, elle s'extasie en se rallongeant, une main sur son ventre.

Je pousse ses pieds pour m'installer et quand je la surprends en train de grimacer, j'en attrape un pour l'observer de plus près.

– J'avais complètement oublié tes entailles.

– Ça va, c'est cicatrisé depuis. Ça me fait presque plus mal. C'est seulement quand tu m'obliges à enfiler ces chaussures de traînée que ça tire un peu.

Sa plante de pied est chaude, et même si les plaies ont presque entièrement disparu, c'est encore sensible.

– T'aurais dû m'en parler, Gin.

– Pour que tu me les coupes ? Non merci ! Ça t'aurait énervé si je m'étais plainte !

Bon, je l'ai bien cherché. À force d'être sans pitié avec elle, pas étonnant qu'elle me voie comme un sale enfoiré. Pourtant, si elle m'avait dit qu'elle souffrait encore, j'aurais fait quelque chose pour la soulager. Parce qu'elle doit être parfaite pour le business, bien sûr, pas parce que je n'aime pas savoir qu'elle a ravalé sa douleur.

Je me lève subitement et reviens aussitôt, avec un vieux pot un peu collant entre les mains.

– C'est quoi ? Elle se méfie en ramenant ses genoux contre sa poitrine.

– Donne-moi tes pieds, Gin.

– Attends, je rêve, tu veux… me les masser ? Qui êtes-vous Monsieur ?

– Ne dis pas n'importe quoi ! je me défends en tirant sur sa cheville récalcitrante. Je vais juste foutre cette merde sur tes putains de conneries !

– Ah, le voilà de retour ! Master l'insensible !

Elle se marre en tendant finalement ses jambes, jusqu'à poser les extrémités sur mes cuisses.

– Je suis hyper chatouilleuse, elle me prévient en mordant ses lèvres.

– C'est pas vrai ! Arrête de bouger, y en a pour deux minutes !

Elle gigote en couinant et après le troisième regard noir que je lui adresse, elle finit par se détendre.

– C'est gelé, ton truc, elle murmure en s'enfonçant un peu plus dans le canapé.

Elle pose ses mains sur ses cuisses et je reste bloqué sur ses ongles violets, qui pianotent distraitement sur ses jambes. J'aurais juré qu'ils étaient peints en rouge pas plus tard que ce matin.

– T'as fait du bon business, aujourd'hui ?

Je me détache de ses mains et remonte jusqu'à ses longs cils, derrière lesquels ses iris me fixent.

– Nos petites mises en scène ne les ont pas laissés indifférents.

– Cool. Ça valait donc la peine de me frotter à toi comme une chatte hystérique.

– Sans aucun doute.

On se dévisage dans le silence et l'atmosphère s'alourdit doucement. Je caresse toujours ses pieds et quand l'un de ses genoux remonte un peu, je réalise que je me suis mis à masser son mollet.

– Est-ce qu'on va recommencer ? elle chuchote.

Je ferme les yeux un instant, pour éloigner l'impression collante que tout ça, cette espèce de jeu entre elle et moi, dépasse les limites de sa formation.

– T'as trouvé comment t'entraîner sans moi, je rétorque tout bas.

– C'est vrai, elle admet.

– T'as aimé ? je ne peux pas m'empêcher de lui demander, en remontant jusqu'à sa cuisse.

Elle se couvre de chair de poule, mais reste silencieuse. Son regard toujours aimanté au mien, je me débats avec moi-même pour traduire les messages que ses prunelles m'envoient en pleine figure. Elle ne me laisse pas le temps de réfléchir plus longuement. Elle pose sa paume sur ma main, la guide vers son short gris, jusqu'à la poser tout en haut de ses cuisses.

– J'aime quand c'est moi qui contrôle, elle confesse. Je sais que ça va à l'encontre de tes préceptes, mais pour l'heure c'est le seul outil que je possède. Le seul moyen de me préparer. Mais rassure-toi, je suis sur la bonne voie et tu sais pourquoi ?

Je fais non de la tête et l'observe mordre le coin de sa lèvre. J'adore quand elle fait ça.

– J'aime encore plus quand c'est toi qui deviens maître de cette partie-là.

Elle appuie sur ma main en prononçant ces mots et je ferme les yeux pour garder un cap dans mes pensées. Et dans mes gestes. Du moins j'essaie. Parce qu'au premier soupir qu'elle libère, je comprends que mes doigts agissent seuls. Ils ont migré plus haut et quand je sens son clitoris poindre sous le tissu, tout ce qui pourrait me retenir de continuer s'évapore subitement.

Les habitudes ont la dent dure et mon corps sait comment se termine ce genre de soirées habituellement : une petite bouffe, quelques caresses et une nuit entière à se satisfaire d'une fille qui ne demande que ça.

Mais avec Virgin, c'est différent. D'abord parce que je dois me contrôler pour ne pas déraper, et ensuite parce que j'ai beau me répéter qu'elle n'est rien d'autre qu'une pute en devenir, je n'arrive plus à la voir comme ça. Et c'est la merde.

Je rouvre les yeux et regarde mes doigts s'affoler en toute autonomie, contre le tissu auréolé du plaisir que je ne devrais pas lui donner. Une fois de plus, je me retrouve entre deux entités : celle de l'homme et celle du tuteur déshumanisé. Cette machine bien huilée dont j'ai jeté le mode d'emploi il y a longtemps. Mais aujourd'hui, j'aurais bien besoin de m'y replonger. Virgin est en train de me faire oublier l'essence même de mon métier.

Son pied qui était posé contre ma cuisse s'anime soudain et vient jouer avec la bosse de mon érection. Je porte un bas de survêt léger et la moindre pression qu'elle effectue m'envoie des décharges jusque dans les fesses.

– C'est pas toi qui disais que je te ferais difficilement bander, tout au début ? elle halète en appuyant plus fort sur ma queue.

– C'est pas toi qui flippais à mort devant une bite, il y a peu ?

– J'ai l'impression que tout ça c'était il y a une éternité.

Moi aussi, Virgin. Moi aussi.

Je suis en train de me pencher inexorablement vers son corps quand mon téléphone se met à sonner. S'il y a bien une règle que je ne dois pas oublier, c'est qu'après une rencontre avec les émissaires, il faut toujours, toujours répondre au téléphone. Et c'est sûrement le destin qui s'emploie à me ramener sur le droit chemin.

Je détache mes doigts réfractaires de son intimité, repousse ses jambes et me lève pour attraper le messager de mon intégrité.

Je l'entends soupirer, pendant que mon doigt humide peine à décrocher.

– Garett ? je réponds intrigué.

Je m'écarte en entendant son timbre contrarié et l'écoute parler sans broncher. Je devrais l'interrompre pour le remercier, parce qu'il vient de me remettre les idées en place avec une facilité déconcertante. Mais je le laisse terminer, très intéressé par ce qu'il est en train de m'apprendre.

– Merci pour l'info, j'te tiens au courant.

Je raccroche et serre mon téléphone entre mes mains. Si ce qu'il m'a dit est vrai, la journée de demain s'annonce mémorable.

– Je dois encore m'absenter sans toi demain, je lâche d'une voix froide à Gin. Tu resteras ici, comme aujourd'hui.

J'ignore sa moue dubitative et l'incompréhension sur son visage face à mon changement de ton. Je monte trois par trois les marches jusqu'à la terrasse et pousse la porte, surpris de la trouver entrebâillée. J'ai besoin de faire redescendre tout ce qui est en train de monter en pression à l'intérieur de moi. Je tourne autour de la rambarde, me penche en prenant de longues inspirations. La fraîcheur de la nuit laisse une empreinte glacée dans ma poitrine, vite submergée par la lave incandescente qui boue dans mon bide.

Mon érection a disparu aussi vite que mes maigres espoirs. Ce coup de fil vient de me rappeler ce qu'une partie de moi s'efforce encore de combattre, tandis que l'autre l'a admis depuis longtemps.

Je finis par me laisser tomber dans le canapé froid et passe la nuit là, à matraquer mon cerveau de tout ce qui fait que je suis moi. Le téléphone tourne entre mes doigts et je suis tenté plus d'une fois de passer un appel qui ne résoudra rien. Je n'ai plus de nouvelles de mon frangin depuis longtemps, et même si c'est mieux ainsi, j'aimerais l'appeler pour lui raconter toutes les emmerdes qu'il m'a laissées.

Je regarde le soleil se lever et quand je rejoins la cuisine, glacé et d'une humeur de chien, l'odeur du café préparé par Gin n'arrive pas à me dérider. En fait, rien de ce qu'elle pourrait faire n'y arrivera. Surtout si ce que je m'apprête à faire confirme mes soupçons.

– Tu pars toute la journée ? elle m'interroge sans lever le nez de sa tasse.

– Ouais, je reviendrai pas avant la nuit.

– Ok, elle se contente de répliquer.

Je l'observe attentivement, cherchant dans sa figure la moindre trace, le moindre indice. Mais je ne vois rien d'autre que ce même visage paisible, rien d'autre que son sourire quand je me tire.

Je démarre et reste une minute à fulminer dans la voiture. Garett n'était pas sûr de ses infos, rien ne sert de m'énerver, c'est peut-être un malentendu. Une erreur.

Je manque de renverser une clocharde qui pousse son caddy et finis par me garer au croisement de deux rues. À un endroit stratégique. Parce que d'ici, si Virgin décide de se tirer de chez moi une seconde fois, je ne peux pas la louper. *Oh putain non, je ne la louperai pas.*

CHAPITRE 41

Cadence

La porte claque, la serrure se verrouille et je reste encore dix bonnes minutes à scruter l'entrée.

Il m'énerve ! Il a encore recommencé !

Cette même attraction physique nous est tombée dessus hier soir, et ni lui ni moi n'avons pu lutter. J'essaie encore de comprendre comment je peux chaque fois me retrouver aussi sexuellement différente en sa présence. Je n'en reviens toujours pas d'avoir fait glisser ainsi sa main jusqu'à moi. Pire, je sais que j'aurais pu aller bien plus loin s'il n'avait pas réagi comme il le fait systématiquement. À fuir comme un connard et à agir comme si rien ne s'était passé le lendemain !

J'ai beau me dire que tout ça n'est que la poursuite normale de mon apprentissage, je suis toujours tentée de croire qu'il dépasse les limites qu'il nous a fixées. Celles que je me suis moi-même données en débarquant ici. *Lesquelles, déjà ?* Master me fait perdre la tête.

Je cours à la fenêtre pour vérifier que la voiture de Mas a bien quitté la ruelle. Je compte même jusqu'à quatre-vingt-dix-neuf sans cesser de fixer le bout de la rue, pour être sûre qu'il n'a pas fait demi-tour, puis fonce à ma chambre pour m'habiller. J'ai réussi à sortir hier sans me faire choper, je devrais rester sur cette petite victoire et ne pas chercher à jouer davantage avec le feu. Mais j'ai besoin de me rendre dans un autre endroit. Juste pour m'assurer qu'Ingrid n'a pas enfin laissé un message pour moi là-bas. Juste pour vérifier que Cadence existe toujours bel et bien quelque part. Avec tout ce que Mas m'a poussée à faire, je me sens différente et ça me fait peur.

J'emprunte le même chemin que la veille et rejoins le trottoir et l'arrêt de bus de la même manière. Après un changement, je suis enfin dans la bonne direction. Mon appartement est à l'opposé de chez Britney.

Je monte les escaliers trois par trois, bouge la vieille brique qui dissimule mes clefs. Je les ai cachées là juste avant d'entrer dans le Round, pour parer à toute éventualité. Le trousseau n'a pas bougé et j'expire un soulagement bruyant.

Je déverrouille la porte d'une main tremblante, pressée, et je m'engouffre chez moi comme si le diable lui-même s'apprêtait à m'égorger.

Je reste immobile dans mon entrée, à regarder ma vie mise sur pause depuis quelques semaines. *Merde, je ne pensais pas qu'habiter ici me manquait tant.*

Et en même temps, je m'y sens bizarrement mal à l'aise. Sûrement parce que la fille qui vivait là a bien changé. J'en suis à la fois contrariée et heureuse. C'est ce qu'il fallait pour ne pas foirer. Mais je ne sais pas qui remettra les pieds ici quand tout cela sera fini : Cadence ou Virgin. Pour le savoir, il faudrait déjà que je revienne. En vie.

Je fais le tour de chez moi dans le silence, frôle du bout des doigts la vie qui s'est suspendue. Je ne sais pas quel genre de folie imprègne mon esprit quand je me mets à imaginer Mas ici. J'éclate de rire, parce qu'il ne colle définitivement pas au lieu. Tout comme il ne colle absolument pas à moi. *Qu'est-ce qui tourne pas rond chez toi, Cadence ?*

Je soupire en frottant mon visage devant le miroir. Je me reconnais à peine, une espèce d'ombre inquiétante a commencé à recouvrir mon visage et elle risque de s'étendre au reste de mon corps si je ne m'active pas à trouver les réponses que je suis venue chercher au Round.

J'en reviens toujours au même point, je m'enfonce dans cette organisation glauque, je m'empêtre dans un rôle dangereux qui ne me correspond pas, sans réussir à avancer vers elle. Jusqu'à présent, je n'ai rien de plus que quelques informations, dont je ne sais même pas quoi faire. En fait, il me manque un allié pour assurer mes arrières. Je repense spontanément à Mas, mais je sais qu'il n'est pas celui sur lequel je peux compter. Il a ce passif obscur qui lui colle à la peau et me convainc qu'il ne m'aidera jamais.

Son histoire avec le Round est trop ancrée pour que je puisse lui demander quoi que ce soit.

Je me laisse finalement tomber sur mon canapé et j'éternue trois fois à cause du nuage de poussière que je viens de soulever. *Pourquoi je suis venue ici, déjà ?*

J'attrape le sac à main que j'ai abandonné le soir où j'ai décidé de me lancer dans cette aventure complètement folle. Je cherche mon téléphone dans le bordel qui gît au fond et quand je le trouve enfin, je m'aperçois qu'il est déchargé.

Une fois branché, je n'ose pas l'allumer. J'appréhende les appels restés sans réponse que Milo a dû me passer. Mais il se peut aussi qu'Ingrid se soit manifestée et c'est d'un doigt tremblant que je déverrouille l'écran.

213 appels en absence, dont 201 de Milo. 948 SMS, quasi tous de Milo. Boîte vocale saturée. *Super !*

J'écoute chaque message vocal de mon meilleur ami. Son ton monte en intensité au fur et à mesure que sa colère grandit. Je survole les SMS, ignorant les derniers qui témoignent de l'inquiétude dans laquelle il est plongé. Merde, j'ai agi exactement comme Ingrid l'a fait. Ce n'était pas voulu, je croyais vraiment pouvoir continuer à faire semblant de vivre ma petite vie ici tout en m'infiltrant dans le Round. Je n'avais pas imaginé que je serais cloîtrée, le nez collé aux fesses – sublimes – de mon tuteur. *Bref.*

Je suis tellement absorbée par mon téléphone que je n'entends pas la porte d'entrée s'ouvrir.

– Putain de merde, je vais te tuer !

Je pousse un cri et dans un réflexe sorti de nulle part, je saute par-dessus le canapé pour aller m'écraser comme une abrutie sur le carrelage gelé. Et meurtrier.

Je reste allongée là, à ravaler la douleur qui fuse dans mon coude, tout en écoutant les pas se rapprocher. Quand une tête apparaît au-dessus de moi, j'arrête de respirer.

– J'hésite. Je ne sais pas si je prends de l'élan depuis le canapé pour te piétiner ou si je reste là, à te scruter avec ce regard que tu as toujours détesté.

J'ai envie de rire et de pleurer. De rester et de m'enfuir.

– Salut Milo, je bafouille en lui adressant un sourire forcé. Ça va, la pêche ?

Il reste immobile, à me fixer de cette manière sévère que je connais trop bien.

– T'as intérêt à avoir une excuse en béton armé pour justifier ta disparition.

Je me redresse doucement, fais le tour du sofa en massant mon coude et l'affronte d'un regard gêné. *Une bonne excuse, hein ?*

– Un câlin ? je tente en tendant mes bras vers lui.

– Tu étais où ? il attaque franchement, en me mettant un vent monumental.

– Où j'étais ?

Voilà, le perroquet stupide refait surface.

– Arrête de faire ça, il m'avertit en fronçant ses sourcils… épilés ?

– Tu t'épiles les sourcils, mec ? je balance sans réfléchir au moment carrément pas opportun.

– Cadence, putain ! il rugit en tapant du poing contre le canapé.

– T'étais en planque devant chez moi ou quoi ?

– Je rentre de congés et qu'est-ce que je vois ? Plus de Cadence ! Alors je te le demande une dernière fois, tu étais où ?

– N'utilise pas ta voix de flic à la con avec moi ! Je me suis mise un peu au vert, je crie presque. J'avais besoin de prendre de la distance pour ne pas devenir dingue.

– Tu mens, il siffle en se rapprochant.

– Tu es bien parti, toi ! je crache sur la défensive. Qu'est-ce qui te fait croire que je n'ai pas fui, moi aussi ?

Il se prend ma remarque en pleine gorge. Je ne voulais pas lui dire les choses ainsi, mais dans le fond, autant qu'il sache combien son départ m'a blessée. Il aurait dû rester, m'aider à la retrouver. Au lieu de ça, il s'est envolé avec Marley !

– Je n'ai pas fui, il rétorque, la mine blessée. J'ai une vie, moi aussi. Une vie que j'ai choisie, comme Ingrid.

– Oh arrête… On sait très bien tous les deux qu'elle n'a pas pu choisir cette vie-là !

– Les filles qui vont là-bas sont consentantes, Cadence. Arrête de te voiler la face.

– Elle ne donne plus signe de vie, Milo !

– C'est pas nouveau… elle a déjà fait ça plusieurs fois.

– Pas comme ça ! Jamais elle n'a disparu de cette manière, pas aussi longtemps. Elle donnait toujours des nouvelles.

– Même la fois où elle a suivi ce type louche à Sacramento ?

– Elle m'a envoyé des photos de sa queue, je te rappelle…

– Ouais, au bout d'un mois, quand elle s'est rendu compte que ce connard ne s'en servait pas seulement avec elle.

On se met à rire comme deux compères, en nous remémorant la vengeance salée qu'elle a infligée au sexe de ce pauvre type. Pas sûr qu'il s'en serve aussi bien aujourd'hui.

– Tu sais que cette fois c'est différent, je murmure en redevenant soudain trop sérieuse.

Milo s'est complètement rapproché et mon nez se pose contre son torse familier.

– Tu m'as manqué, putain, il souffle contre mes cheveux. J'ai eu la peur de ma vie quand j'ai compris que tu étais partie.

– J'étais dans le coin, Milo…

– Tu l'as fait, pas vrai ? Tu es allée là-bas.

– Non, je mens sans le convaincre.

– T'as jamais su mentir, Cad…

Je grimace et me love dans ses bras chauds. Pourtant, je trouve que je mens assez bien depuis que j'ai mis les pieds au Round.

– Mais maintenant que tu es là, il reprend en refermant sa prise, tu n'y retournes pas.

J'essaie de me défaire de son étreinte, sans succès.

– Je ne peux pas faire ça.

– Ne m'oblige pas à te foutre au trou pour te garder en sécurité.

– Ouh… c'est moche, ça. Vraiment moche ! Tu fais dans l'abus de pouvoir, maintenant ?

Il me serre si fort que j'en ai mal aux côtes, mais dans le fond, j'ai vraiment besoin d'un bon gros câlin. Ce n'est pas Mas qui va me cajoler !

– Tout va bien, Milo. Je cherche juste quelques infos, ça s'arrête là. Je ne risque rien. Laisse-moi finir ce que j'ai commencé.

– Dis-moi que tu ne tapines pas, par pitié ? il poursuit sur sa lancée.

– Bien sûr que non ! je m'offusque. Tout va bien, j'te dis !

– Cette organisation est vraiment spéciale, Cad. Leur façade pourrait presque avoir l'air accueillant, mais je n'ai jamais vu un truc aussi opaque. Marley a dégoté quelques pistes et je te prie de me croire, c'est franchement pas rassurant. J'te connais et…

– T'essaies de me faire changer d'avis, là ? je le coupe en levant un doigt entre nous. Parce que franchement, t'es nul à chier.

– Sérieusement, Cad, le Round n'est pas un joyeux bordel. Marley pense que…

– J'adore ton mec, hein, tu le sais ! Mais il ne me connaît pas et il n'a aucune idée de qui est Ingrid pour moi.

– Pour nous…
– Tu la laisses tomber, j'articule en me reculant enfin.
– C'est faux, j'agis de manière sensée, c'est tout.
– C'est pas assez ! je rétorque en le repoussant.

Je me remets à faire les cent pas dans l'appartement, regrettant presque d'être venue.
– Vous avez trouvé quelque chose de concret ? Vous avez eu des nouvelles ?
– Non, il soupire en frottant son menton mal rasé. Mais fais confiance à Marley, Cad…
Le petit ami de Milo est flic, lui aussi. Un bon flic, j'entends, pas comme les gros cons qui rôdaient autour du foyer pour nous tabasser quand nous étions jeunes. Mais il ne sait pas ce que ça fait. Il ne sait pas qu'Ingrid est une part de moi-même, un morceau sans lequel je ne sais pas marcher droit. Et il a beau mener son enquête avec sérieux, je sais que ce sera foireux. Maintenant que j'ai une vision de l'intérieur, je comprends que les réponses vont demander des sacrifices qu'un flic n'est pas prêt à faire. Même pour la sœur de cœur de l'amour de sa vie.
– Je ne fais pas partie de ce truc, je reprends d'une voix maîtrisée. J'ai bien cherché quelques pistes, mais je n'ai rien trouvé.
– Pourquoi t'as déserté ton appart, alors ?
Je me contente de lui répondre avec un petit sourire. Le niais, celui qui m'a toujours sauvée d'une bonne fessée.

– Caddie, je t'en prie…

– Arrête de m'appeler comme ça, merde. C'est ridicule.

Je lâche un petit sourire et c'est exactement ce qu'il cherche. Nos yeux se captent et je me retrouve à nouveau dans ses bras.

– Je t'aime, Cad. Je ne veux pas que tu prennes de risques inconsidérés.

– Tu me connais…

– Justement, t'as jamais su t'en empêcher, cette foutue manie de te mettre de côté pour les autres. Au foyer c'était une chose, mais là, tu vas trop loin.

– Je suis une grande fille, Milo.

– Et moi le grand frère, tu te rappelles ?

Il m'embrasse la tempe et laisse ses lèvres dessus un long moment. Quand je sens son corps se raidir et son visage se relever au-dessus de mon crâne, je lève le menton vers lui pour chercher l'origine de son changement. À son regard porté sur l'entrée, je comprends vite qu'on a un invité.

CHAPITRE 42

Mas

Je marmonne une flopée d'insultes qui emplit l'habitacle de ma bagnole comme un vieux rap agressif. Certains piétons se retournent en m'entendant par la vitre entrouverte, mais je ne les calcule pas. Toute mon attention est accaparée par une espèce de petite pute qui accélère le pas sur le trottoir d'en face.

Je sors de la voiture, remonte la rue derrière elle, caché par une foule de passants. Mes pulsations cardiaques rivalisent avec mon débit amer alors que je la vois s'engouffrer dans un petit immeuble. Elle ne réalise pas que j'ai bien failli lui foncer dessus avec ma voiture quand j'ai compris ce qu'elle était en train de manigancer. Elle n'a pas la moindre idée de ce que je pourrais lui faire ici, même devant témoins, tellement j'ai la haine. J'ai dû faire preuve d'une force d'auto-persuasion extraordinaire pour ne pas l'atomiser, et maintenant plus encore.

Elle est sortie de mon champ de vision, mais mes muscles sont si transis par tout un tas de sentiments que je ne sais plus bouger. Les gens me bousculent, je suis figé.

Un klaxon retentit quelque part dans la rue bondée et je retrouve l'usage de mes jambes. Je pénètre dans le bâtiment, il n'y a pas un bruit dans la cage d'escaliers. Impossible de savoir où elle est passée. Tant pis, quitte à défoncer toutes les portes une à une, je trouverai l'appartement dans lequel elle s'est précipitée.

Je suis encore devant les boîtes aux lettres quand les larges battants du hall d'entrée s'ouvrent à la volée. J'ai à peine le temps de voir un type se ruer vers les étages, sans m'adresser un regard ou un mot.

Je le suis, il n'a peut-être rien à voir avec Virgin. Ou peut-être que si. Et un rictus meurtrier s'ancre à mes traits à mesure que je gravis les étages sur ses pas.

J'aurais aimé que Garett se soit planté. Quand il m'a dit qu'un de ses collègues avait aperçu Virgin sortir de chez Britney, j'ai voulu croire qu'il s'était trompé. Jusqu'au bout j'ai espéré. Je ne sais pas pourquoi, je voulais tant que ce soit faux. C'est pas faute d'avoir été un putain de parano, pourtant, mais j'avais fini par croire en Virgin, même si je ne lui ai jamais montré. *Surprise, connard !*

L'homme n'a pas verrouillé la porte derrière lui, et en posant mes doigts sur la poignée je sais déjà que je l'ai retrouvée. Je n'entends que des murmures, je ne saisis rien des paroles qui ronronnent derrière la porte. Pas besoin, c'est comme si mon corps était réglé sur celui de Virgin, je le sens, juste là dans mon bide, qu'elle est ici, en train de me trahir, comme je l'avais tant redouté.

– Euh… on peut t'aider ? demande le grand brun en m'apercevant dans le salon.

Il me faut quelques secondes pour analyser la scène. Gin est là, blottie dans les bras de celui qui me dévisage en alerte.

Mon cœur se met à battre encore plus vite, à mesure que je prends pleinement conscience de ce qu'il se passe.

– Ça ira, je m'entends répondre d'un timbre rauque et menaçant.

Ouais, ça ira quand j'aurai mis le feu à cette baraque ! Respire, Mas, ne fais pas de connerie.

Je vois les épaules de Virgin se crisper, elle a l'air d'essayer de disparaître entre les bras de ce type qui ne l'a toujours pas lâchée. D'ailleurs, qui est cet enfoiré ?

Je ferme les paupières de toutes mes forces, en espérant qu'il ne soit qu'un mirage paranoïaque. Et elle aussi. C'est un cauchemar !

– Cad, tu le connais ? murmure l'inconnu dans les cheveux de Gin.

– Hum, elle gémit en se retournant vers l'entrée, sans quitter son étreinte rassurante.

Elle pose ses yeux sur mes boots, remonte le long de mon jean, traverse mon torse qui se soulève en de grandes inspirations. Nos prunelles se captent enfin et même ses cils se mettent à trembler devant mon visage fermé.

Je suis hors de moi, sans pour autant laisser échapper la moindre émotion. Je sens mon sang s'échauffer, surtout dans mes poings serrés et dans mes tempes douloureuses. Mon cœur, pour sa part, vient d'essayer de s'échapper avec ma confiance. Main dans la main, ils veulent rejoindre la traîtresse, histoire qu'elle finisse de les piétiner. Mais à force de se fracasser contre ma cage thoracique, il est sonné. Quant à mon cerveau, un bip strident résonne fort dans mon crâne. Une longue alarme de mort cérébrale devant le visage affolé de Virgin.

– Je dérange ? j'articule sans bouger d'un centimètre.

Putain, si j'avance ne serait-ce que d'un pas, je vais les atomiser tous les deux.

Ma bouche est pâteuse, ma voix hachée. Elle ne me quitte pas des yeux, les miens oscillent entre elle et ce gars qui m'observe sur la défensive. Il a les mêmes mouvements de tête que les miens, cherchant une explication à cette atmosphère bizarre, quelque part entre Virgin et moi.

– C'est qui ?

Il a grogné cette question en même temps que moi, m'affrontant d'un regard de connard.

– Cad ? il interroge Gin en resserrant sa prise autour de son corps crispé.

Je sens ma mâchoire craquer et mes narines se gonfler. Si elle ne me rejoint pas très vite, je vais me jeter sur eux. Je me trouve déjà bien trop calme pour un tuteur qui vient de se rendre compte que son élève s'est fait la malle et enlace un autre homme.

– C'est Mas, elle murmure en se défaisant enfin des bras de cet inconnu que j'ai envie d'étrangler.

Elle marche doucement, trop doucement jusqu'à moi, pas certaine que m'approcher dans un tel moment soit la chose la plus sensée à faire. Elle me connaît ! Elle m'a désobéi, menti et Dieu sait quoi d'autre ! Elle va me le payer. Cher. Mais ce qui m'importe le plus en cet instant, c'est de l'éloigner de l'autre. Ce besoin surpasse tout le reste.

– Tu vas bien ? elle susurre en enroulant ses bras autour de mon cou.

Est-ce qu'elle se fout de moi ? À quoi elle joue, putain ?

Je me raidis contre son corps, y accroche deux mains si crispées que je pourrais lui broyer les côtes en une pression. Pourtant, plutôt que de s'écarter, elle s'approche un peu plus de moi et raffermit sa prise, comme si elle avait peur que je la repousse. J'en ai envie, mais je ne le fais pas. Pas encore. Dans une espèce de réflexe débile servant à marquer mon territoire, je la garde contre moi. Quelque part dans le tumulte qui se déchaîne en moi, je crois que ça m'apaise un peu.

Mes iris sont toujours dirigés sur le type qui ne m'a pas lâché des yeux non plus. Avec son air de con, il me fait bouillir. Je sens les doigts de Gin s'enrouler autour de mes cheveux, tirant doucement dessus pour attirer mon attention. Mon regard perçant dévie doucement jusqu'à croiser ses yeux. Le poids de mes menaces silencieuses qui circulent entre nos prunelles lui tombe dessus comme une chape de plomb. Je vois précisément le moment où sa nuque se tend, j'ai d'ailleurs presque envie de la lui briser sur-le-champ pour calmer mes nerfs. Sauf qu'elle ne m'en laisse pas le temps. Elle pose ses lèvres sur les miennes sans me permettre de la repousser. C'est parti pour un nouveau spectacle. J'entends le sifflement de mon propre souffle et je retiens mes dents quand je sens sa langue les franchir, pour ne pas la mordre de colère. Je perçois son léger sursaut quand j'enfonce ma langue plus fort dans sa bouche, l'enroulant avec hargne autour de la sienne. Ce que je mets dans ce baiser la fait trembler. Elle s'écarte déjà, à bout de souffle, consciente que je ne suis qu'une bombe à retardement.

Elle est allée trop loin, cette fois, je ne sais toujours pas ce qui me retient d'exploser.

Elle me scrute et semble s'essayer à la télépathie sans succès. Elle m'adresse finalement un regard empli de supplications et articule un « s'il te plaît » silencieux.

– Hum.

L'autre vient de se racler la gorge et je ferme les yeux un instant, avant de lui faire face à nouveau.

– Je te présente Mas, elle enchaîne d'une voix incertaine.

– T'as un mec ? il rétorque surpris.

Elle hoche la tête en me faisant les gros yeux, ignorant mes ongles qui viennent de s'enfoncer dans sa taille. *Son mec ?* Je ne comprends rien à ce qu'elle est en train de faire, la colère brouille mes réactions.

– Ce qui explique sûrement pourquoi tu as disparu ces derniers temps… poursuit l'inconnu.

J'essaie d'analyser ces mots. C'est la première fois que j'ai l'opportunité de pénétrer dans l'intimité de Gin. Celle-là me revient de droit, je ne vais pas m'en priver.

– Tu sais ce que c'est, elle rigole maladroitement. Les premiers émois, tout ça tout ça !

Quoi ? Mais qu'est-ce qu'elle raconte, putain ? C'est n'importe quoi, même lui n'a pas l'air d'y croire une seule seconde. Faut dire que mon visage de tueur ne doit pas l'aider à me voir comme un petit ami parfait.

– Milo, il se présente en tendant une main méfiante vers moi.

J'hésite entre une clef de bras et un fuck flamboyant.

– Mas, je me contente de répondre sans tendre ma main en retour.

Je sens Virgin frissonner contre moi, elle a très bien entendu mon timbre rauque résonner dans son oreille, comme une menace subtile.

– Drôle de nom, poursuit le fameux Milo en plissant ses yeux.

Il regarde sa main ignorée, puis on se dévisage avec une agressivité à peine dissimulée. L'atmosphère est lourde, chargée en hormones de mâles.

– Il adore les crêpes, lui aussi ! lâche soudain Gin dans un gloussement crispé.

Super intervention ! Rien de mieux pour détendre l'atmosphère, bien essayé !

– Ravi de l'apprendre, rétorque Milo sur un ton sarcastique assez similaire à celui qui résonne dans mes pensées.

– Elle ne m'a jamais parlé de toi, t'es qui au juste ? je lâche avec ce ton antipathique que je maîtrise à la perfection.

– Oh, juste un vieil ami, siffle Milo vexé.

– Tu bosses dans quoi ? je poursuis en respirant fort contre une frange que je vais arracher.

Il réfléchit, difficile de déchiffrer tout ce qui passe en lui.

– Des petits boulots ici et là, rien de bien sérieux. Et toi ?

– Conducteur de bus scolaire, je rétorque en balançant la première chose qui me vienne à l'esprit.

Je ne détourne pas la tête de lui quand j'entends Virgin pouffer contre mon torse. Ça dure juste une seconde, avant de se transformer en un soupir angoissé.

Elle a raison de flipper. Dès que j'aurai réglé le cas de ce Milo, je vais m'atteler à lui faire regretter ce qu'elle n'aurait jamais dû oser.

CHAPITRE 43

Cadence

J'aimerais sortir d'ici pour que cette guerre entre eux se termine, mais je suis terrifiée par la réaction de Mas quand nous serons seuls. *Je n'aurais jamais dû venir ici.*

– On va y aller, je lâche en même temps que mon tuteur.

– Où ça, exactement ? s'inquiète Milo.

– On a prévu un petit road trip en amoureux jusqu'en Utah.

– Vraiment ? Intéressant.

– Hum, hum !

Je bataille pour que Mas lâche mon flanc meurtri par ses doigts et m'avance vers Milo. Il sait. Il me connaît.

– Je t'appelle quand je reviens… je souffle dans son oreille, en le serrant fort.

– Cad, il gémit tout bas.

– Milo, je prononce d'un timbre qui se veut rassurant. Tout va bien.

– Ne te perds pas en chemin…

Je ne réponds rien. Je ne veux pas lui faire de promesse que je ne saurais tenir. Et j'ai le sentiment qu'il a compris que j'ai déjà perdu une partie de moi alors que tout ça est loin d'être fini.

– Appelle-moi ! je l'entends crier alors que Mas vient de me traîner jusqu'au couloir et qu'il a déjà claqué la porte d'entrée.

Je manque de me rompre les chevilles en suivant mon tuteur qui dévale les marches d'un pas furieux. Sa respiration est hachée, sauvage, et sa main qui enserre la mienne me fait de plus en plus mal.

– Mas, je…

– Ferme-la.

– Mais, je peux…

– Ferme-la j'te dis ! il beugle en me propulsant sur le siège passager de sa voiture. Je vais te tuer… il articule avec fureur juste avant de claquer la portière.

Je pousse un petit cri, et l'espace d'une seconde, j'hésite à ressortir pour m'enfuir. J'ai joué avec le feu, j'aurais dû me douter qu'il ne serait pas dupe très longtemps. Bon sang, s'il décide de me virer, jamais je ne la retrouverai. *Qu'est-ce que j'ai fait ?*

– Espèce de…

Il étrangle son volant et je suis sûre qu'il imagine ma gorge sous ses doigts. Il fulmine, peine à respirer tant la colère étreint sa trachée.

– Je suis désolée, je murmure. Je te jure que je serais rentrée juste après, comme hier.

– Comme hier, hein ?

Merde !

Je grimace et baisse les yeux sur mes genoux. Il passe la première et démarre à fond de train. J'enfonce mes ongles dans le cuir du siège et envoie un flot de prières à qui voudra bien les entendre.

– Tu vas me le payer cher, Virgin.

Je ne réponds rien, je ne sais même pas quoi dire.

– C'est ton mec, ce connard ? il crache soudain en prenant un virage si vite que les pneus crissent.

– Quoi ?

Je m'attendais à toutes sortes de questions, mais pas à celle-là.

– Mais non ! C'est juste un vieil ami et je ne savais même pas qu'il serait là ! C'est un pur hasard, il a dû me voir sur le trottoir, je sais pas… Je voulais juste retourner chez moi, comme ça.

– Je te l'avais interdit ! il hurle dans l'habitacle qui semble avoir rétréci.

– Je sais, mais j'avais besoin de prendre l'air ! je rétorque trop fort.

Quand je panique, je ne peux pas m'empêcher de dépasser les bornes.

– Tu prends l'air que je te donne, bordel de merde !

Il pile si fort que je me tape la tête contre le pare-brise. *Note à moi-même : toujours attacher sa ceinture.*

– Tu es la pire pute que j'aie jamais rencontrée, il m'assène en me foudroyant du regard.

Tant mieux pour moi ! J'aimerais presque le remercier de me dire ça, mais je me retiens *in extremis*. Il est hors de lui, c'est pire que les autres fois. Il faut vraiment que je me calme. Que je le calme.

Je me recule quand il se penche sur moi et je protège mon visage de mes mains lorsque la sienne fuse vers mon visage. Je sursaute au son du *clac* qui résonne dans mon oreille, mais ce n'est que ma ceinture de sécurité que Mas vient de bloquer en tirant trop fort dessus. Il insulte et maltraite ce malheureux bout de tissu qui prend ses foudres à ma place. Grand bien m'en fasse.

– Qu'est-ce que tu me caches, putain ? il continue sur le même ton en la bouclant enfin.

– Rien du tout !

– J'ai été patient, Gin, vraiment très patient avec toi.

Un rire aigu s'échappe de mes lèvres. *Quel mytho !*

– Sérieusement ? Arrête de dire n'importe quoi, Mas ! Tu sais que c'est faux ! Les autres m'ont dit que t'étais pas si étouffant avant ! Tu crois que j'ai pas vu comment se comportent tes anciennes élèves avec toi ? Comment tu les regardes ?

Je ne sais plus m'arrêter alors que je le devrais. Ce n'est carrément pas le bon moment pour lui avouer tout ce que j'ai sur le cœur, mais je ne me contrôle plus. Il doit comprendre que, dans cette histoire, les torts sont largement partagés.

– Dès le départ tu m'as prise en grippe, je continue sur le même ton. Même quand je croyais réussir à faire un pas vers toi, tu ne m'as jamais laissé l'opportunité de te montrer que tu pouvais me faire confiance ! Jamais !

– Et j'avais raison ! il aboie si fort qu'un froid glacial s'insinue en moi. À la première occasion tu t'es fait la malle !

– Je suis juste sortie faire un tour ! Jamais je n'aurais abandonné. Jamais je ne t'aurais abandonné.

Cette phrase se détache bizarrement de ma langue et me fait frissonner. Parce qu'elle vient de provoquer en moi une sensation que je ne comprends pas. Et Mas aussi semble décontenancé par cet aveu suspect. Du moins pendant trois secondes, avant qu'il ne reprenne son masque d'enfoiré.

– Je perds mon temps avec toi, je perds… trop. Je ne veux plus te voir, il reprend en insistant sur chaque mot.

– Comment ça ?

Des tremblements sont en train de secouer mon corps et je suis incapable de les calmer. Je le vois dans ses yeux, dans ses mains, tout en Mas est en train de sonner le glas de ma connerie monumentale.

– Tu me rends fou, il poursuit une octave plus bas. Alors tu dégages, ça vaut mieux. Pour nous deux.

– T'es pas sérieux ?

Il ne dit plus rien et je m'affole. *Non, non, non.* Si je perds mon tuteur, je perds Ingrid ! Et l'idée qu'il puisse me refourguer à l'un de ses pairs me terrifie. Pendant un bref instant j'avais cru qu'obtenir un autre tuteur m'apporterait les informations qu'il me manquait. Peut-être qu'il était encore temps de le faire à ce moment-là, mais depuis… je n'imagine pas une seule seconde poursuivre tout ça sans lui. C'est juste une dispute, rien de plus.

– Je suis vraiment, vraiment désolée, Mas. J'te le jure. Je ferai tout ce que tu veux, mais ne me laisse pas tomber.

– Fallait y réfléchir avant de faire ce que tu as fait, Virgin.

– J'ai commis une erreur, d'accord, mais ça n'enlève pas tout ce qu'on a pu faire depuis le début ! On s'est débrouillés comme des pros, tu l'as dit toi-même. L'argent va couler à flots et tu ne vas pas tout recommencer avec une autre maintenant, pas vrai ? Pas si près du but !

J'utilise des arguments de business pour en couvrir d'autres, qui affluent malgré moi et qui n'ont rien à faire là. Il secoue sa tête, comme pour refouler mes mots. Je regarde la route qu'il est en train d'emprunter et qui ne mène absolument pas chez lui.

– Mas, s'il te plaît… Je ne veux pas arrêter. Je ne suis pas sortie pour t'échapper, je te le promets. Je voulais juste faire un tour, je répète une nouvelle fois.

J'ai enroulé mes doigts autour de son poignet en disant cela et je suis étonnée qu'il ne me repousse pas.

– J’ai besoin d’un break, il articule plus pour lui que pour moi.

– C’est-à-dire ? je m’inquiète alors qu’il tire son frein à main devant une maison de banlieue. Une pause d’un jour ? Peut-être deux ?

Il appuie sur son klaxon un nombre incalculable de fois et quand la porte d’entrée s’ouvre enfin, je détourne le regard, trop effrayée de découvrir l’identité de la personne à qui Mas semble vouloir me refourguer.

Je relève finalement mon visage quand j’entends des pas sur les graviers. Je me tourne vers Mas qui ne me regarde pas, je ne sais pas quoi faire.

– Réponds-moi ! j’insiste en me penchant pour croiser ses yeux.

– Dégage, il grogne entre ses dents serrées.

– Mas, je…

– Dégage ! il rugit comme un fou, cette fois.

Je croise les bras sur ma poitrine et hoche la tête de gauche à droite. Non, je refuse de sortir de cette voiture, parce que ça reviendrait à sortir de la vie de Mas, à sortir du Round, même, qui sait. J’ai terriblement besoin de lui pour Ingrid. *Et pour moi.* J’ai besoin de lui moi aussi et cette nécessité qui s’agite à l’intérieur de ma poitrine est en train de dépasser mes propres limites.

– Non, je lance avec une assurance feinte.

Il n’a toujours pas lâché son volant, et la tête entre ses bras tendus, je l’entends chercher à calmer son souffle. Je ne l'ai jamais vu comme ça, même quand ma maladresse le rendait hors de lui. En cet instant, il a l'air démuni par sa propre colère.

– Tu vas descendre de cette voiture, Gin, il articule le front toujours baissé.

– Je peux me faire pardonner. Donne-moi une chance de…

– Je ne te donnerai plus rien du tout. Je veux que tu t'en ailles, maintenant ! Toi et moi, ce n'est pas…

– Ce n'est pas aussi simple que ça devrait… je termine à sa place. Mais ça fonctionne, tu le sais.

– Je ne sais rien, Virgin.

Je ne comprends pas sa réaction. Il bout de rage mais il est aussi profondément abattu. Pire, il est déçu.

– Déteste-moi, ignore-moi, fais tout ce que tu veux, mais ne me laisse pas tomber. Je serai celle que tu espères depuis le début, je serai… Virgin et c'est tout.

– J'en ai marre, il déclare comme si cette évidence avait mis trop de temps à s'imposer. Depuis le début, je sais que tu es trop différente, tellement éloignée des filles qui réussissent ici. J'ai voulu croire que ça pourrait marcher, mais je n'aurais jamais dû persévérer. J'aurais dû voir que c'était peine perdue. Tu sais quoi, Virgin ? Je n'ai pas de temps à gâcher pour une fille comme toi.

Je le laisse déballer son linge sale et j'encaisse ses remarques sans broncher alors qu'elles m'atteignent plus que de raison. Je devrais être ravie de ne pas être une fille comme celles du Round, parce que celle que je suis vraiment les vomit. Sauf que je ne supporte pas son regard fuyant, son ton blasé et son rejet. Je suis folle, je le savais déjà, ça, mais je crois que c'est pire que ce que je pensais. J'ai l'impression de subir ma première rupture. Mon cœur tire et s'emballe. Ça me fait mal.

– Je te croyais moins lâche, je murmure plutôt que de la fermer.

C'est moi qui ai merdé, ok. Mais il pourrait me le faire payer d'une autre manière. Cet abandon-là est le pire qu'il peut m'infliger. Parce qu'il me prive d'Ingrid au moment où les choses commençaient à évoluer. Parce qu'il m'arrache aussi quelque chose d'autre que je refuse de nommer, mais qui est pourtant bien présent en moi.

– Je te croyais plus honnête, il assène en bougeant enfin sa main.

Il se penche par-dessus mon corps et ouvre ma portière d'un geste rageur.

– Barre-toi, Virgin. Ne m'oblige pas à le répéter. Tu sais très bien de quoi je suis capable, tu n'as pas dû oublier.

Je croise enfin ses yeux noirs et ce que j'y lis me bouleverse. Depuis le début, je joue avec lui sur une corde sensible, fragile. Elle vient de rompre et tout est ma faute.

Son visage est fermé, rancunier. Il est trop tard pour que je me rattrape.

Je sens des larmes poindre entre mes cils, je refuse qu'il puisse les apercevoir. Elles témoigneraient de bien plus qu'une douleur de pute abandonnée. Alors comme si la voiture était sur le point d'exploser, comme si ma poitrine était sur le point d'imploser, je me dépêche de détacher ma ceinture.

L'espace d'une seconde, il me semble voir Mas froncer des sourcils en observant mon visage, mais je ne m'y attarde pas. Je saute presque sur le trottoir alors qu'il redémarre déjà comme un fou furieux.

Je vacille, hoquète un sanglot douloureux. En un claquement de doigts, je viens de me retrouver seule sur ce bitume douteux. Seule. Ou presque. Je n'ose pas me retourner pour voir qui est la personne qui patiente derrière moi.

Mas est parti. J'ai beau attendre de longues minutes sur le bord de la route, à espérer le voir faire demi-tour au bout de la rue, il ne revient pas. C'est fini.

À suivre…

LA PLAYLIST DE PRUDE À FRANGE

Premier round

Ready or Not – Mischa « Book » Chillak, Esthero

Gangsta – Kehlani

Purple Lamborghini – Skrillex, Rick Ross

Ready Set Let's Go – Samm Tinnesz

Castle – Halsey

Control – Halsey

Monsters – Ruelle

Man or a Monster – Sam Tinnesz, Zayde Wolf

Born Ready – Zayde Wolf

Until We Go Down – Ruelle

Save Tonight – Zayde Wolf

Composition et mise en pages
Nord Compo à Villeneuve-d'Ascq